Danzig im Jahre 1626: Die mächtige Hansestadt hat sich dem polnischen König widersetzt und erfolgreich ihren reformierten Glauben verteidigt. Valten Went, seines Zeichens Wundarzt, ist ein angesehener Bürger der Stadt. Als der Kaufmann Hans Brüggemann tot in der Mottlau treibt, beauftragt ihn der oberste Richter Dreyer mit den Untersuchungen: Mord – erstochen! Verdächtigt wird die Witwe des Toten, Madeleine de Marcillac, eine verarmte Adlige, die nun sein ganzes Vermögen erbt. Madeleine liebt Valten und bittet den Wundarzt um Hilfe. Noch ehe er mit seinen Nachforschungen beginnen kann, schwimmt die nächste Leiche in der Mottlau, ein zwielichtiger Pole namens Glowinski. Und nur wenig später wird ein toter Holländer aus dem Fluss gefischt. Stehen die drei Morde in irgendeinem Zusammenhang? Was weiß der Gesandte der katholischen Liga? Und: Welche Rolle spielt Madeleine ...?

Hartmut Mechtel, 1949 in Potsdam geboren, ist Autor zahlreicher Kriminalromane. In der Reihe der Hansekrimis erschien von ihm 2002 der erfolgreiche Band »Kapitäne sterben um Mitternacht« (ISBN 3-434-52801-6). 1997 erhielt er den Krimipreis »Glauser« der Autorenvereinigung Syndikat und 2001 wurde er mit dem Berliner »Krimifuchs« ausgezeichnet.

HARTMUT MECHTEL

Der Tod lauert in Danzig

Ein Hansekrimi

Die Hanse

Bibliografische Information der Deutschen Bibliothek

Die Deutsche Bibliothek verzeichnet diese Publikation in der Deutschen Nationalbibliografie; detaillierte bibliografische Daten sind im Internet über http://dnb.ddb.de abrufbar.

Umschlaggestaltung: Susanne Reizlein, Hamburg
Motiv: Detail aus Jan van Eyck,
»Der Goldschmied Jan de Leeuw« (1436) – akg images
Herstellung: Das Herstellungsbüro, Hamburg
Satz: Greiner & Reichel, Köln
Druck und Bindung: Clausen & Bosse, Leck
Printed in Germany

ISBN 3-434-52806-7

Informationen zu unserem Verlagsprogramm finden Sie im Internet unter www.die-hanse.de

Nec temere – nec timide
(Weder furchtsam noch unbesonnen)

Leitspruch der Hansestadt Danzig

PERSONENVERZEICHNIS

Die Danziger:

Hans Brüggemann, Kaufmann, einer der vierzehn Ratsherren der Rechtsstadt
Madeleine Brüggemann de Marcillac, seine Frau
Jan Dreyer, oberster Richter
Gottlieb Dreyer, Kaufmann und Ratsherr, Jans Vater
Walther (Valten) Went, Arzt
Marie Went, geb. Dufour, seine Frau

Die Gäste Danzigs:

Henri de Marcillac, Hauptmann und Landedelmann, Madeleines Bruder
Cavaliere Caccianis, Weltenbummler
Jacek Glowinski, Kaufmann aus Krakau
Xaver Habermann, Kaufmann aus Augsburg
Peter Scholler, Kaufmann aus Berlin
Klas Notke, Kaufmann aus Lübeck
Gustav Hanssen, Kapitän und Kaufmann aus Malmö
Adriaan Pelsaert, Kapitän und Kaufmann aus Amsterdam

Prolog · Danzig, Juni 1611

»Sollen sie ihren Krieg doch ohne uns führen«, sagte Hans Brüggemann. »Was geht uns Russland an!« Obwohl seine Stimme so kräftig war, dass sie bis zum anderen Ende der Tafel zu hören war, wirkte der Kaufmann unangestrengt, geradezu lässig. Denn die Zusammenkunft war nur zur Hälfte offiziell. Der Artushof am Langmarkt diente nicht nur der Artusrunde der reichsten Kaufherren als Versammlungsort, hier wurden auch Empfänge des Rates abgehalten. Man nutzte die Räumlichkeit, um mit Durchreisenden ins Gespräch zu kommen, Kontakte anzubahnen, Geschäfte vorzubereiten, sich gegenseitig kennen zu lernen. Man sprach über den Handel und über die Politik. In Danzig war das ein und dasselbe.

Geladen wurde natürlich nicht jeder. Es war eine Ehre, im Artushof empfangen zu werden. Die Gäste waren reich an Besitz oder Einfluss, meist beides. Valten Went fühlte sich fehl am Platze. Verglichen mit allen anderen im Raum war er arm, und Einfluss besaß der gerade zugereiste Wundarzt ohne Patienten auch nicht. Der zur Schau gestellte Reichtum bedrückte ihn. Das gotische Gewölbe ließ ihn eher an eine Kathedrale als an ein Bürgerhaus denken. Einen so hohen Ofen wie den an der Wand neben sich hatte er noch nie gesehen. Er schätzte ihn auf über vierzig Fuß Höhe; die prachtvollen Zierkacheln reichten bis fast unter die Decke, so hoch, dass die darauf gebrannten Bilder der oberen Reihen kaum noch zu erkennen waren. Das Haus, in dem er einst aufwuchs, war niedriger als dieser Ofen. Neben dem gekachelten Koloss, über einer hölzernen Tür, bäumte sich das Pferd des heiligen Georg vor einem etwas klein geratenen Drachen, im Hintergrund als Basrelief die Türme einer Fantasiefestung. Und so setzte sich der reiche Schmuck fort durch den ganzen Raum mit Täfelung, Plastiken, Basreliefs, Gemälden.

Kein Fürst, meinte Valten, konnte nobler residieren als die hochmögende Danziger Kaufmannschaft. Es nahm ihn nicht Wunder, dass sie ihren Festort nach einem legendären König benannt hatte. Wenigstens war die Tafel nicht rund. Man hatte mehrere kleine Tische zusammengeschoben, an denen dreißig Männer Platz fanden. Abgesehen von zwei Bediensteten befanden sich nur Männer im Raum. Denn wenn auch getafelt wurde und alle dem Wein zusprachen, war es keine Feier. Hier wurde Ernsthaftes verhandelt, und das war bei aller Zwanglosigkeit Männersache. Von der polnischen Russlandpolitik wusste Valten gar nichts. Bis eben hatte er nicht mal geahnt, dass es Unterschiede zwischen der Politik des polnischen Königs und der seiner Stadt Danzig gab. Er war nur hier, weil Brüggemann ihn eingeladen hatte, um dem Neuling in der Stadt das Knüpfen von Kontakten zu erleichtern. Doch hatte der Kaufmann es bisher versäumt, seinen Schützling offiziell vorzustellen. So waren Valten und sein Freund Henri de Marcillac bisher nur mit Valtens Nebenmann ins Gespräch gekommen, einem jungen Mann namens Jan Dreyer, der gerade sein Jurastudium beendet hatte und den, sonst wäre er nicht hier, eine große Zukunft in der Stadt erwartete. Die drei jungen Männer fanden sich auf den ersten Blick sympathisch. Dreyer war der jüngste Sohn einer alteingesessenen Danziger Familie, sein Vater, Kauf- und Ratsherr, saß neben Brüggemann am oberen Ende der Tafel. Obwohl er von daheim an Wohlstand gewöhnt war, fühlte auch er sich fremd wie ein Außenstehender. Bei besonders pompösen Äußerungen der Honoratioren verdrehte er die Augen und verzog spöttisch den Mund. Mit Brüggemann allerdings schien Dreyer einverstanden zu sein, zumindest unterließ er seine Possen.

»Danzig ist eine polnische Stadt«, sagte ein junger Mann mit leichtem slawischem Akzent. »Es kann keinen Unterschied zwischen der Politik der Krone und der Stadt geben!«

Brüggemann lächelte überlegen. »Dass wir prinzipiell zur polnischen Krone stehen, haben wir bewiesen. Unsere Vorväter haben sich den Polen freiwillig unterstellt, und dazu stehen wir heute wie vor 150 Jahren. Aber dass wir eine eigenständige Politik verfolgen dürfen, haben wir sogar schriftlich. Unsere Politik ist der Seehandel. Man kann zwar auch an Kriegen verdienen, aber glauben Sie mir, junger Mann, der Frieden ist gedeihlicher für uns. Wenn König Sigismund auch über Russland herrschen will, werden wir ihn gewiss nicht daran hindern. Dass im Krieg der Handel mit Riga, Reval, Nowgorod und Smolensk empfindlich gestört wird, wenn er nicht gar für Jahre zum Erliegen kommt, das sollte einem Kaufmann einsichtig sein.«

»Kriege hat es schon immer gegeben, und es wird sie immer geben«, widersprach der junge Pole heftig. »Es ist das Recht des Königs, zu entscheiden, wem er beisteht, dem russischen Thronräuber oder dem rechtmäßigen Erben. Die Legitimität der Herrschaft ist vielleicht nicht für den Tag, aber auf lange Sicht auch wichtig für das Gedeihen des Handels.«

Dreyer verdrehte die Augen, und Valten raunte ihm zu: »Wer ist der junge Hitzkopf?«

»Jacek Glowinski«, sagte Dreyer; er dachte gar nicht daran, zu flüstern. Dies war kein Vortrag, dem man lauschen musste. Dass die meisten Gäste der Diskussion am oberen Ende der Tafel lauschten, war dem Interesse am Thema geschuldet. Ein Schweigegebot gab es nicht. »Vertritt irgendeine Handelsgesellschaft, glaube ich«, fügte der junge Jurist hinzu. »Im Unterschied zu mir ein reicher Erbe.«

»Ich denke, Ihr Vater gehört auch nicht zu den Armen«, sagte Valten.

»Er lebt noch, also bin ich kein Erbe, und ich bin der jüngste Sohn, also ist auch nicht viel zu erwarten.«

Brüggemanns Antwort war Valten entgangen, ein anderer Mann ergriff das Wort. Er mochte etwas älter sein als Valten, Ende der zwanzig vielleicht. Gewandet war er wie ein französischer Adliger, dachte Valten, obwohl der einzige französische Adlige, den er kannte, eher wie ein Kaufherr wirkte, was allerdings daran lag, dass ihm Valten die Kleidung gekauft hatte.

Henri saß links neben Valten und starrte mit weit aufgerissenen Augen an das obere Ende der Tafel, wo die großen Reden geschwungen wurden.

»Lassen Sie uns doch mal einen kleinen Exkurs in die jüngste Geschichte unternehmen«, sagte der junge Aristokrat. Er sprach ohne erkennbaren Dialekt oder Akzent – in einem Deutsch, das sich seit Luthers Bibelübersetzung nicht nur in protestantischen Gegenden als Hochsprache durchzusetzen begann. »Der Zar Boris Godunow wurde vergiftet, sein Sohn und Nachfolger wurde erdrosselt. Russland ist, wie wir alle wissen, ein raues Land mit rauen Sitten. Doch das Recht der Geburt zählt auch dort. Der jüngste Sohn Iwans des Schrecklichen war es, Dimitrij, oder Demetrius, wie wir ihn nennen, der die Thronfolge antrat. Als er in Moskau eintraf, begleitet von seiner Frau und deren Gefolge ...«

»Alles Polen«, sagte Brüggemann dazwischen.

»Alles Polen«, bestätigte der Aristokrat.

Fragend blickte Valten seinen rechten Nebenmann an. »Cavaliere Caccianis«, erklärte der knapp; er wollte dessen Vortrag nicht versäumen.

»Die Zarin Marina ist nun einmal Polin, und König Sigismund hat das Recht des Demetrius auf die Zarenkrone durchzusetzen geholfen. Das ist nicht nur nicht verwerflich, sondern im Gegenteil eine noble Tat gewesen! Und: Ja, die Zarin gehört dem römisch-katholischen Glauben an, der Zar neigte diesem Glauben ebenfalls zu, und er war den Polen, aber auch den Deutschen freundlicher gesonnen als seine Vorgänger. Haben sich nicht die Möglichkeiten zu freiem Handel unter Demetrius auch für Danzig verbessert? Das war für alle offensichtlich, nur einigen Russen passte es nicht. Fürst Schuiskoi zettelte einen Aufstand an, Dimitrij wurde erschlagen, so glaubte man, Marina wurde eingekerkert, und Schuiskoi machte sich selbst zum Zaren. Nicht für lange freilich, Demetrius hatte den Anschlag schwer verwundet überlebt, und als er genesen war und seine Kräfte gesammelt hatte, kehrte er zurück. Allein konnte er nichts ausrichten, also bat er den polnischen König um Hilfe.«

»Und als die Polen in Moskau waren, brauchten sie ihn nicht mehr und vertrieben ihn«, sagte ein dicklicher junger Mann, der neben dem Ratsherren Dreyer saß. Er war betont schlicht gekleidet, in zwar erlesene, aber einfarbige Tuche in dunklem Grau. Die Aggressivität seines Tonfalls passte nicht zu der zur Schau getragenen Einfachheit.

»Das ist eine ziemlich polemische Betrachtung«, wandte Cavaliere Caccianis ein. »Es gab Differenzen zwischen der Schutzmacht und dem Zaren, das ist wahr, doch wurde Demetrius ja nicht abgesetzt, obwohl Sigismund die Macht dazu besessen hätte. Dimitrij residierte in Kaluga, und dass er dort von einem Tataren erschossen wurde, hatte absolut nichts mit den Polen zu tun. Doch nun war Russland herrenlos. Sollte man es den Fehden der Provinzfürsten überlassen? Oder stand es nicht vielmehr rechtmäßig dem freilich unmündigen Sohn von Demetrius zu? Hatte König Sigismund überhaupt eine Wahl? Er musste handeln, im Interesse von Russland und natürlich auch im Interesse von Polen. Selten war ein Krieg besser begründet, selten hat ein Krieg mehr dem Frieden gedient als dieser.« Der Cavaliere griff zum silbernen Pokal, trank etwas Wein und blickte herausfordernd in die Runde.

»Ist das wahr?«, fragte Valten seinen Nebenmann.

Dreyer wiegte skeptisch den Kopf. »Warten Sie auf die Entgegnung. So, wie sich Scholler aufplustert, explodiert er gleich.« Er deutete mit dem Kinn auf den Dicken.

»Das kann Ihr Ernst nicht sein, Caccianis!«, polterte Scholler. »Ihre Rede hat wohl der General Aquaviva entworfen! Das ist jesuitische Propaganda, kein Tatsachenbericht!«

»Was für ein General?«, fragte Valten.

»Aquaviva, der General der Jesuiten«, erklärte Dreyer. »Caccianis ist wahrscheinlich selbst Jesuit.«

»Sind das nicht Mönche?«, fragte Valten. »Müssen die keine Kutten tragen und sich die Schädel scheren?«

»Wo haben Sie nur gelebt, Valten Went!«, sagte Dreyer und verdrehte komisch die Augen.

Auf einmal stupste Valtens linker Nebenmann ihn an. »Isch verschtähe gar nischts!«, sagte er.

»Ach, Henri, ich auch nicht«, sagte Valten auf Spanisch. »Zwar verstehe ich die Sprache, aber worüber sie reden, ist mir so fremd wie dir.«

»Sprisch deutsch, isch will den Sprak lernen. Oder sprisch französisch, um du zu lernen meinen Sprak.«

»Meine Sprache«, korrigierte Valten.

»Meine Sprake«, wiederholte Henri.

»Das wird schon noch«, tröstete Valten seinen französischen Freund.

Am anderen Ende der Tafel zerpflückte derweil der dicke Scholler genüsslich das, was er für jesuitische Propaganda hielt. Demetrius sei niemals der Sohn von Iwan Grosny gewesen, sondern in Wahrheit ein zu den Katholiken übergelaufener griechischer Mönch, der dem Zarengeschlecht ähnlich sah. Von Anfang an war er ein Werkzeug der Jesuiten, die durch ihn die Chance witterten, Russland vom orthodoxen zum römisch-katholischen Glauben zu konvertieren. Er hatte mit polnischer Unterstützung bereits gegen Boris Godunow gekämpft und war für dessen Tod verantwortlich. Bei der Erhebung von Schuiskoi kam er natürlich ums Leben, also zauberten die Jesuiten den nächsten Demetrius aus ihrem Brevier, und Marina Miszek erkannte ihn nur deshalb als ihren Gatten an, weil sie herrschsüchtig war und lieber Zarin als Gefangene. Der zweite Demetrius wurde dummerweise in der Öffentlichkeit erschossen, also konnte man keinen dritten herbeischaffen. Nun müsse also das Kind herhalten, wer auch immer dessen Erzeuger seien, »und in dessen Adern nicht mehr Zarenblut fließt als in meinen«, schloss Scholler.

»Na, wenn das keine Propaganda war«, sagte Caccianis ironisch. »Woher kommen Sie? Aus dem Brandenburgischen, soweit ich weiß.«

»Berlin«, knurrte Scholler.

»Nie davon gehört«, Caccianis winkte ab. »Auf jeden Fall ist es weit weg. Zu weit für einen Kaufmann, um mitzubekommen, was tatsächlich vorgeht in Russland. Dass die Societas Jesu an allem schuld sein soll, ist eine Verschwörungstheorie. Es geht nicht so dunkel zu auf der Welt, wie Sie im fernen Brandenburg zu glauben scheinen. Und ich denke auch nicht, dass wir uns wirklich bekämpfen müssen. Gerade hier erleben wir doch, wie gut Protestanten und Katholiken miteinander auskommen können. Polen ist katholisch, Danzig protestantisch. Gibt es deshalb Zwist? Keinesfalls. Wie der geschätzte Ratsherr Brüggemann gerade gesagt hat, darf Danzig sehr wohl eine eigene Politik betreiben. Warum, mein lieber Scholler, verlässt es dann nicht den Schutz der polnischen Krone und schließt sich dem protestantischen Brandenburg an? Sie wissen es so gut wie ich: weil die Stadt unter der polnischen Krone blüht und gedeiht!«

»Gut gesprochen, Caccianis«, sagte Brüggemann.

»Auch wenn es wahr ist, dass Danzig in Polen gedeiht, muss deshalb noch lange nicht wahr sein, dass die Jesuiten nichts mit der Demetrius-Schwemme in Russland zu tun haben«, sagte ein Mittdreißiger mit wildem Vollbart.

»Ein schwedischer Kapitän namens Hanssen«, erläuterte Dreyer.

Mit Seeleuten kannte sich Valten aus. »Der spricht nicht wie ein Kapitän, sondern wie ein Advokat.«

»Nun, eher ein Schiffseigner«, präzisierte Dreyer. »Simple Kapitäne werden selten an die Artus-Tafel geladen. Von uns dreien und dem Cavaliere mal abgesehen, dürften das hier alles Kaufleute und Junker sein. Oder Ratsherren. Oder beides, wie mein Vater und Brüggemann und der Bürgermeister.«

»Junker?«, fragte Valten.

»So nennen sich unsere Patrizier«, erklärte Dreyer. »Wer Geld hat und Handel treibt, ist ein Junker. Da hört man gleich, wer die Macht hat.«

Valten nickte und drehte den Kopf wieder zur anderen Seite.

In gewundenen Worten wiederholte der Schwede, was der Brandenburger derb hinausgepoltert hatte. Die Jesuiten wollten, dass alle Welt katholisch sei. Die Gegenreformation, die sie betrieben, richte sich nicht nur gegen die im vergangenen Jahrhundert entstandenen reformierten Kirchen, sondern auch gegen über tausendjährige Abspaltungen wie die Orthodoxen, und es sei fast schon ein Witz, dass ihr willfähriges Werkzeug gegen die russische Orthodoxie, der vorgebliche Demetrius, ausgerechnet ein griechisch-orthodoxer Mönch gewesen sei.

Valten schwirrte der Kopf. Während seines Medizinstudiums in Lübeck hatte er sich nicht für Politik interessiert, und danach hatte er für drei Jahre auf Schiffen und auf einer Nordseeinsel gelebt, abgeschnitten von Informationen aus dem Rest der Welt. Er wusste nicht, worum es ging. Viel interessanter erschien es ihm, die Menschen zu beobachten, dem Tonfall ihrer Worte zu lauschen, ihren Blicken zu folgen. Die Danziger Ratsherren speisten würdevoll vor sich hin und überließen Brüggemann das Reden. Nur der Bürgermeister hatte anfangs die Gäste begrüßt und die Tafel eröffnet; nach ein paar launigen Bemerkungen über das schöne Sommerwetter und über seine blühende Stadt schien der Wein ihm wichtiger zu sein, doch sprach er ihm nur in sehr kleinen Schlucken zu. Er beobachtete seine Tafelrunde mindestens so aufmerksam wie Valten, machte sich ein Bild von den Gästen. Die anderen Ratsherren unterhielten sich durchaus mit ihren Nebenmännern, doch nie so laut, dass sie das zentrale Gespräch störten. Die meisten von ihnen lauschten aufmerksam. Den größten Eindruck auf Valten hatte bisher Caccianis gemacht. Vielleicht sagte er nicht die Wahrheit, aber er redete so gut, dass das keine Rolle spielte. Er sprach klar und wirkte dabei überlegen. Ein Mann, der von einer inneren Kraft angetrieben wurde, die größer war als die der anderen. Vielleicht war er ja wirklich ein Jesuit im Außeneinsatz. In Lübeck gab es keine Jesuiten, Valten hatte noch nie einen gesehen, doch hatte er gehört oder gelesen, dass sie schwarze Kutten trugen. Nannte man ihren General nicht sogar papa nero, schwarzer Papst? Andererseits erschien es sinnvoll, dass sich ein Jesuit unter Protestanten zivil kleidete. Einen Mönch hätte man mit Sicherheit nicht in die Kaufmannsrunde geladen, ein italienischer Aristokrat hingegen war ein geschätzter Gast.

Inzwischen hatte ein anderer das Wort ergriffen, ein großer Mann mit wildem schwarzem Haar, in dem sich trotz seiner Jugend – er mochte die dreißig kaum überschritten haben – bereits die ersten grauen Strähnen zeigten. Habermann, ein Kaufmann aus Augsburg, wusste der Jurist. Sein süddeutscher Akzent war so stark, dass Valten ihm nicht folgen konnte. Es schien um den Glauben zu gehen, Jesus Christus, Toleranz, Religion waren Worte, die aus den urigen Lauten heraustönten.

»Was für einen – eine Sprake ist das?«, fragte Henri.

»Er hält es für Deutsch«, erwiderte Valten.

Der Nebenmann des Bayern kam Valten bekannt vor, und als er das Wort ergriff und dem Bayern zustimmte – offenbar hatte er ihn verstanden –, fragte er Jan Dreyer, ob das Klas Notke sei, ein Kaufmann aus Lübeck, ein wichtiger Mann in der Hanse, wenn er sich recht erinnere. Dreyer nickte. Notke vertrat – wie sein geschätzter Vorredner – die Ansicht, Kaufleute hätten sich aus der Politik herauszuhalten. Die Zusammenarbeit über die Grenzen der Religionen und Handelsbünde hinweg sei für alle Seiten gedeihlicher als eine bewaffnete Auseinandersetzung.

Es klang nach vorgefertigten Phrasen, und das interessante Thema vorgeblicher oder tatsächlicher jesuitischer Verschwörungen um echte oder falsche Zaren verschwand im Hintergrund, also mochte Valten nicht mehr zuhören. Und da auch Dreyer die Augen verdrehte, ließ sich Valten von ihm erläutern, worum es eigentlich gegangen war.

»Die tun ja so, als ob der Krieg um Russland in Danzig entschieden wird«, sagte Valten.

»Das wird er nicht«, erklärte Dreyer. »Aber Danzig spielt schon eine wichtige Rolle. Böse Zungen behaupten, dass wir hier allein so reich sind wie der ganze Rest von Polen. Das ist natürlich übertrieben.«

»Glaube ich auch«, sagte Valten. »Die Bauten sind prächtiger als in Lübeck, aber viele stehen leer. Ich habe eine Wohnung gefunden, die ich mir leisten kann, selbst wenn die Patienten noch eine Weile ausbleiben.«

»Die Pest macht auch keinen Bogen um reiche Städte«, erklärte Dreyer. »Vor neun Jahren starb hier ein Drittel der Bevölkerung.«

»Hat es die Polen aus dem Umland nicht in die leeren Häuser gezogen?«

»Die Pest hat sich nicht um die Nationalität gekümmert. Die Polen sind wie die Deutschen gestorben. Aber wir kümmern uns um die Nationalität. Bürgerrecht in Danzig bekommt nur, wer den Nachweis deutscher Art und Zunge erbringt. Wir bleiben unter uns. Der König hat hier nicht mal einen Palast, und sein Burggraf ist einer von uns. Wenn Sigismund uns schreibt, dann auf Deutsch oder Lateinisch, obwohl er inzwischen Polnisch spricht.«

»Inzwischen?«, fragte Valten. »Ist er kein Pole?«

»Nur zur Hälfte. Sein Großvater war Gustav Wasa ...«

»Der König, der die Schweden reformiert hat?«

»Ein wenig wissen Sie also doch von der Welt.«

»Dann ist Sigismund Protestant?«

»Er ist so erzkatholisch, dass die Schweden ihn herausgeworfen haben, als er dort ein paar Jahre lang König war. Und was auch immer er unternimmt, haben die Jesuiten ihm eingeblasen. Leute wie dieser Caccianis. Natürlich sind die Jesuiten ein Orden, doch sie leben nicht in Klöstern und scheren sich ihre Schädel nicht. Aber lass doch die großen Herren über Politik reden. Das ist nur Geschwätz. Nichts wird dadurch bewegt als die Lippen.«

»Ich will noch so viel wissen!«, protestierte Valten. »Ich verstehe einfach nicht, worüber sie reden. Sie belauern sich und hören sich nicht wirklich zu. Ihre Meinungen sind festgelegt. Mir scheint, jeder vertritt irgendwie die Interessen seines Landes.«

»Isch nischt!«, mischte sich Henri in das Gespräch. »Isch vertreten nur misch!«

Valten hatte ein schlechtes Gewissen, weil er den Freund so lange vernachlässigt hatte, und stellte seine beiden Nachbarn, die zuvor nur ein paar belanglose Worte miteinander gewechselt hatten, endlich offiziell einander vor.

»Henri de Marcillac?«, fragte Dreyer. »Dann sind Sie verwandt mit der neuen Frau Brüggemann?«

»Ihre Bruder«, sagte Henri.

»Und warum vertreten Sie nicht die Interessen Ihres Landes?«

»Isch bin Hugenotte.«

»Nous pouvons parler en français«, sagte Dreyer, der Henris Kampf mit der deutschen Sprache erleichtern wollte, und Henri ging gern darauf ein. Valten hatte nichts dagegen, schließlich war seine künftige Frau Französin, und er nutzte jede Gelegenheit, ihre Sprache zu erlernen. Er verstand auch ungefähr, worum es ging, doch war er nicht in der Lage, sich am Gespräch zu beteiligen. Ohnehin war ihm das Thema bestens bekannt. Dreyer wollte Näheres über die Erlebnisse von Henri und Valten auf der Reise nach Danzig hören; dass es irgendeinen Zwischenfall mit Piraten gab, bei dem sich Valten und Henri als Helden bewährten, hatte als Gerücht die Runde in der Stadt gemacht; er wollte es genau wissen. Die ganze Wahrheit erfuhr er freilich nicht. Sie war nicht heroisch genug für Legendenbildung.

Henri begann bei seinem Aufbruch in Frankreich. Brüggemann hatte auf einer Reise im Vorjahr Frankreich besucht. Er wohnte auf dem Gut derer von Marcillac in der Champagne, verliebte sich in die Tochter des Hauses. Geschäfte riefen ihn nach Paris, ehe er sich bindend erklären konnte, und die Unsicherheit im Lande nach der Ermordung des Königs Henri IV. hinderte ihn an der Rückkehr. So stellte er den Heiratsantrag schriftlich und übersandte nach der zustimmenden Antwort auch die notwendigen Mittel für die Reise, »denn wir sind eine ehrenhafte, aber verarmte Familie«, gab Henri unumwunden zu. Nachdem alles geregelt war, machten sie sich auf den Weg – Fernand de Marcillac, sein jüngerer Bruder Henri, die noch jüngere Schwester Madeleine und deren Gesellschafterin Marie.

Gesellschafterin, dachte Valten. Das war die erste der Lügen. Marie Dufour war die Zofe von Madeleine de Marcillac. Aber für Valtens erstrebte gesellschaftliche Stellung in Danzig klang es besser, seine künftige Frau von der Dienstmagd zur Gesellschafterin zu befördern. Andererseits war es keine besonders fette Lüge. Die beiden Frauen waren eher Freundinnen als Herrin und Dienerin, was daran liegen mochte, dass Madeleine kaum mehr besaß als Marie. Zudem waren die beiden zusammen aufgewachsen, und Marie war so gebildet wie Madeleine.

Die Seewege sind unsicher, die Schiffe wurden vor Hamburg von Freibeutern überfallen, die beiden Frauen gerieten in Gefangenschaft, und man wollte ein Lösegeld für sie erpressen. Die Brüder Marcillac verfolgten die Freibeuter in einem Ruderboot und stöberten deren Versteck auf. Dort fanden sie überraschend einen tatkräftigen Verbündeten: Valten Went, den jungen Arzt aus Lübeck. Der war kurz zuvor ebenfalls auf einer Seereise gefangen worden; man hatte ihn am Leben gelassen, weil die Piraten einen Arzt brauchten, doch sann er nur auf Flucht.

Die nächste Lüge, dachte Valten. Er hatte immerhin fast drei Jahre unter den Freibeutern gelebt, hatte zwar an ihren Raubzügen nicht aktiv teilgenommen, aber doch zu ihnen gehört, am Ende so sehr, dass er die Einhaltung der Gesetze der Piratengemeinschaft überwachte und am Tisch der Kapitäne saß. Die Anteilnahme am Schicksal der Gefangenen war es, die ihn über Flucht nachdenken ließ. Er hatte seinen Einfluss genutzt und die Gefangenen befreit, er hatte ihnen aus seinem Anteil an der Beute der Piraten die Weiterreise nach Danzig finanziert, hatte die Kutsche, Henris Kleidung, das Essen und die Übernachtungen bezahlt. Für die Marcillacs war er ein Held. Von seiner zwielichtigen Vergangenheit brauchte in Danzig niemand zu erfahren, daher hatten sie sich darauf verständigt, die Erlebnisse geschönt wiederzugeben.

Henri allerdings übertrieb beträchtlich. Wenn Valten ihn richtig verstand, dann hatten sie sich zu dritt den Weg gegen eine

Übermacht freigekämpft, hatten Dutzende von Piraten niedergestreckt, wobei Fernand gefallen war, waren dann dank Valtens Ortskenntnis mit den Frauen zum Wasser entkommen, hatten dort ein Boot bestiegen und zwei Boote der Verfolger im Kampf Bordwand an Bordwand versenkt.

Die Liste seiner Heldentaten, von denen er keine einzige vollbracht hatte, war noch lange nicht zu Ende; Henri, froh darüber, dass er nach den schweigsam verbrachten Stunden endlich in seiner Muttersprache reden durfte, blühte auf, und Dreyer bekam große Augen. So etwas konnte man in Danzig natürlich nicht erleben, und er war, bis auf eine Reise in die Königsstadt Warschau, noch nie herausgekommen.

Ich bin also ein Held, dachte Valten. Dabei kann ich nicht mal fechten. Zwar hatte Henri ihm unterwegs etwas Unterricht gegeben und ihn Naturtalent genannt, doch einen ernsthaften Kampf würde er auf keinen Fall bestehen können, und das wollte er auch gar nicht. Seine Aufgabe war es, Wunden zu heilen, nicht, sie zu schlagen. Die Aussichten standen für einen jungen Arzt gar nicht schlecht in Danzig. Vielleicht hatte die Pest ja auch ein paar Ärzte dahingerafft. Und er war vermögender, als er geglaubt hatte. Brüggemann hatte ihm zwar die Reisekosten nicht ersetzt, wahrscheinlich werden Kaufleute deshalb so reich, weil sie mit dem Geld nicht um sich werfen, doch er hatte Geld und Schmuck, Valtens Anteil an der Beute der Piraten, in die Währung der Stadt getauscht, ohne nach der Herkunft zu fragen. Am Ende waren es über 2000 Gulden gewesen, ein kleines Vermögen. Brüggemann hatte ihm auch verraten, wo er billig ausreichenden und angemessenen Raum mieten konnte. Eine Wohnung für sich und seine künftige Gattin, ein Arbeitszimmer, in dem er Patienten behandeln konnte. Wenn sie sich denn einstellten. Vielleicht war es ja gut, dass Henri so maßlos übertrieb. Danzig mochte über 40 000 Einwohner haben. Gesprochen hatte er bisher nur mit wenigen, auf den Straßen begegnet war er ein paar hundert, doch von ihm gehört hatten sicher schon mehrere tausend. Vielleicht glaubten sie ja, dass ein großer Held auch ein guter Arzt war. Kamen sie erst einmal, würden sie merken, dass er als Arzt noch besser war als sein Ruf. Es gab eine Zukunft für ihn und seine Familie.

Er vermisste Marie. Noch wohnte sie bei ihrer Herrin und Freundin. Brüggemann hatte kaum einen Monat nach der Ankunft geheiratet; es gehörte sich nicht, dass eine unverheiratete Frau unter dem Dach des Witwers wohnte. Ein großes Fest hatte Brüggemann ausgerichtet, Valten war dort schon vielen der großen Handelsherren und ihren Gattinnen begegnet und war als Retter der Braut nicht unbeachtet geblieben. Vielleicht würden sie sich seiner erinnern, wenn sie eines Arztes bedurften. Und er konnte sich und Marie ernähren.

Marie war die schönste Frau der Welt. Schöner noch als ihre Herrin, so sah es Valten. Andere mochten das anders sehen. Das Aufsehen, das Madeleines strahlende Schönheit bei der Hochzeit erregte, war ihm nicht entgangen. Wenn sie es wollte, lag ihr die halbe Stadt zu Füßen. Brüggemann hatte es genossen. Der Kaufmann hatte eine französische Adlige geheiratet, die aussah wie eine Prinzessin. Dank seines Reichtums würde er ihr wohl auch das Leben einer Prinzessin bieten können. Hatte das mit Liebe zu tun? Vielleicht auf seiner Seite. Madeleine brachte eher ihrem Retter Gefühle entgegen als ihrem Gatten. Doch war eine Verbindung undenkbar. Außerdem liebte er Marie. Das Leben einer Prinzessin würde er ihr nie bieten können, aber es würde ein gutes Leben werden, das fühlte er.

Durch einen dezenten Stups von Henri wurde er aus seinen Träumen gerissen. Dreyer sprach ihn an. Das sei eine tolle Geschichte gewesen, und er nehme alles zurück, was er im Spott über Valtens Weltfremdheit gesagt habe. »Ich musste noch nie kämpfen, und ich kann es auch nicht besonders gut. Während du Piratennester ausgeräuchert hast, konnte ich mich mit Politik befassen. Aber das wenige, was ich weiß, bekommst du bald mit. Du hast doch nichts dagegen, dass ich dich duze?«

»Warum sollte ich?«

»Eben. Wir sind gleich alt …«

»Glaube ich nicht.«

»Ich bin 24«, sagte Dreyer.

»Isch bin 25«, sagte Henri.

»Ich bin 27«, sagte Valten.

»Ich dachte, ihr seid jünger. Aber so weit liegen wir auch wieder nicht auseinander. Und ich habe das Gefühl, wir werden uns prächtig verstehen.«

Henri und Valten lächelten. Obwohl sie sich nur unterhalten hatten, ging es ihnen wie dem Juristen. Zwar hatte Valten in dieser steifen Runde wichtiger Männer noch keinen Patienten gefunden, aber einen Freund. Für den Anfang war das eine ganze Menge. Und der Abend war ja noch nicht zu Ende.

»Wenn ich mal krank bin, komme ich zu dir«, sagte Dreyer. »Und wenn ich in Not gerate, rufe ich euch beide, damit ihr mich raushaut.«

Da ist er schon, der erste Patient, dachte Valten. »Wenn ich juristischen Beistand brauche, wende ich mich an dich.«

»Darf ich dir heute schon meinen ersten Rat erteilen?«, fragte Dreyer.

»Nur zu!«

»Valten ist ein irgendwie komischer Name für Danziger Ohren. Was bedeutet er?«

»Komisch?«, fragte Valten erstaunt. »Was ist daran komisch? So heißen viele bei uns.«

»Was bedeutet er?«, beharrte Dreyer.

»Keine Ahnung. Vielleicht ist es eine plattdeutsche Form von Walter. Soweit ich weiß, stammen viele Danziger Familien aus Lübeck, und irgendwie seid ihr doch auch Norddeutsche.«

»Walter«, sagte Dreyer. »Das dachte ich mir. Glaub einem alten Danziger. Der Name Valten klingt unseriös. Nenne dich einfach Walter. Und schreib den Namen mit th, das macht mehr her. Doktor Walther Went – der Arzt, dem die Danziger vertrauen können!«

»Ich weiß nicht …«, sagte Valten verblüfft. »Ich bin weder Doktor, noch heiße ich Walther. Was meinst du, Henri?«

»Doktor musst du nischt auf die Schild zu schreiben, das wäre eine Schwindel, aber das werden sagen sie ohnein zu dir in zweidrei Jahre. Aber deine nom … J'ai pensé tout le temps tu prononces le nom d'une manière marrante, isch dachte, du ast ihn komisch ausgesprochen. Isch weiß erst seit eben, du eißt gar nischt wirklisch Walther.«

Valten und Dreyer lachten. »Nun«, sagte Valten, »wenn mein ältester Freund denkt, dass ich Walther heiße, und mein jüngster Freund mir empfiehlt, mich Walther zu nennen, dann bleibt mir nichts anderes übrig. Ab morgen heiße ich Walther Went.«

»Warum willst du so lange warten?«, fragte Dreyer.

Die drei Freunde lachten so laut, dass es den Honoratioren am anderen Ende der Tafel auffiel. Doch missbilligende Blicke blieben aus. So jung waren wir auch mal, mochten die Ratsherren denken. Damals erschien uns das Leben noch als Spiel. Doch jetzt müssen wir uns um die Politik kümmern. Was sie auch taten, bis der Abend vorbei war. Über den Russlandfeldzug erreichten sie keine Einigkeit. Sie verließen die Tafel mit den Ansichten, die sie schon zuvor gehabt hatten. Zuweilen sind Gespräche unter gesetzten Erwachsenen müßiger als die zwischen übermütigen Jugendlichen. Unzufrieden war dennoch niemand. Man hatte die Positionen abgesteckt. Vielleicht würde die Zeit sie ja verändern.

1 · Juli 1626

Am frühen Morgen entdeckte der Nachtwächter den Toten. Die Stadt schlief noch. Auch der alte Sielke wäre beinahe eingeschlafen. Es war, wie immer, nichts vorgefallen, das ihn hätte aufmuntern können. Danzig war eine friedliche Stadt. Dennoch durfte er nicht im Laufen schlafen. Wenn das jemand bemerkte, würde man ihn sicher entlassen. Er war auf das Geld angewiesen, das durfte nicht geschehen. Die frische Brise über dem Wasser würde ihn wecken. Durch das Grüne Tor ging er, so schnell Gicht und Müdigkeit es zuließen, vom Langmarkt hinaus zum Hafen am toten Arm der Mottlau. Er stellte sich an das eiserne Geländer und starrte nach Osten. Hinter der Speicherinsel färbte sich der Himmel rot. Nur noch Minuten konnte es dauern bis zum Sonnenaufgang. Eigentlich war es gut, dass Danzig so friedlich war. Vor ein paar Wochen, als die Schweden landeten, hatte der alte Mann um seinen Posten gefürchtet. Wenn Krieg war, würde man wohl jüngere Männer mit der Bewachung beauftragen. Und ringsherum war Krieg, nach allem, was man so hörte. Die Schweden waren ins Weichselland eingefallen, ihr junger König Gustav Adolf kämpfte wieder einmal gegen seinen Onkel, den polnischen König Sigismund, und das mit Erfolg: Braunsberg und Pillau am Frischen Haff nahe Königsberg hatte er im Handstreich eingenommen. Danzig hatte sich zur Verteidigung gerüstet, doch das schwedische Heer kam nicht einmal in die Nähe der Hansestadt. Danzig blieb wachsam. An der Stadtmauer standen rund um die Uhr Posten, die Zahl der Nachtwächter wurde verdoppelt, ihr Dienst straffer organisiert, fast wie beim Militär. Praktisch änderte sich freilich wenig. Der alte Sielke konnte weiter seine einsamen Runden durch eine Stadt drehen, in der nie etwas geschah.

Die Augen klappten ihm zu. Der Wind erfrischte ihn nicht, er war zu lau und zu schwach. Die Oberfläche der Mottlau war glatt, und das Wasser war klar. Bis zum Grund konnte man sehen. Irgendetwas schwamm oder lag direkt unter ihm, ein großes Bündel, vielleicht beim Beladen eines Schiffes am Krantor oder einem der Speicher ins Wasser gefallen. In dem Moment, als die Sonne aufging, erkannte er, dass es ein Mensch war. Auf der Stelle war er wach. Menschen können unter Wasser nicht atmen. Also lag ein Toter in der Mottlau. Was sollte Sielke tun? Ihn hinausziehen? Dazu war er nicht gelenkig genug. Die Kraft dazu fehlte ihm auch. Dem Toten konnte ohnehin niemand mehr helfen. Doch jemand musste ihn an Land holen. Der Nachtwächter sah sich um. Noch immer schlief die Stadt. Sollte er sie wecken? Auf jeden Fall musste er es melden. Einen Blick noch warf er auf die Leiche, vergaß seine Gicht und eilte durch das Grüne Tor zurück auf den Langmarkt, fast rannte er, und nicht einmal zehn Minuten später hämmerte er an die Tür des Wachgebäudes neben dem Königstor, bis ihm ein schlaftrunkener Wachmann öffnete und er Bericht erstatten konnte.

Es dauerte dann doch noch fast eine Stunde, bis der Tote am Kai lag und der Erste ihn erkannte. Inzwischen war die Stadt erwacht, Gaffer sammelten sich an.

»Gehen Sie weiter, hier ist nichts zu sehen«, sagte einer der Nachtwächter, doch die Zuschauer scherten sich nicht um seine Worte.

»Das ist der Junker Brüggemann«, sagte eine Frau, der Kleidung nach ein Dienstmädchen, sicher aus einem der Patrizierhäuser am Markt.

Der Wächter, der sie gerade noch hatte vertreiben wollen, war ihr dankbar, denn nun wusste er, wen er zu verständigen hatte. Wenn ein Junker tot war, wandte man sich am besten gleich nach ganz oben. Der oberste Richter der Stadt war Jan Dreyer. Der würde wissen, was zu tun war.

Dreyer war nicht sonderlich erfreut, als zwei aufgeregte Nachtwächter ihn vor dem Frühstück zu sprechen wünschten. Brüggemann war ertrunken. Traurig für die Stadt und für Brüggemanns Frau, doch was hatte er damit zu tun? Fast hätte er sie fortgeschickt, dann siegte die Einsicht. Wenn ein Kaufherr außerhalb des Bettes starb, musste die Gerichtsbarkeit eine Untersuchung veranlassen, und da war es denn doch besser, er selbst nahm sich der Sache an. Also folgte er, nach einem kleinen Umweg über die Küche, wo er sich ein Stück trockenes Brot in den Mund stopfte und einen Schluck Wasser trank, den beiden Wächtern zum Grünen Tor.

Eine Traube von Menschen umstand den Platz, auf dem der Tote lag. Vermutlich hatte sich die Hälfte aller Dienstboten aus den Häusern am Langmarkt hier zusammengefunden, hinzu kamen Schauerleute, die zu ihrer Arbeit auf der Speicherinsel wollten, und die ersten Passanten, die von der Menge angelockt wurden und sie vergrößerten. Die beiden Nachtwächter bahnten ihm einen Weg durch die Menge.

Der Tote lag auf dem Rücken. Ein stattlicher, massiger Mann von fünfzig Jahren, eine gepflegte Erscheinung noch im Tode mit durchnässter Kleidung, die am Körper klebte. Selbst der aufgeweichte Bart sah gepflegt aus. Dreyer beugte sich über ihn. Feststellen konnte er nichts. Keine Verletzung im Gesicht, die Kleidung schien unversehrt. Auf den ersten Blick keine Spur von Gewaltanwendung. War Brüggemann gestrauchelt und ins Wasser gefallen? Das Gesicht wirkte friedlich. Dreyer hatte von Berufs wegen viele Leichen gesehen, auch Ertrunkene. Deren Gesichter waren meist verzerrt. Vielleicht war Brüggemann so berauscht gewesen, dass er gar nicht mitbekam, dass er ertrank. Der Kaufherr liebte den Wein, doch bis zur Bewusstlosigkeit trank er üblicherweise nicht. Irgendwann ist es immer das erste Mal. Oder hatte ihn jemand gestoßen? Ihn betäubt und dann in die Mottlau geworfen? Das roch nach einem Verbrechen. Üblicherweise schlugen sich die Armen gegenseitig tot. Nun hatte es einmal einen Reichen getroffen. Jan Dreyer richtete sich auf. Man erwartete eine Entscheidung von ihm. Er fühlte sich der Wahrheit verpflichtet. Da er sie nicht kannte, musste er sie herausfinden.

»Ein Arzt muss ihn ansehen«, sagte er. Und gab dem klapprigen alten Nachtwächter Sielke den Auftrag, den Doktor Walther Went herbeizuschaffen.

Zwar hatte er seine Stimme nicht erhoben, doch nicht nur die Wächter verstanden ihn. Ein Raunen ging durch die Menge, die Vorderen teilten den anderen mit, was sie gehört hatten. Ein Arzt sollte ihn ansehen? Dann glaubte der Richter an ein Verbrechen. War der Junker ermordet worden?

»Wer wurde ermordet?«, fragte ein großer, hagerer Mann, der sich durch die Menge nach vorn drängte. Es war Henri de Marcillac, der vor zwei Wochen aus Frankreich zu Besuch gekommen war. Im *Lachs* hatten Jan Dreyer und Walther Went das Wiedersehen mit ihrem französischen Freund gefeiert, und das nicht nur einmal in den vergangenen Tagen. Trotzdem begrüßte Henri den Richter nicht. Er erstarrte in der Bewegung, als er seinen Schwager sah.

»Dann ist es also wahr«, sagte Henri. »Tot?«, fragte er den Richter.

Dreyer nickte. Offenbar hatte einer der Dienstboten das Haus Brüggemann verständigt. Anstelle seiner Schwester war de Marcillac erschienen. Er wirkte gefasst, also konnte ihm Dreyer ein paar Fragen stellen.

»War der Kaufmann heute Nacht zu Hause?«

»Wer hat das getan?«, fragte de Marcillac zurück.

»Was getan?«, fragte Dreyer zurück.

»Ihn ins Wasser geworfen.«

»Vielleicht ist er ja von selbst hineingefallen.«

»Als ich kam, raunte die Menge etwas von Mord.«

»Das werden wir feststellen«, sagte Dreyer. »War der Kaufmann heute Nacht zu Hause, oder ist er so früh aufgestanden?«

»Nein.«

»Was nein?«

»Beides. Er war nicht zu Hause, und falls er früh aufgestanden ist, dann jedenfalls nicht daheim.«

»Hat ihn niemand vermisst?«

»Ich nicht. Ich habe geschlafen. Aber meiner Schwester ist es natürlich aufgefallen, dem Personal auch.«

»Kam es öfter vor, dass er über Nacht wegblieb?«

»Soweit ich gehört habe, kam das selten vor. Eigentlich nur, wenn er auf Reisen war.«

»Was hat man im Hause unternommen, als er überraschend wegblieb?«

»Man hat sich Sorgen gemacht. Ich muss es meiner Schwester sagen.«

»Natürlich.«

Henri betrachtete noch einmal den Toten, dann wandte er sich ab und ging davon. Die Menge wich ihm aus. Als Schwager war er ein Leidtragender. Man achtete seinen Schmerz.

Zwei Büttel meldeten sich bei Dreyer. Endlich, dachte der Jurist. Es war so viel zu erledigen, und das konnten am besten seine eigenen Leute besorgen. Die Menge zu vertreiben, hielt er für sinnlos. Wenn er den Toten entfernte, würde sie sich von allein auflösen, und wenn nicht, schadete das auch nichts. Brüggemann musste in sein Haus geschafft und dort aufgebahrt werden. Man konnte ihn tragen, es war nicht weit, nicht einmal sechshundert Fuß, doch einen Kaufherren schleppte man nicht über den Markt. Auch im Tod musste seine Würde gewahrt werden. Also brauchte er einen Wagen. Die Büttel sollten ihn besorgen.

Als sie gingen, traf der Arzt ein, auch er hatte keinen weiten Weg. Walther Went begrüßte den Freund mit Handschlag, dann beugte er sich über den Toten, betastete das Gesicht, berührte eine Stelle auf der Brust, bewegte einen von Brüggemanns Armen. Schüttelte den Kopf, richtete sich auf und wandte sich dem Richter zu. »Wir müssen ihn zu mir schaffen.«

»Das ist nicht üblich.«

»Ich weiß. Soll ich ihn auf der Straße untersuchen?«

»Natürlich nicht. Aber in seinem Haus.«

»Ich bitte dich! Das sollten wir Madeleine ersparen.«

»Sie muss ja nicht zusehen. Na ja, du hast schon Recht.«

Henri, begleitet von zwei Dienern, bahnte sich den Weg durch die Menge. »Weißt du schon etwas?«, fragte er Walther; die Begrüßung vergaß er erneut.

»Ich bin kein Hellseher. Wie nimmt es Madeleine auf?«

»Sie ist vollkommen fassungslos. Ich kümmere mich um alles. Aber ich bin fremd hier. Was muss ich jetzt tun?«

»Das wird hier nicht so anders sein als in Frankreich«, sagte Dreyer. »Der Tote wird im Haus aufgebahrt, damit die Angehörigen und die engsten Freunde von ihm Abschied nehmen können. Das Aufbahren und später die Beisetzung besorgt der Bestatter, der kennt sich damit aus. Und der Pfarrer wird verständigt. Oder besser gleich der Bischof. Er muss den Gottesdienst vorbereiten, damit die Stadt von ihrem Ratsherrn Abschied nehmen kann. Das muss schnell gehen, im Sommer kann er nicht lange liegen. Ich gebe dir die Namen, die Herren kennen sich aus. Aber vorher muss Walther ihn noch untersuchen.«

»Hier?«

»In seinem Haus.«

»In wessen Haus? Nicht vor Madeleine!«

»Du bist also einverstanden, dass wir ihn zu Walther schaffen?«

»So ist es am besten.«

Die Büttel hatten den Richter wohl falsch verstanden, sie erschienen mit einer Reisekutsche. Etwas unpassend, und dies umso mehr, als der Kutscher den Wagenschlag mit lautem Krachen niedersausen ließ, als stehe eine fröhliche Ausfahrt bevor. Jan Dreyer ließ Brüggemann in den Wagen heben. Neben dem Toten mochte keiner sitzen, also liefen die drei Freunde hinterher. Die Menge wunderte sich, dass sie an der Mottlau entlangfuhren, anstatt auf den Markt zum Haus des Ratsherrn zu fahren, doch da der Richter das angeordnet hatte, war es wohl rechtens. Nur wenige folgten dem Wagen, die meisten blieben stehen und sprachen über das, was sie gesehen hatten, und auch über das, was sie vermuteten.

Die Freunde hingegen schwiegen. Dreyer hätte Henri gern

nach dem Vorabend gefragt. Es erschien ihm im Augenblick unpassend. Später würde sich die Gelegenheit finden. Zuerst einmal musste der Doktor feststellen, woran der Kaufmann gestorben war.

Walther Went bewohnte die untere Etage eines Hauses in der Gasse, die von der Marienkirche zur Mottlau führte. Die Gerichtsdiener trugen den Toten in das Arbeitszimmer. Es war eher eine Studierstube als ein Raum zum Behandeln von Patienten; ohnehin wurde der Arzt üblicherweise in die Häuser der Kranken gerufen. Hier las er, was er an medizinischer Fachliteratur auf Latein, Französisch oder Deutsch bekommen konnte, hier verfasste er auch seine eigenen Traktate. Für eines über die Behandlung von Wundbrand hatte ihm die Universität zu Krakau den Doktortitel verliehen, den er für seine Reputation als Arzt der Oberklasse brauchte. Doch hatte er seine bescheidenen Anfänge als Wundarzt nicht vergessen. Für Notfälle, die in kriegerischen Zeiten leicht eintreten konnten, stand hier eine einfache, mit feuchtigkeitsabweisendem Tuch bespannte Liege. Darauf wurde Brüggemanns Körper abgelegt.

Henri verließ mit den Bütteln den Raum. Er mochte der Untersuchung nicht beiwohnen. Die Büttel schickte er zu Brüggemanns Haus, um neue Kleidung für den Toten herbeizuschaffen. Er selbst begab sich zu Marie und den Kindern in den Wohnraum.

»Ich habe auch noch nicht gefrühstückt«, murrte Dreyer über Henris Verschwinden.

»Ich auch nicht, wenn dich das tröstet«, sagte der Doktor. Er machte sich ans Werk. Das Wams zog er dem Toten mit Dreyers Hilfe aus, den Rest der Kleidung zerschnitt er mit einem Skalpell. Brüggemann brauchte sie nicht mehr. Die Fetzen warf er zu Boden. Es dauerte nicht mal eine Minute, dann war der Kaufherr nackt. Wents erster Blick fiel auf das winzige Teil zwischen Brüggemanns Beinen. Das vordere Stück fehlte. Nicht schön anzusehen. Erst bei seinem zweiten Blick bemerkte Went die Wunde. Ein kleiner Einstich in der Brust. Das Wasser hatte alles

Blut abgewaschen, auch auf der Kleidung war nichts zu erkennen gewesen. Dreyer sah den Einstich erst, als der Arzt ihn darauf hinwies. Die Wunde hatte sich zusammengezogen. Mit zwei Spateln dehnte Went sie vorsichtig, um sie genauer betrachten zu können. Etwas Blut trat aus, doch war es nur wenig. Das Herz stand schon zu lange still. Went tupfte die dunkelrote Flüssigkeit ab und betrachtete den Einstich mit einem Vergrößerungsglas. Dann suchte er den vorderen Körper nach Wunden oder Prellungen ab. Mit Dreyers Hilfe wälzte er ihn auf den Bauch und wiederholte die Prozedur auf der Rückseite. Dann zerrte er den Toten unter den Achseln nach oben, bis der Kopf vornüber von der Liege hing. Der Arzt schob seine rechte Hand unter den Bauch, legte die linke auf den Rücken und drückte von beiden Seiten kräftig zu. Dabei beobachtete er den Kopf des Toten.

»Hm«, sagte er. Mehr konnte er nicht tun. Zwar hatte er gelesen, dass ein wagemutiger Arzt in Frankreich tote Verbrecher aufgeschnitten hatte, um die Innereien zu studieren, und selbstverständlich hatte er die darauf fußende Schrift »De humani corporis fabrica« des Vesalius studiert, doch diese Methode galt auch siebzig Jahre nach dem Tod des Begründers der Anatomie gemeinhin als pietätlos den Verstorbenen gegenüber, er selber hatte so etwas noch nie getan, und hier gab es auch keine Notwendigkeit dafür.

»Was heißt ›hm‹?«, fragte Dreyer.

»Ein klarer Fall«, erklärte Went. »Brüggemann ist erstochen worden. Jetzt ist es«, er sah auf seine Taschenuhr, »noch nicht einmal acht. Die Leichenstarre beginnt gerade erst einzutreten. Ich denke, er wurde vor sieben bis neun Stunden getötet. Es gibt nur den einen Einstich. Wenn das Herz getroffen wurde, war er sofort tot. Auf jeden Fall lebte er nicht mehr, als er in die Mottlau geworfen wurde, sonst wäre Wasser aus seinem Rachen geflossen, als ich ihm auf Bauch und Rücken drückte. Weitere Verletzungen gibt es nicht. Die Druckstellen an Schultern und Fersen sind ihm post mortum beigebracht worden, mit hoher Wahrscheinlichkeit erst eben beim Transport.«

»Also ein Mord«, sagte Dreyer.

»Mit Sicherheit kein Selbstmord. Der Einstichkanal ist sehr schmal. Es könnte ein Stilett gewesen sein. Wahrscheinlicher ist ein Degen.«

»Und was ist das an seinem ...«

»Die Verletzung am Penis hat mit dem Mord nichts zu tun. Sie ist vermutlich schon Jahre alt. Zehn oder zwanzig.«

»Wurde er kastriert?«

»So würde ich das nicht nennen. Es fehlt ja bloß die Hälfte. Eine Pistolen- oder Musketenkugel, nehme ich mal an, im Schenkel befindet sich an passender Stelle eine Narbe. Die beiden Wunden wurden fachgerecht versorgt.«

»Darum hat er keine Nachkommen.«

»Das ist anzunehmen«, sagte Went. Er drehte den Toten wieder auf den Rücken, schob ihn etwas tiefer, damit der Kopf nicht nach hinten überhing. »Vermutlich war er nicht völlig impotent, doch mit dem kläglichen Rest konnte er nicht viel anfangen. Hatte er in seiner ersten Ehe eigentlich Kinder?«

»Einen Sohn. Er starb mit seiner Mutter durch die Pest. Übrigens auch seine Eltern und sein Bruder und dessen Familie. Die Brüggemanns waren die einzige Patrizierfamilie, die durch die Pest völlig ausgelöscht wurde.«

»Warum wurde er verschont?«

»Er war auf Reisen. Da er keine Verwandten hat, erbt seine Frau das gesamte Vermögen, wenn er nicht anders darüber verfügt hat.«

»Was willst du damit sagen?«

»Erst einmal noch gar nichts. Wenn ein Mord geschieht – keine Wirtshausschlägerei mit Todesfolge, sondern ein echter Mord –, dann muss man sich zuerst immer fragen, wem er nutzt.«

»Madeleine würde doch ihren Mann nicht erstechen!«

»Sie kann mit einem Degen umgehen, das hast du mir mal erzählt. Und ihr Bruder ist der beste Fechter weit und breit. Der Stich war gut platziert, das sehe selbst ich.«

»Verdächtigst du unseren Freund Henri?«

»Im Augenblick verdächtige ich noch niemanden. Ich stelle nur Überlegungen an.«

»Hoffentlich die richtigen.«

»Das hoffe ich auch.«

2

Brüggemanns Haus war, wie fast alle am Markt, nur drei Fenster breit, dafür aber sechs Stockwerke hoch, wenn man den zweietagig ausgebauten Giebel mitrechnete. Nach fünfzehn Jahren in Danzig erschien Walther Went die Höhe der Gebäude normal; eher hätte er sich über die Zwergenhaftigkeit der meisten Häuser in seiner Geburtsstadt Lübeck gewundert, doch dahin war er nie wieder gefahren.

Er schritt die fünf Stufen zum Beischlag empor, einer drei oder vier Schritte vorragenden Terrasse, wie sie in der Rechtsstadt viele Bauten hatten. Es gab keine Bürgersteige, man lief in der Mitte der Straße, denn der Raum vor den Häusern war privat. Die Beischläge waren mit Figuren und kleinen Schmucksäulen verziert. Bei so schönem Wetter wie heute saßen oder standen dort oft der Herr des Hauses und seine Gattin und beobachteten das Treiben auf der Straße. Went grüßte nach rechts; dort saß ein Gewinn bringender Patient, der alte Ratsherr Gottlieb Dreyer, der Vater seines Freundes Jan. Dreyer grüßte sehr freundlich zurück. Zwar war der Arzt machtlos gegen den altersbedingten Verfall des Körpers, doch konnte er die Leiden wenigstens lindern. Dreyer war zufrieden mit seinem Arzt.

Went klopfte an das mit kunstvollen Ornamenten verzierte Portal. Ein junger, sehr großer Diener öffnete ihm und bat ihn sofort herein. Durch die holzgetäfelte Diele ging der Arzt zur geschwungenen Treppe, die in das erste Obergeschoss führte. Hier war alles wesentlich geräumiger als in seiner eigenen Wohnung. Brüggemanns Haus streckte sich weit nach hinten. Sooft der Arzt auch schon hier gewesen war, er hatte nie herausbekommen, wie viele Menschen darin lebten. Die Brüggemanns und sechs bis zehn Dienstboten. Es gab auf jeden Fall Zimmer, die, außer vielleicht zum Entstauben, monatelang kein Mensch betrat. In einem davon lag jetzt wohl der Tote, Henri hatte veranlasst, dass er im Hause aufgebahrt wurde.

Madeleine Brüggemann de Marcillac erwartete ihn im Wohnzimmer. Sie war gekleidet, als wollte sie ausgehen. Über dem hellblauen, tief dekolletierten Unterkleid trug sie eine dunkelblaue Robe. Die langen schwarzen Haare trug sie, einzige Konzession an die hiesige Mode oder die häusliche Bequemlichkeit, offen. Ansonsten war sie französische Aristokratin geblieben, und das umso eher, als sie es sich jetzt leisten konnte. Ob die Taille mit Fischbein geschnürt oder von Natur aus so schmal war, wusste der Arzt nicht; er hielt es für Natur. Madeleine war eine atemberaubende Erscheinung. Sie war Mitte dreißig, ein Alter, in dem arbeitende Frauen bereits zu verblühen begannen, doch sie wirkte schöner und frischer als zu der Zeit, da er sie kennen gelernt hatte. Auf der Nordseeinsel war es gewesen. Madeleine und ihre Zofe Marie waren Gefangene der Piraten gewesen, und Wents Suche nach einem Mörder unter den Freibeutern hatte ihn immer wieder mit den Frauen zusammengeführt. Wenn er sie jetzt betrachtete, wurde ihm wieder einmal klar, dass er sich damals in beide Frauen verliebt hatte. Bekommen hatte er nur die eine, das Dienstmädchen, das vom Stand her besser zu dem mittellosen Arzt passte. Madeleine hatte sich für ihre Familie geopfert und den reichen Brüggemann geheiratet, und nun war er tot.

»Mein Beileid«, begann der Arzt steif.

»Danke.« Madeleine winkte den Diener hinaus und sah ihren Besucher ernst an.

»Setz dich, Valten«, sagte sie.

Auch eine Erinnerung an die gemeinsame Vergangenheit. Nur die beiden Frauen nannten den Doktor Walther Went noch Valten.

Er setzte sich. Falls sie geweint hatte, sah man ihr nichts an. Sie war ernst, aber nicht deprimiert. Trotzdem fragte Valten, ob er ihr helfen könne.

»Ich habe dich nicht als Arzt kommen lassen, sondern als Freund«, antwortete sie.

Valten blickte sie aufmerksam an, er sagte nichts.

»Ich weiß nicht, wo ich anfangen soll. Was weißt du über meine Ehe?«

»Was sollte ich wissen?«

»Hat Marie mit dir darüber gesprochen?«

»Nein.«

»Sie war die Einzige, die alles wusste. Hat sie wirklich nie darüber geredet?«

»Nein.«

»Es ist auch nicht so wichtig. Oder vielleicht doch. Du weißt, dass ich nicht aus Liebe geheiratet habe. Mein Mann ist kein schlechter Mensch gewesen, aber wir haben uns nie verstanden. Ich weiß, dass Marie mit dir glücklich ist. Ich hatte nichts auszustehen, aber es war ... es war nicht das, wovon ich als Mädchen geträumt habe. Nicht mal das, was ich bei den meisten anderen Kaufleuten und ihren Frauen gesehen habe. Ich war nicht glücklich. Das war nicht allgemein bekannt, aber ich bin sicher, dass es auch nicht völlig geheim war. Die Freunde von Hans und ihre Gattinnen haben sicher etwas bemerkt. Es wird deinem Freund Jan Dreyer zu Ohren kommen. Er ist jetzt schon misstrauisch. Hans und ich haben uns gegenseitig zu Erben eingesetzt. Das ist schon viele Jahre her. Es gibt kein neues Testament. Das gesamte Vermögen fällt an mich. Ich weiß nicht mal, wie viel es ist, um Geschäfte habe ich mich nicht gekümmert. Unermesslich viel, glaube ich. So viel, dass ich Angst vor der Gerichtsbarkeit habe.«

»Jan Dreyer ist ein vernünftiger Mann«, sagte Valten.

»Vernünftig? Das mag sein. Aber es ist ja nicht unvernünftig, bei einem Mord zu fragen, wem er nutzt. Ich habe Hans den Tod nicht gewünscht, das weiß ich. Und ich brauchte ihn nicht zu beerben, da ich bereits zu seinen Lebzeiten über sein Vermögen verfügte. Er hat mir alle Wünsche erfüllt, für die man Geld brauchte. Für mich gab es keine Einschränkungen. Wird dein Freund das glauben? Er wird herausfinden, dass ich Hans nicht geliebt habe, und er weiß jetzt schon, dass ich das Handelsgeschäft erbe. Vor ein paar Stunden war er hier. Er hat mir Fragen gestellt. Ihr habt ihn entkleidet. Was ihr dabei gesehen habt, das hat seine Phantasie beschäftigt. Er glaubt mir kein Wort, das habe ich gespürt. Er wird ein paar Leute befragen, und wenn man ihn dabei nicht mit der Nase auf den wirklichen Mörder stößt, wird er am Ende wieder bei mir anlangen. Er wird mich ernstlich verhören. Vielleicht findet er auch einen Dienstboten, der dummes Zeug über mich redet. Ich weiß nicht, ob ich wirklich bei allen beliebt bin. Wer in der Ehe unglücklich ist, der ist nicht immer gerecht zu allen. Wenn der Verdacht sich verfestigt, wird er mich ernstlich befragen. Und du weißt, wie das vonstatten geht. Man sperrt mich ein. Man stellt mir scharfe Fragen. Wenn die Antworten nicht so ausfallen, wie es gewünscht wird, greift man zu anderen Mitteln.«

Madeleine legte ihre Hände auf den Tisch und streckte beide Daumen nach oben. »Man wird mir Daumenschrauben anlegen.« Sie zog ihr Kleid ein Stück nach oben, sodass Valten ihre weiß bestrumpfte Fessel und die Samtschuhe sah. »Man wird mir einen spanischen Stiefel anziehen und ihn so lange zudrehen, bis das Blut spritzt und die Knochen knacken. Man wird mir einen Trichter in den Mund schieben und Wasser hineinschütten, bis es mir zur Nase heraussprudelt und der Leib anschwillt. Falls es überhaupt dazu kommt. Das werde ich nämlich nicht lange aushalten. Ich werde alles gestehen, was sie mir in den Mund legen, nur um den Schmerz nicht ertragen zu müssen. Und dann wird man mich verurteilen und enthaupten.«

Valten wusste noch immer nicht, worauf sie hinauswollte. »Dreyer ist kein Freund der Folter. Er ist ein aufgeklärter Mann und weiß, dass Schmerzen zu den irrsinnigsten Geständnissen führen.«

»Hat er die Folter abgeschafft?«

»Das gerade nicht. Doch sie ist ein Mittel zur Rechtsfindung, das er nur im äußersten Fall einsetzt. Er lässt lieber einen Schuldigen laufen, als dass er jemanden foltert, der möglicherweise unschuldig ist. Bestraft werden dürfen nur die Schuldigen, sagt er. Und Folter, die an einem Unschuldigen ausgeführt wird, ist ein Verbrechen. Gefoltert wird nur, wenn der Täter überführt ist durch die Aussagen von Zeugen oder hinterlassene Spuren, aber dennoch nicht gestehen will. Ich kann mich nicht für die gesamte Danziger Gerichtsbarkeit verbürgen, aber für meinen Freund Jan Dreyer. Einen Unschuldigen hat er noch nie foltern lassen.«

»Woher willst du das wissen?«, fragte Madeleine bitter. »Weil sie hinterher immer gestanden haben? Du weißt doch, dass es nichts bedeutet. Denk an den Mord in der Vorstadt, fünf Jahre ist das her. Zwei Männer drangen nachts in ein Haus ein, ermordeten eine Witwe und ihre Magd und nahmen alles mit, was Wert hatte. Wer geriet in Verdacht? Ein Schreiner aus der Nachbarschaft. Man hatte ihn öfter in das Haus gehen sehen, auch zu sehr sonderbaren Zeiten. Als man ihn festnahm, behauptete er, ein Liebesverhältnis mit der Magd gehabt zu haben. Sie konnte für ihn nicht aussagen, sie war längst begraben. Da holte man die Instrumente. Blutend und schreiend gestand er den Mord und wurde hingerichtet. Kaum war er tot, wurden die beiden Mörder bei einem anderen Verbrechen gefasst. Sie hatten nichts mehr zu verlieren und verhöhnten das Gericht, das einen Unschuldigen gefoltert und ermordet hatte.«

»Jan Dreyer war nicht der zuständige Richter.«

»Das weiß ich. Aber ich weiß auch, dass der andere Richter immer noch im Amt ist. Und ich weiß, dass immer noch gefoltert wird.«

»Das ist überall so Sitte. In Danzig kommt es sogar seltener vor als anderenorts, seit Jan der oberste Richter ist.«

»Wenn er mich für schuldig hält, wird er mir ein Geständnis entreißen. Und kann hinterher wieder sagen, dass er noch nie einen Unschuldigen gefoltert hat. Bisher haben alle gestanden.

Ich werde auch gestehen. Wenn ich Glück habe, fasst man den wirklichen Mörder gleich nach meiner Hinrichtung. Dann bekomme ich wenigstens ein anständiges Begräbnis.«

»Ach, Madeleine, ich glaube einfach nicht, dass …«

»Valten«, fiel ihm Madeleine ins Wort, »deinen Trost brauche ich erst am Abend vor meiner Hinrichtung in der Zelle. Jetzt geht es mir eher um deine Hilfe.«

»Was könnte ich tun?«

»Du weißt, was du tun kannst.«

»Ich bin Arzt. Von Hause aus ein guter Wundarzt und Chirurgus, und ich kenne mich inzwischen auch ganz gut mit Altersbeschwerden und Krankheiten aus. Du bist jung, gesund und unverletzt.«

»Dein größtes Talent unterschlägst du bei deiner Aufzählung. Du bist ein besserer Richter als Jan Dreyer. Jedenfalls dann, wenn die Umstände einer Tat unklar sind.«

Valten konnte nicht widersprechen. Möglicherweise hatte sie Recht. Im Lager der Freibeuter war es ihm gelungen, eine Serie von Morden aufzuklären. Damals war er jung und unerfahren gewesen und hatte am Ende doch alles vollbracht, was er sich vorgenommen hatte. Er hatte den Mörder entlarvt und es schließlich sogar geschafft, den Fall dafür zu benutzen, Madeleine, Marie, Henri und letztlich auch sich selbst zu befreien. In der Tat, das sprach für seine Fähigkeiten als Ermittler. Diesen Begriff hatte er für sich erfunden, weil er nicht mit einem Constabler oder Büttel verwechselt werden wollte; auch Richter mochte er sich nicht nennen.

»Ja«, sagte Valten, »ich glaube, ich bin ein guter Ermittler. Zumindest war ich es einmal. Doch die Piraten waren ein gesetzloser Haufen. Sie haben mich einfach zu ihrem Ermittler ernannt. In Danzig gibt es Gesetze, und es gibt eine Obrigkeit, die sie durchsetzt. Ich glaube nicht, dass man mich hier so einfach ermitteln lässt.«

»Wer sollte dich daran hindern? Du bist ein angesehener Mann, der Leibarzt einiger Ratsherren und Hundertmänner, man kennt und schätzt dich. Wenn du jemandem Fragen stellst, wird man sie beantworten. Jan Dreyer ist dein bester Freund. Glaubst du wirklich, er hat etwas dagegen, wenn du ihn unterstützt? Du sollst es ja gar nicht hinter seinem Rücken tun. Im Gegenteil. Du kannst ihm alles sagen, was du herausfindest. Auch wenn es nachteilig für mich sein sollte. Bei dir bin ich sicher, dass du den wirklichen Mörder suchst und nicht von einer vorgefassten Meinung ausgehst. Ich bitte dich, dass du den Mörder suchst.«

»Ich will's versuchen«, sagte Valten.

Madeleine lächelte ihn an. »Mir ist schon wohler«, sagte sie.

»Das ist gut.« Valten lächelte zurück. Die Vorstellung, dass man dieser schönen Frau Daumenschrauben anlegen könnte, war unerträglich. Ja, er würde für sie den wahren Mörder suchen, und er würde sofort damit anfangen.

»Meine erste Frage geht an dich. Was weißt du über den letzten Abend deines Mannes?«

»Nichts. Ich war ja nicht dabei. Er saß im Artushof, und ich war hier.«

»Hat dich jemand im Haus gesehen?«

»Mein Mädchen, als ich zu Bett ging. Das war gegen zehn. Ich hörte die Uhr der Marienkirche schlagen.«

»Um zehn hat er noch gelebt. Hat dich danach jemand gesehen?«

»Das hat mich dein Freund auch schon gefragt. Nein, natürlich nicht. Hans hätte mich gesehen, wenn er gekommen wäre, aber das ist er ja nicht.«

»Wie viele Ausgänge hat das Haus?«

»Drei. Einen nach vorn zum Markt, einen an der Seite in die Kürschnergasse, und der dritte führt nach hinten in die Brotbankengasse.«

»Wie sind die Eingänge gesichert?«

»Sie sind von innen verschlossen und verriegelt, jedenfalls in der Nacht.«

»Passt jemand darauf auf?«

»Ich weiß, worauf du hinauswillst. Ja, es ist möglich, das Haus ungesehen zu verlassen, wenn man das will. Die Dienstboten sind auch zu Bett gegangen.«

»Wo schlafen sie?«

»In der dritten und vierten Etage. Nur der Diener meines Mannes und seine Frau schlafen unten, gleich neben der Küche. Die Frau ist die Köchin, und der Mann hält sich bereit, falls Hans nach seiner Rückkehr noch etwas wünscht. Er schläft aber auch, Hans kommt meist allein klar. Kam, meine ich.«

»Würde der Diener es hören, wenn jemand heimlich das Haus verlässt?«

»Das weiß ich nicht. Henryk ist ein kräftiger junger Mann, du kennst ihn, er hat dich eingelassen. Er schläft vor allem deshalb unten, damit gleich eine starke Hand bereit ist, falls einmal Einbrecher kommen. Ich denke, die machen Lärm, wenn sie ein Fenster einschlagen oder eine Tür aufbrechen. Das würde er hören. Aber wenn jemand von innen kommt und leise ist ... Ich glaube, es ist möglich, ungesehen und ungehört das Haus zu verlassen. Mir fällt nur die Vorstellung schwer, dass ich nachts in meiner Robe durch die dunklen Gassen schleiche, um meinen Mann zu erstechen, wenn er den Artushof verlässt.«

»Oder ihn zu überreden, mit dir an der Mottlau spazieren zu gehen. Und das alles, ohne dass dich jemand dabei sieht. Ich glaube es sowieso nicht, und ich kann mir auch nicht vorstellen, dass Jan Dreyer es glaubt.«

»Ich könnte Henri angestiftet haben.«

»Wie hat er eigentlich den gestrigen Abend verbracht?«

»Er war mit Hans im Artushof.«

»Was?«

»Das hat Dreyer auch gesagt. Du kannst Henri ja selber danach fragen, er ist hier.«

»Das hat Jan natürlich auch schon gemacht. Im Augenblick ermittle ich hinter ihm her.«

»Du wirst ihn überholen. Soll ich Henri rufen?«

»Ja.«

Madeleine erhob sich und ging zur Tür. Sie öffnete sie. Henryk war in der Nähe, sie trug ihm auf, ihren Bruder zu holen, und kehrte zurück.

»Es ist fast so wie vor fünfzehn Jahren«, sagte sie, als sie sich wieder gesetzt hatte. »Damals hast du anfangs gedacht, ich könnte etwas mit den Morden an den Kapitänen zu tun haben, und mir viele Fragen gestellt. In holprigem Spanisch, weil du kein Französisch konntest und ich kein Deutsch. Aber du hast mir geholfen, am Ende war der Mörder überführt, und ich war frei. So soll es dieses Mal auch enden!«

»Ich werde tun, was ich kann«, versprach Valten.

»Das ist eine ganze Menge«, sagte Henri, der gerade den Raum betrat. »Du machst es also. Das ist gut.« Er setzte sich neben Valten an den Tisch. »Ich dachte mir schon, dass du mich das Gleiche fragen willst wie unser Freund Dreyer. Er hat ja wirklich ein paar komische Fragen gestellt, aber ich halte Madeleines Befürchtungen dennoch für übertrieben. Ich traue Jan jedenfalls, aber es kann sicher nichts schaden, wenn du ihn auf Trab bringst.«

»Was hat er denn gefragt?«

»Wie der Abend verlief. Wann ich den Artushof verlassen habe. Wer mich gesehen hat. Was ich im Haus tat. Und so weiter.«

»Dann erzähle es mir noch mal.«

»Gern.« Henri lehnte sich im Stuhl zurück, sah seine Schwester an, dann Valten. »Ich hatte keine Lust. Oder um genauer zu sein: Ich war ein wenig angeschlagen vom Vorabend. Du warst ja dabei, und Jan war es auch. Ich hatte im *Lachs* zu viel Goldwasser getrunken. Mehr als ihr. Am Morgen war mir übel, und ich hatte den ganzen Tag Kopfschmerzen. Muss ich das vor meiner Schwester erzählen? Es ist mir peinlich. Sie sieht mich strafend an.«

»Das bildest du dir ein«, sagte Madeleine. »Du bist ein erwachsener Mann und darfst trinken, bis du umfällst. Das steht einem Kriegshelden zu.«

»Danke. Umgefallen bin ich nicht, aber gerade weil ich mich so schwach fühlte, hatte ich nicht die Kraft, hier zu bleiben. Ich ging mit Brüggemann in den Artushof. Wir haben gegessen und leider auch getrunken. Ich habe Konversation gemacht, so gut es ging, und als die Ersten gingen, habe ich mich angeschlossen.«

»Wann war das?«, fragte Valten.

»Kurz nach zehn.«

»So früh?«

»Ich bin keine fünfundzwanzig mehr.« Henri hob bedauernd die Achseln.

»Wie bist du ins Haus gekommen?«

»Ich habe geklopft. Henryk hat mir geöffnet.«

»Das hat Jan sicher überprüft.«

»Hat er.«

»Madeleine, um die Zeit warst du noch wach. Hast du gehört, dass Henri geklopft hat?«

»Das ist ein solide gebautes Haus. Ich habe nichts gehört.«

»Wie wäre eigentlich dein Mann ins Haus gekommen? Hätte er auch geklopft?«

»Hans klopft doch nicht an seine eigene Tür! Außer vielleicht, wenn er den Schlüssel vergessen hätte. Aber das kam nie vor.«

»Zurück zu dir, Henri. Was hast du im Haus gemacht?«

»Was glaubst du wohl, wohin ich meinen schweren Kopf gelegt habe? Sofort auf das Kissen, und weg war ich.«

»Hat dich jemand zu Bett gebracht?«

»Natürlich nicht. Ich bin Landedelmann und Soldat. Unsereiner kann sich allein auskleiden. Ich habe geschlafen wie ein Stein. Wahrscheinlich hat mich dabei niemand gesehen. Die Sicherungsmaßnahmen an den Hintertüren sind mir nicht bekannt, aber ich denke mal, das hätte ich herausgefunden, wenn ich davor gestanden hätte. Wenn ich noch hätte geradeaus laufen können, dann wäre ich sicher in der Lage gewesen, das Haus unbemerkt wieder zu verlassen. Das sieht nicht gut aus, was?«

»Nun«, sagte Valten, »den Verdacht räumt es gerade nicht

aus, doch eure Offenheit entlastet euch in meinen Augen natürlich. Falls das überhaupt nötig wäre. Eine ganz andere Frage, Henri. Weshalb hat dich Hans Brüggemann überhaupt mitgeschleift in den Artushof? Du bist weder Kaufmann noch irgendwie einflussreich. Vor fünfzehn Jahren wurden wir beide als Retter von Madeleine eingeladen. Ich bin inzwischen jemand in der Stadt, ich gehöre zu den Hundertmännern, das ist die Bürgervertretung, und ich behandle einige der Ratsherren. Trotzdem war ich seit unserer Einführung nie wieder im Artushof. Was macht einen französischen Landadligen so wichtig, dass man ihn dort tafeln lässt?«

»Ich bin Madeleines Bruder. En plus je suis capitaine de cavalerie, Hauptmann, wie ihr sagt …«

»Henri, du weißt, dass ich so gut Französisch spreche wie du Deutsch.«

»Ja. Ich bin nicht nur ein einfacher Landedelmann, wollte ich sagen.«

»Worüber wurde im Artushof eigentlich gesprochen?«

»Über den Krieg in Deutschland, glaube ich. Dass sich seit dem Fenstersturz zu Prag die Katholiken und Protestanten in Deutschland gegenseitig die Köpfe einhauen.«

»Glaubst du?«, fragte Valten.

»Ich war nicht ganz bei der Sache. Ich habe mich mehr mit meinem Nebenmann unterhalten. Vielleicht hast du ihn ja auch schon gesehen, er ist vorgestern in Danzig eingetroffen.«

»Wen gesehen?«

»Pelsaert.«

»Doch nicht etwa der Pelsaert?«

»O ja. Der angenehmste von allen Piratenkapitänen, wenn ich mich recht entsinne. Er wollte damals die Freibeuter verlassen und sich in den Dienst seines Vaterlandes stellen. Das ist ihm gelungen. Er verdingte sich bei der Vereinigten Ostindischen Kompanie. Inzwischen ist er dort so etwas wie ein Kommandeur. So nennen sie den Leiter eines Handelskonvois. Er ist nicht mehr nur Kapitän, er steht über den Kapitänen. Natürlich hat er mich gebeten, seine Vergangenheit nicht zu erwähnen. Darin haben wir ja Übung.« Henri zwinkerte Valten zu.

»Wer war sonst noch da?«

»Ich kenne die Leute nicht näher. Ich hatte das Gefühl, es war dieselbe Runde wie vor fünfzehn Jahren, nur dass alle etwas älter geworden sind. Vielleicht fragst du einfach einen der Ratsherren, die werden ihre Gäste wohl auseinander halten können.«

»Dass du Hauptmann bist, wusste ich, aber ich hatte bisher nicht darüber nachgedacht. Kann denn unter Ludwig XIII. und seinem Kardinal Richelieu ein Hugenotte schon wieder Hauptmann werden?«

»Ja.«

»Soweit ich weiß, hat Richelieu seine Truppen gegen die Hugenotten in La Rochelle marschieren lassen.«

»Das wirkt von fern dramatischer, als es tatsächlich ist.«

»Die Hugenotten haben die halbe französische Flotte versenkt und sich auch im Languedoc gegen die katholische Bedrückung erhoben. Ich glaube nicht, dass ich dramatisiere.«

»Vielleicht nicht. Aber das hat mit Brüggemanns Tod sicher nichts zu tun.«

»Ich mag nur keine offenen Fragen.«

»Kann ich dich unter vier Augen sprechen?«

»Was denn«, fragte Madeleine, »hast du Geheimnisse vor mir?«

»Nicht wirklich«, wand sich Henri. »Es ist nur ... Ein paar Sachen bespricht man besser unter Männern.«

»Unter Männern! Führt eure ernsthaften Gespräche, bei denen eine dumme kleine Frau nur stört. Ich muss mich ohnehin umziehen. Mein Mann ist tot. Man erwartet von mir, dass ich Totenwache halte und dabei angemessen gekleidet bin.« Sie erhob sich und rauschte davon. An der Tür wandte sie sich noch einmal um. »Nur damit ihr mich nicht wirklich für blöd haltet: Ich denke mal, du wirst Valten jetzt beichten, dass du zum Katholizismus konvertiert bist.«

Eine Antwort wartete sie nicht ab. Sie schloss die Tür hinter sich.

»Stimmt das?«, fragte Valten.

»Ja. Ich wollte nicht, dass sie es weiß. Du natürlich auch nicht. Aber dir muss ich es sagen, sonst denkst du noch, dass ich lüge. Damals wäre ich fast in Danzig geblieben, war kurz davor, mir hier eine Existenz aufzubauen, aber nach einem Jahr kam ein Brief meines Vaters. Er war schwer krank. Ich konnte nicht bleiben. Als ich ankam, war er gerade gestorben. Nun saß ich da mit dem kleinen Gut. Mein Vater hatte meine Schwester verkauft, um die Familie zu retten. Doch die existierte nicht mehr. Mein Bruder war tot, mein Vater auch, und ich saß da mit dem ärmlichen Gut und dem Geld von Brüggemann, das gerade so zum Überleben reichte. Ich bin Landedelmann, aber kein Landwirt. Das Einzige, was ich wirklich kann, ist kämpfen. Was sollte ich tun? Natürlich nahmen sie keine Hugenotten. Da sagte ich mir, wenn unserem König Henri IV. Paris eine Messe wert war, zahle ich den gleichen Preis. Wir glauben an den gleichen Gott. Die Unterschiede in den Riten waren mir nie so wichtig. Ich hatte mir die Glaubensgemeinschaft nicht ausgesucht. Das hatte mein Vater für mich getan. Wenn ich überleben wollte, brauchte ich nur meine eigene Wahl zu treffen. Es war mir keine Herzensangelegenheit, es war einfach nur notwendig. Ich weiß, dass sich die Leute gegenseitig umbringen, weil sie ihren Ritus für das Wichtigste auf der Welt halten. Ich kann das nicht verstehen. Und ich denke, dass du nicht schockiert über mein Geständnis bist, weil du es ähnlich siehst. Damals, bei den Piraten, sind die Anglikaner und die Kalvinisten und die Lutheraner und die Katholiken gemeinsam zum Gottesdienst gegangen, den ein katholischer Mönch abgehalten hat, mit dem du befreundet warst, wenn ich mich recht entsinne. Ich bin kein Freund der Piraten. Sie haben meinen Bruder ermordet, mich und meine Schwester gefangen, es war ein primitiver, wilder Haufen, aber in einem Punkt waren sie weiter als ganz Europa, und das war ihre religiöse Toleranz.«

»Das stimmt«, sagte Valten. »Ich bin natürlich Lutheraner, das wurde bisher auch noch nie auf die Probe gestellt, und ich hoffe, das wird auch nie geschehen, aber ich könnte mir vorstellen, dass ich in deiner Situation ähnlich gehandelt hätte. Es ist wichtig, seinen Gott nicht zu verlieren. Auf welche Weise man ihn verehrt, ist weniger wichtig. Das darf man in den deutschen Landen derzeit nirgends laut sagen, außer vielleicht in Danzig, der protestantischen Enklave im katholischen Polen. Und selbst hier sollte man sich aussuchen, mit wem man darüber redet. Ich verstehe also, dass du es geheim hältst. Du bist als Hugenotte eingeführt worden, es gibt keinen Grund, daran zu rütteln. Aber weshalb das Madeleine nicht wissen sollte, das verstehe ich nicht. Du hast doch gesehen, wie sie es aufgenommen hat. Ich glaube, du unterschätzt deine Schwester.«

»Ja, man unterschätzt mich gern«, sagte Madeleine, die zur Tür hereinkam. Sie trug jetzt ein schwarzes, hochgeschlossenes Unterkleid, darüber eine gleichfalls schwarze Robe. Die Arme waren bis zu den Gelenken bedeckt, nur die Hände und das Gesicht leuchteten als weiße Flecken hervor. Madeleine wirkte gleich ein paar Jahre älter, so alt, wie sie tatsächlich war. Eine reife Frau, eine trauernde Witwe. »Ich gehe zum Sarg«, sagte sie. »Heute Abend und morgen kommen sicher die engsten Freunde, um meinem Mann die Ehre zu erweisen. Sie werden mich, wie zu seinen Lebzeiten, an seiner Seite finden. Weißt du jetzt, was du wissen musstest, Valten?«

»Noch lange nicht.«

»Das war mir klar. Es sieht nicht gut aus für mich und Henri. Aber du wirst es schon richten.«

Da sie in der offenen Tür stand, hörte man, dass an das Portal gepocht wurde.

»Mein Mann ruft«, sagte Madeleine, wandte sich um und hüpfte die Treppe hinab.

3

Der Besuch bei Madeleine verwirrte Valten Went. Die Trauerkleidung hatte sie erst nach dem Gespräch mit ihm angelegt, obwohl sie bereits den ganzen Tag Gelegenheit dazu gehabt hatte. Es war auch nicht auszuschließen, dass der eine oder andere von Brüggemanns Freunden sie bereits aufgesucht hatte. Er konnte sich nicht vorstellen, dass sie die Ratsherren in der festlichen Robe empfangen hatte. Falls wirklich jemand ins Haus gekommen war, hatte sie sich wahrscheinlich nicht sehen lassen und mit ihrem Schmerz entschuldigt. Doch der Kummer hielt sich sichtlich in Grenzen. Als es an die Tür gehämmert hatte, war sie geradezu übermütig die Treppen hinabgesprungen und hatte sich neben der Bahre postiert. Valten war zutiefst davon überzeugt, dass Madeleine nichts mit dem Tod ihres Mannes zu tun hatte, doch ihm war klar, dass in Dreyers Augen so manches gegen sie sprechen könnte. Auch der Hinweis auf einen möglicherweise missgünstigen Dienstboten war ernst zu nehmen. Er musste all das wissen, was sein Freund bei seiner Untersuchung zwangsläufig herausbekommen würde, um dem mit überlegenem Wissen begegnen zu können. Ehe er sich auf Mördersuche begab, wollte er alles wissen, was es über die Ehe der Brüggemanns zu sagen gab.

Marie war Madeleines beste Freundin. Mindestens einmal in der Woche hatte sie ihre ehemalige Herrin besucht. Valten war nur selten dabei gewesen, und Gegenbesuche waren fast völlig unterblieben. Doch er wusste, dass die beiden Frauen viel miteinander sprachen. Marie hatte wenig darüber erzählt, und Valten hatte nicht danach gefragt. Er berichtete ja auch nicht über die Abende mit Jan Dreyer im *Lachs*. Da gab es nichts zu erzählen. Man trank Wein und schwatzte über Gott und die Welt. So ähnlich ging es bei den Damen sicher auch zu. Das interessierte ihn nicht, solange er nicht ermittelte. Doch jetzt war es an der Zeit für ein Gespräch mit seiner Frau über die Ehe ihrer besten Freundin.

Dazu kam es eine Weile nicht. Valten war vor dem Frühstück zu Brüggemanns Leiche gerufen worden. Die Kinder hatten ihn am Morgen nicht gesehen, und als er das Frühstück nachgeholt hatte, waren sie bereits außer Haus gewesen. Walther und Heinrich waren Zwillinge, beide dreizehn Jahre alt, und sie besuchten eine Schule, weil Valten der Auffassung war, Bildung und Erziehung könnten auf keinen Fall von Schaden sein. Marie teilte seine Meinung. Ihre Herrin hatte, wie zuvor deren Brüder, einen Hauslehrer gehabt. Madeleines Vater war ein sehr aufgeschlossener Mann gewesen, er hatte veranlasst, dass das Kind seiner Köchin denselben Unterricht besuchte wie seine Tochter. Mit dem Ergebnis, dass Marie nun so gebildet war wie ihr Mann.

Die Zwillinge hatten Spaß am Lernen. Gern besprachen sie mit den Eltern, was sie besonders interessierte. Diesmal war es die Entdeckung der Neuen Welt gewesen, die sie beschäftigte, jenes unermesslich großen und reichen Kontinents, von dessen Existenz noch vor 130 Jahren kein zivilisierter Mensch etwas geahnt hatte. Weshalb man ihn nach Amerigo Vespucci benannt habe, obwohl es doch Columbus gewesen war, der das Land entdeckt habe, wollten sie wissen. Valten und Marie gaben Auskunft, so gut sie vermochten. Ein lothringischer Buchhändler habe den Namen ersonnen, wusste Marie, und weil er zu Europa, Afrika und Asien passte, habe er sich durchgesetzt, ergänzte Valten. Nein, er selbst sei noch nie dort gewesen, auch wenn er einst die Reise nach Südamerika angetreten hatte. Am Ende war er statt nach Eldorado nach Danzig gekommen, und das habe er nie bereut.

Der Wissensdurst der Kinder war nicht zu stillen, schließlich musste Valten das Gespräch abbrechen; er habe dringlich mit ihrer Mutter zu reden. Zwar zogen die Jungen sich in ihr Zimmer zurück, doch im Wohnzimmer mochte es Störungen geben, jeder lief hindurch, der das wollte, die Kinder oder die Magd, und so nahm er Marie an der Hand und zog sie ins Schlafzimmer.

»Es ist noch nicht mal dunkel«, sagte sie mit leiser Belustigung.

»Du weißt, dass ich dich zu jeder Tageszeit liebe«, antwortete Valten und küsste sie. »Aber ich muss wirklich mit dir sprechen.« Er seufzte. »Es geht um ernste Dinge.« Er schloss die Tür und schob den Riegel vor.

Das Schlafzimmer war der kleinste Raum des Hauses. Beherrscht wurde er von einem großen Bett mit hohen Pfosten, an denen Vorhänge befestigt waren. Durch die Wand zum Wohnzimmer hindurch war der Kachelofen gebaut, mit dem im Winter beide Räume beheizt wurden. An der gegenüberliegenden Wand stand ein Schminktisch mit Spiegel, davor ein graziler Stuhl. Valten klappte den seitlichen Vorhang des Bettes hoch und nahm auf den Decken Platz, Marie setzte sich auf ihren Stuhl.

»Es geht um Madeleine und ihren Mann«, sagte Marie. Sie sprach französisch. Das machten die beiden stets, wenn sie Themen beredeten, die außer ihnen niemanden etwas angingen, in Sonderheit nicht die Kinder. Und sie taten es auch, wenn sie unter sich waren.

Valten bestätigte es und erzählte von seinem Besuch und dem damit verbundenen Auftrag. Er erwähnte die große Fassung, die Madeleine angesichts des Todes ihres Gatten gezeigt hatte, »fast könnte man es Erleichterung nennen«, und er sagte auch, dass er alles wissen müsse, um dem möglichen Verdacht des untersuchenden Richters angemessen begegnen zu können. »Jan bekommt alles heraus, was irgendjemandem bekannt ist, dessen kannst du gewiss sein. Ich möchte davon nicht überrascht werden.«

»Was soll ich sagen?«

»Alles, was du weißt. Es ist keine Neugierde. Ich bin wieder Ermittler.«

»Ja, das war mir klar, als Madeleine mich heute Mittag bat, dich zu ihr zu schicken.«

Marie begann mit dem Anfang. Der lag in der Kindheit und

Jugend. Zwar waren die beiden Mädchen zusammen aufgewachsen und immer eher Freundinnen gewesen als Herrin und Dienerin, doch bei aller Vertrautheit waren sie sich ihres Standes bewusst. Madeleine träumte von einem Aristokraten, Marie von einem Bürgerlichen. Dann war die Familie de Marcillac in Not geraten, der Vater hatte Schulden gemacht, sie waren kurz davor, das Gut verkaufen zu müssen, um dann ärmlicher zu leben als die Bauern. Da kam als Retter in der Not der reiche Kaufherr aus Danzig. Natürlich war es eine Mesalliance, Brüggemann war nicht von Adel, doch so reich, dass er ohne jede Anstrengung Familie und Gut retten konnte. Madeleine hatte Brüggemann kennen gelernt, er war ihr nicht zuwider. Eine stattliche Erscheinung, auch nicht zu alt, gerade Mitte der dreißig, ein gut aussehender, weltgewandter Mann.

Den Anfang der Geschichte kannte Valten, doch ließ er Marie reden. Sie würde ihre Gründe haben, so weit auszuholen. Ohnehin hörte er ihr gern zu. Ihre weiche, dunkle Stimme klang wie Musik, wenn sie sich ihrer Muttersprache bediente. Und sie war so schön, dachte er. Man sagt, dass selbst die größte Schönheit mit den Jahren alltäglich wird. Welch Irrtum! Marie wurde mit den Jahren immer schöner. Sie ähnelte ihrer Freundin, und Madeleine galt als die schönste Frau in Danzig. Für Valten kam Marie an erster Stelle, auch noch nach fast fünfzehn Jahren Ehe und in den bescheideneren Gewändern.

Fast wäre Valten ins Träumen geraten, doch da kam endlich etwas Neues. Brüggemann hatte, da geschäftlich verhindert, aus der Ferne die Werbung perfekt gemacht; so waren sie denn getrennt nach Danzig gesegelt. Auf beiden Reisen war fast dasselbe geschehen. Die Franzosen wurden vor Hamburg geentert. Brüggemanns Schiff wurde vor Portugal von maurischen Piraten angegriffen, doch konnte der Angriff unter Verlusten abgeschlagen werden. Nach den Toten hatte es Brüggemann am schlimmsten getroffen, »du hast ihn ja heute Morgen gesehen«. Ein geschickter Arzt war an Bord und versorgte die Wunde. Und Brüggemann dachte wohl, das wird wieder, oder er mochte die Schande nicht eingestehen, jedenfalls änderte er nichts an seinen Heiratsplänen. So merkte Madeleine es erst in der Hochzeitsnacht, als er es immerhin versuchte. Anfangs liebte er Madeleine wirklich, es war ihm wichtig, sie glücklich zu machen und mit ihr Kinder zu haben, doch das half nichts. Er war unfähig, mit einer Frau zu verkehren.

Marie umschrieb die Details, doch Valten verstand sie. Brüggemanns Glied wurde nicht mehr steif. Er konnte zum Orgasmus kommen, doch niemals in seiner Frau. Wäre er ein Asket gewesen, dann hätte es ihn wohl weniger hart getroffen. Aber Hans Brüggemann war ein vitaler Mann und nach seiner Verstümmelung erst recht vom Sex besessen, den er nicht mehr haben konnte. Er wollte mit seiner Frau alles Mögliche anstellen. Marie verschwieg wiederum die Details, und diesmal konnte und wollte Valten sie sich nicht vorstellen. Ihm war klar, dass der Mann Madeleine zum Ekel wurde. In der Öffentlichkeit mimte sie die strahlende Prinzessin, in den eigenen vier Wänden fühlte sie sich besudelt. Brüggemann fasste all seinen Dienstmädchen ins Mieder und ging gelegentlich sogar zu käuflichen Frauen, doch bis zum Schluss versuchte er auch immer wieder, sich an seiner wunderschönen Gattin zu befriedigen. Es war für beide die Hölle, meinte Marie. Der Mann wurde von seinen Begierden gequält, ohne wirkliche Aussicht auf Erfüllung. Und die Frau wurde von den Begierden des Mannes gequält. Von ihren eigenen Begierden ganz zu schweigen, die der Mann vor allem deshalb nicht erfüllen konnte, weil sie sich vor ihm ekelte.

»Das hätte ich dir ohne Not nie erzählt«, schloss Marie. »Es geht niemanden etwas an. Ich weiß es nur, weil ich ihre intimste Freundin bin. Ich denke auch, dass Brüggemann es niemandem erzählt hat. Doch Dienstboten bekommen immer etwas mit. Vielleicht macht Jan auch die Hure ausfindig, falls es stets dieselbe war. Du weißt jetzt mehr, als er je erfahren wird. Schütze Madeleine, wenn du kannst.«

»Ich will es versuchen, aber es ist schwer. Alles spricht dafür, dass Madeleine ein Motiv für den Mord hatte.«

»Eine Frau bringt ihren Mann nicht um, bloß weil er impotent ist.«

»Ich glaube doch nicht, dass sie es gewesen ist, ich fürchte nur, dass andere es glauben könnten.«

»Dann musst du den richtigen Mörder finden.«

»Weiß ich jetzt wirklich alles?«

»Wie meinst du das?«, Marie errötete.

Am liebsten hätte Valten nicht weitergefragt. Bisher war er gut zurechtgekommen, ohne das zu wissen, was er jetzt ahnte. Er liebte Marie, sie liebte ihn. Das war mehr, als die meisten Eheleute voneinander sagen konnten. Hätte er sich bloß nicht auf die Ermittlung eingelassen! Sein Verstand arbeitete anders, wenn er einen Fall untersuchte. Er achtete auf Details, auf die Mimik, die Gesten, die Färbung der Stimme. Und auf jedes Wort. Selbst bei seiner Frau.

»Du hast gesagt, dass Dienstboten vieles mitbekommen. Ich will von Jan Dreyer nicht kalt erwischt werden. Gibt es noch etwas zu sagen über Madeleine und dich?«

Marie errötete stärker. Sie schwieg.

»Du hast von Madeleine gesprochen wie von einer Geliebten«, sagte Valten. »Immer wieder hast du ihre Schönheit erwähnt. Das machen Frauen nur selten, und schon gar nicht Frauen, die ebenso schön sind. Du hast sie deine intimste Freundin genannt. Du hast von ihren Nöten und Begierden gewusst. Wie hat sie denn ihre Begierden gestillt, wenn der Mann dazu nicht in der Lage war? Einen Hausfreund hatte sie jedenfalls nicht, das hätte Brüggemann nicht geduldet, und falls doch, hättest du es erwähnt, denn das ist das Erste, was Dreyer herausfindet. Ich bin Arzt, ich weiß, wie unbefriedigte Frauen aussehen. Madeleine hat ihre strahlende Schönheit bewahrt, und sie war auch nicht verbittert oder vergrämt. Ich habe sie oft genug gesehen in den vergangenen Jahren, doch bis heute wusste ich nichts von der Verstümmelung ihres Mannes. Manche Frauen können so etwas sublimieren. Sie lesen dicke Bücher oder rennen jeden Tag in die Kirche oder opfern sich für die Armen auf.

Das alles hat Madeleine nicht getan. Weshalb wirkte sie dann nicht so unglücklich, wie sie deiner Beschreibung nach war?«

»Du kannst doch nicht alles nur auf das eine zurückführen«, sagte Marie. »Sie war unglücklich, das weiß ich nur zu gut. Und nicht nur, weil ihr Mann verstümmelt war. Sie haben sich auch nicht sonderlich verstanden. Brüggemann war fast noch am menschlichsten, wenn er zu ihr ins Bett kroch. Was glaubst du, weshalb er so reich war? Weil er sich den ganzen Tag um seine Geschäfte gekümmert hat. Um den Handel und um die Stadt. Er saß über seinen Büchern und Zahlen, oder er sprach mit wichtigen Männern. In großen Gesellschaften konnte er durchaus unterhaltsam sein, er war ja nicht dumm oder gehemmt. Aber er hat nie so mit ihr geredet, wie wir miteinander sprechen. Außer dem Handel und der Politik hatte er keine Interessen. Was meinst du, wie unterhaltsam das für eine Frau ist.«

»Du weichst mir aus«, sagte Valten.

»Ich möchte es dir nicht sagen. Das belastet unser Verhältnis, obwohl es damit nichts zu tun hat. Du bist auf dieser Welt der Mensch, den ich am meisten liebe. Ich bin glücklich mit dir und den Kindern. Und ich möchte nicht, dass es zerstört wird.«

Valten wurde blass, doch seine Stimme klang fest: »Die Zeit des Schweigens ist vorbei. Ich weiß es längst, aber ich will, dass du es aussprichst.«

»Ich liebe auch Madeleine«, sagte Marie leise.

»Wie liebst du sie?«

»So wie eine Frau eine andere Frau lieben kann.«

»Nein.«

»Doch.«

»Wie ist das möglich? Warum habe ich nichts bemerkt?«

»Weil dir nichts gefehlt hat. Ich habe dir nichts weggenommen, ich habe ihr etwas gegeben. Und sie mir.«

Du hast mich betrogen, dachte Valten. Du hast bei einer Frau gelegen. Er sprach es nicht aus. Es kam ihm primitiv vor, wie seine Gefühle ihn denken ließen. Stattdessen fragte er, wie es dazu gekommen war.

»Wie sind zusammen aufgewachsen, wie du weißt. Wir hatten zusammen Unterricht, wir haben zusammen gespielt. Auch in der Zeit, als unsere Körper erwachten. Ich glaube, die Jungs auf dem Lande machen das untereinander auch, wenn sich ihre Glieder zu regen beginnen. Mädchen sind da gar nicht so anders. Wir haben miteinander geschmust und unsere Körper erkundet. Und wir haben gemeinsam von Männern geträumt. Das war alles ziemlich unschuldig, aber wir wurden vertraut miteinander wie selten zwei Menschen, die kein Paar sind. Wir waren unzertrennlich, sodass es für mich keine Frage gab, als sie nach Danzig verheiratet wurde. Natürlich ging ich mit. Unsere ersten Männer waren Piraten. Du weißt, dass wir bei der Gefangennahme vergewaltigt wurden. Das war kein schönes Erlebnis. Trotzdem träumten wir weiter von Männern und trösteten uns dabei gegenseitig. Und dann kamst du. Ein intelligenter, charmanter Mann, mit dem es sich angenehm reden ließ. Ein Mann, der sich für unser Schicksal interessierte, der Anteil nahm, der uns schließlich befreite. Du weißt es sicher, dass wir uns beide in dich verliebt haben. Zum ersten Mal in meinem Leben war es von Vorteil, dass ich kein adliges Fräulein bin. Ich war die Glücklichere. Ich bekam dich, Madeleine erfüllte ihre Pflicht und nahm den reichen Brüggemann.«

Das weiß ich doch, dachte Valten, aber er schwieg. Es klang alles so normal aus ihrem Munde, so selbstverständlich. Er spürte, wie die erste Gefühlsaufwallung abzuschwellen begann, obwohl sie noch nicht einmal zur Sache gekommen war.

»In den ersten Ehejahren bekam ich wenig mit. Du hast unsere Existenz aufgebaut, die Kinder kamen, ich hatte viel zu tun. Ich wusste einiges, Madeleine und ich blieben vertraute Freundinnen, aber richtig haben wir uns erst ausgesprochen, als Brüggemann seine letzte Fernreise unternahm und du in Krakau warst, um deinen Doktortitel zu bekommen.«

Vor zehn, nein, vor elf Jahren, dachte Valten. So lange schon. Und ich habe nichts bemerkt.

»Die Kinder waren versorgt, die Amme war ja da, und wir

hatten auch schon unser erstes Dienstmädchen. Da besuchte ich Madeleine fast täglich. Sie erzählte mir von ihrem Unglück, ich erzählte von meinem Glück. Von unserem Glück. Ich nahm sie in den Arm, um sie zu trösten. Und dabei ist es dann passiert. Beim ersten Mal ist es wirklich passiert. Wir waren selbst überrascht. Aber am nächsten Tag war ich wieder da. Und am übernächsten. Das war nicht die Pflicht einer Zofe ihrer Herrin gegenüber. Ich liebe Madeleine, und sie liebt mich. Und sie liebt auch dich. Es war ein wenig so, als ob du dabei gewesen wärst. Wir haben häufiger über dich gesprochen als über Brüggemann. Durch mich nahm sie an unserem Leben teil. Dann kamst du zurück aus Krakau, und ich musste mir ein paar Fragen stellen. Die erste war, ob man gleichzeitig zwei Menschen lieben kann. Ja, war meine Antwort. Ich liebe dich mehr als alles auf der Welt. Mehr auch als Madeleine. Wenn ich mich jemals zwischen euch entscheiden müsste, würde ich mich für dich entscheiden. Aber ich liebe auch Madeleine. Sie ist eine wunderbare Frau, ich meine nicht nur ihr Aussehen, das weißt du. Die andere Frage war, ob ich es dir sagen soll. Nein, war meine Antwort. Sie ist mir nicht leicht gefallen. Durch die Heimlichkeit wurde es so etwas wie Betrug. Ich habe es aber nicht als Betrug empfunden. Es war etwas anderes. Es hatte mit dem Verhältnis zwischen dir und mir nichts zu tun. Nicht einmal belastet wurde es dadurch, ich war glücklich mit dir, du mit mir, so sollte es bleiben. Ich wollte es nicht zerstören, denn es ist das Wichtigste in meinem Leben.«

Nun schwieg Marie; sie wartete, dass ihr Mann etwas sagte. Er hatte bei ihrer Erzählung Stiche der Eifersucht gespürt, und doch wurde er ruhiger.

»Wie ist es weitergegangen, als ich aus Krakau zurück war?«, fragte er.

»Das weißt du. Ich war fast immer zu Hause. Ein- oder zweimal die Woche habe ich Madeleine besucht. Meist haben wir uns nur unterhalten. Brüggemann war ja inzwischen auch wieder da, er betrat Madeleines Zimmer, wann er das für richtig hielt. Unsere Intimität ist eher geistiger Art, so etwas wie Seelenverständnis.«

Eher, aber nicht nur, dachte Valten. »Hat es Brüggemann gewusst?«

»Ja«, antwortete Marie zu seiner Überraschung. »Er hat uns einmal überrascht.«

»Wie hat er reagiert?«

»Er wollte zusehen.«

»Durfte er?«

»Natürlich nicht.«

»Wie hat er es aufgenommen?«

»Abgesehen von der geilen ersten Aufwallung sehr gelassen. Ich glaube, er war sogar froh, dass seine Frau sich keinen Hausfreund genommen hat. Er hat sich einfach nicht darum gekümmert.«

»Ach.«

»Und du solltest dich deshalb auch nicht bekümmern.«

»Du hast eben gesagt, wenn du dich zwischen mir und ihr entscheiden müsstest, würdest du mich wählen. Wenn! Denkst du, ich sehe zu, wie du zu Madeleine gehst, jetzt, wo ich es weiß?«

»Ja«, sagte Marie. »Ich hatte es bisher nicht geglaubt, sonst hätte ich es nicht vor dir verborgen. Aber jetzt, da ich mit dir darüber spreche, glaube ich es. Ich erzähle es dir, und dabei kommt es mir ganz natürlich vor, überhaupt nicht verboten oder sündig. Du bist der Mann, den ich liebe, das weiß ich, und das weißt auch du.«

»Und Madeleine ist die Frau, die du liebst.«

»Ja.«

»Was hat sie, das nicht auch ich habe?«

»Zum Beispiel eine wundervoll geformte Brust. Ein stärkeres Bedürfnis, Zärtlichkeiten zu geben und zu nehmen. Ich kann mit ihr über alles reden.«

»Mit mir nicht?«

»Mit uns ist es ganz anders als mit Madeleine und Brüggemann. Wir sprechen über fast alles, es ist nie langweilig. Unsere

Ehe ist auch eine Seelengemeinschaft. Ich empfinde es so, und du auch. Madeleine und ich sprechen über dieselben Dinge wie wir beide. Und dazu noch über einiges, wofür sich Männer einfach nicht interessieren.«

»Wie man sich schminkt und kleidet.«

»Ja. Und über Gefühle. Mit dir und inzwischen auch mit den Jungs kann ich über den Zustand der Welt reden, über die Entdeckung Amerikas und den Krieg in Deutschland, über die Religion, die Sitten, auch über deine Patienten. Aber wann sprechen wir über Gefühle?«

»Heute.«

»Das wurde Zeit. Brüggemann musste ermordet werden, damit wir über unsere Gefühle sprechen. Mir ist noch nicht so ganz klar, wie du es aufnimmst, und trotzdem bin ich erleichtert. Es gibt keine Heimlichkeiten mehr zwischen uns.«

»Mir ist auch noch nicht so ganz klar, wie ich es aufnehme.«

»Ich weiß. Aber du schreist nicht, du schlägst mich nicht ...«

»Ich könnte dich nie schlagen«, sagte Valten.

»War ich dir eine schlechte Frau? War ich den Kindern eine schlechte Mutter? Ich habe dir nichts weggenommen, das weißt du.«

Wusste er das wirklich? Er war nicht sicher.

»Und es war nicht irgendwer, schon gar kein Mann. Es war, es ist Madeleine. Nicht nur sie hat sich damals in dich verliebt, als wir uns kennen lernten. Ich war ja nicht blind. Ich habe bemerkt, dass du anfangs uns beide gemeint hast. Man kann zwei Menschen gleichzeitig lieben, das weißt du aus eigener Erfahrung. Die Entscheidung für mich fiel dir leichter, weil ich deinem Stand näher war. Aber wären wir beide Dienstmädchen gewesen oder gar ich die Herrin und sie die Zofe, dann wären wir beide wahrscheinlich niemals zusammengekommen.«

Das könnte wahr sein, dachte Valten. Wirre Gedanken schossen ihm durch den Kopf. Wenn er sich um den Mordfall nicht kümmerte, dann würde, falls er den richtigen Mörder nicht fand, möglicherweise Dreyer das Problem Madeleine lösen.

Bloß das nicht, dachte er. Madeleine war auch seine Freundin. Keine intime Freundin, aber eine Freundin. War es denn wirklich ein Problem? Am Anfang war er tatsächlich in beide Frauen verliebt gewesen. Und er mochte Madeleine noch immer, fast so sehr wie seine Frau. Nun wusste er auch, weshalb sie keine Trauerkleidung getragen hatte, als er am Nachmittag bei ihr war. Sie wollte für ihn schön sein. Sie hatte ihm im Dekolletee den Brustansatz gezeigt und sogar das Kleid ein wenig in die Höhe gezogen. Um ihn zu betören, ihn mit weiblichen Reizen zu ködern? Das war nicht nötig. Er hätte ihr auch geholfen, wenn sie Sackleinen getragen hätte. Sie hatte sich freier gefühlt durch den Tod ihres Mannes. Ihre Angst vor der Folter war echt, doch davon abgesehen war sie aufgeblüht. Auf einmal war sie frei. So frei, dass sie sich ganz offen mit ihrer Jugendliebe treffen konnte, die sie fünfzehn Jahre vor aller Welt verheimlicht hatte. Merkwürdig, er dachte über Madeleine nach, nicht über Maries Betrug. Hatte sie vielleicht Recht? Auch wenn die Konvention es nicht zuließ, ihm war nichts genommen worden. Seit wann scherte er sich um Konventionen?

»Was würdest du sagen, wenn ich mit Madeleine schlafe?«, fragte er.

»Ich würde dich fragen, ob du sie liebst«, antwortete Marie. »Und ich würde dich fragen, was sie hat, das nicht auch ich habe. Sicher wäre ich auch ein wenig eifersüchtig. Aber ich denke auch, dass ich nicht wirklich etwas dagegen hätte. Ich liebe euch doch beide. Es muss nur klar sein, dass du zu mir gehörst. Willst du denn mit ihr schlafen?«

»Ich weiß nicht ...« Konnte man denn mit seiner Frau darüber sprechen, dass man eine andere Frau begehrte? Ja, mit dieser Frau konnte man das. Die Zuneigung überwältigte ihn. Marie sah es ihm an.

»Liebst du mich?«, fragte sie.

»Ja.«

»Trotz meiner Beziehung zu Madeleine?«

»Ich liebe dich.«

»Dann zeige es mir.«

Walther und Heinrich standen im Wohnraum an der Tür und lauschten. Die Eltern sprachen so leise, dass sie selbst dann nur wenig verstanden hätten, wenn sie deutsch miteinander geredet hätten. Beide schworen sich, unbedingt Französisch zu lernen. Wenn die Eltern so lange und intensiv miteinander redeten, dann musste es ein sehr interessantes Thema sein. Vielleicht konnte der Lehrer ja Französisch. Sie würden ihn danach fragen. Und irgendwann würden sie die Eltern dann mit lässigen französischen Zwischenbemerkungen beeindrucken. Nun war es schon eine ganze Weile still im Schlafzimmer. Nur das Bett knarrte, begann zu ruckeln. Die Jungs sahen sich an und nickten sich grinsend zu. Sie freuten sich, dass ihre Eltern glücklich waren.

Das Dienstmädchen betrat das Wohnzimmer und stemmte die Hände in die drallen Hüften.

»Raus hier!«, sagte sie.

Kichernd verschwanden die Jungen in ihrem Zimmer.

4

Am nächsten Morgen suchte Valten seinen Freund Jan Dreyer auf und überraschte ihn mit der Eröffnung, er wolle ihm bei der Untersuchung des Falles helfen.

»Mir helfen?«, fragte Dreyer. »Warum denn?«

»Madeleine hat mich darum gebeten.«

»Ach so?«

Die Freunde hatten sich, als Valten ihm mitteilte, er habe etwas Wichtiges mit ihm zu besprechen, in Dreyers Arbeitszimmer zurückgezogen. Es war, wie das von Valten, eine Studierstube mit zahlreichen Büchern, hier vornehmlich juristischen Inhalts, dazu etliche religionstheoretische und philosophische Schriften. Er ließ seinen Blick über die ledernen Buchrücken gleiten, ohne sie tatsächlich wahrzunehmen, während sich Dreyer mit seiner Antwort Zeit ließ. Valten war übermüdet. Er hatte schlecht geschlafen in der Nacht. Maries Eröffnung machte ihm zu schaffen, er konnte sich nicht dagegen wehren.

»Sie denkt, ich verdächtige sie«, sagte Dreyer schließlich.

»Ist das so abwegig?«

»Ich habe noch keinen konkreten Verdacht«, wich Dreyer aus.

»Also verdächtigst du sie«, deutete Valten.

»Das würde ich so nicht sagen.« Dreyer entschloss sich, offen mit dem Freund zu sprechen. »Sie ist die Erbin, und die Ehe war nicht berauschend, nach allem, was ich bis jetzt darüber gehört habe. Ein Motiv wäre also gegeben. Doch denke ich natürlich nicht, dass sie es eigenhändig getan haben könnte. Patrizierfrauen schleichen nicht durch die dunklen Gassen, um ihre Männer abzustechen. Wenn sie also überhaupt dahinter steckt, dann hätte es sicher ihr Bruder an ihrer Stelle ausgeführt. Wenn er es wirklich war, werde ich ihn nicht schonen. Aber ich kenne Henri. Wir drei waren damals unzertrennlich, als ihr nach Danzig gekommen seid. Er war unser Fechtlehrer. Wir haben gemeinsam die Stadt erkundet und sind über Land geritten und ... Das weißt du so gut wie ich. Dann war er vierzehn Jahre in Frankreich, und als er jetzt wieder auftauchte, stellte sich sofort die alte Vertrautheit ein. Ich betrachte Henri als Freund. Ehe ich einen Freund verdächtige, muss schon einiges an Beweisen vorliegen. Er ist Offizier und hat sicher schon viele Menschen getötet, aber er ist auch ein Edelmann. Ein Meuchelmord passt nicht zu ihm, so wie ich ihn kenne. Doch wäre er nicht mein Freund und würde ich ihn nicht so gut kennen, dann wäre er nach Lage der Dinge mein Hauptverdächtiger. Es ist manchmal nicht leicht, Richter zu sein.«

»Ich kann dir helfen.«

»Kannst du das wirklich?«

»Ja. Ich habe das schon einmal gemacht, vor vielen Jahren.«

»Warst du Gerichtsdiener?«

»Ermittler.«

»Was bedeutet das?«

»Das Wort habe ich erfunden. Meine Mission war nicht offiziell. Ich habe mehrere Morde untersucht und am Ende den Täter überführt. Gefunden habe ich ihn durch geduldige Fragen und logische Überlegungen. Eben durch Ermittlungen.«

»Warum hast du das bisher nie erwähnt?«

»Es ist schon so lange her.«

»Trotzdem. Das musst du mir unbedingt erzählen.«

»Aber nicht jetzt.«

»Natürlich nicht. Ja, wenn du das kannst, spricht eigentlich nichts dagegen, dass du mir hilfst. Ohnehin bist du mit dem Fall vertraut. Du hast entdeckt, dass Brüggemann ermordet wurde. Ohne dich wäre es gar kein Fall. Wie willst du vorgehen?«

»Ich spreche mit Leuten.«

»Das mache ich auch.«

»Es werden aber nicht dieselben Leute sein, denke ich. Du wirst die Dienstboten befragen, die Schauerleute am Hafen, die Nachtwächter. Das gemeine Volk.«

»Allerdings. Das Personal hört alles, sieht alles, weiß alles. Und ist dabei auch noch unsichtbar. Mit wem willst du denn reden?«

»Mit den Kaufherren und ihren Gästen.«

»Du meinst die Artusrunde von vorgestern Abend?«

»Wenn es nicht die eigene Familie war: Wer ermordet dann einen Kaufmann? Ein Raubmord scheidet jedenfalls aus, denn zum einen hatte Brüggemann im Artushof seine Barschaft nicht bei sich, wie sich jeder denken kann, und zum anderen hatte man ihm das gelassen, was er bei sich trug. Gestern hast du seine Kleidung untersucht, ich habe kaum darauf geachtet, aber mir ist nicht entgangen, dass du seine goldene Taschenuhr und einige Gulden gefunden hast. Hatte er eigentlich einen Schlüssel dabei?«

»Nein. Du meinst, wenn Raubmord ausscheidet, hat es einer seinesgleichen getan?«

»Noch meine ich gar nichts«, sagte Valten. »Ich habe mit der

Ermittlung ja noch nicht mal angefangen. Ich will es nur nicht ausschließen. Vielleicht hatte er sich Feinde gemacht, er war gar zu erfolgreich. Es kann aber auch ganz anders sein. Vielleicht ist im Artushof etwas vorgefallen, was letztlich zum Mord führte. Das sind bis jetzt nur Spekulationen, indes kann es nicht von Schaden sein, die Leute auszuhorchen, die an Brüggemanns letztem Abend mit ihm am Tisch saßen.«

»Du verstehst wirklich etwas davon.«

»Hast du schon mit deinem Vater gesprochen?«

»Schon oft, aber nicht in den letzten Tagen. Warum sollte ich?«

»Weil er vorgestern im Artushof war.«

»Tatsächlich? Ich dachte, er geht nicht mehr hin, seit er sich von den Geschäften zurückgezogen hat. Er war es aber mit Sicherheit nicht.«

»Natürlich nicht. Ich brauche ihn als Zeugen. Er hat ein gusseisernes Gedächtnis.«

»Ich finde, er hat nachgelassen.«

»Ach was. Für seine sechsundsechzig Jahre ist er erstaunlich gut beisammen. Besser als ich, denke ich manchmal.«

»Wenn du meinst. Ich merke schon, wir kommen uns nicht ins Gehege. Folge deinen Spuren, und ich folge meinen. Werden die Leute denn überhaupt mit dir reden?«

»Dein Vater auf jeden Fall, ich bin sein Arzt. Und die anderen? Ich kann sie nicht zwingen, ich bin keine Amtsperson. Aber wenn sie mit mir reden, dann sicher freier, als sie mit dir sprechen würden. Dich fürchtet in Danzig fast jeder – wegen deiner Unbestechlichkeit und Beharrlichkeit. Da überlegen sie sich zweimal, was sie dir sagen, selbst wenn sie gar nichts zu verbergen haben. Den harmlosen Doktor Walther Went hingegen fürchtet niemand.«

»Ich kann dich zur Amtsperson machen. Das kostet mich nur eine Unterschrift und ein Siegel. Ich stelle dich als Konsultanten ein.«

»Das ist nicht nötig.«

»Du brauchst das Schreiben ja nur im Notfall vorzuzeigen. Ich setze es nachher im Amt auf und gebe es dir heute Abend. Du musst mir natürlich Bericht erstatten. Sofort, wenn du den Täter findest, ansonsten jeden Abend.«

Sie einigten sich noch darauf, wo sie sich treffen würden. Nicht im *Lachs*, da würden zu viele Menschen mithören, was nicht für ihre Ohren bestimmt war. Dort könnte man später hingehen, um einen Absacker zu trinken. Am geeignetsten war Dreyers Arbeitszimmer, in dem ihn nicht mal die eigene Familie zu stören wagte. Das kurze Zögern zu Beginn des Gesprächs war längst vergessen. Inzwischen war Dreyer regelrecht begeistert, dass sein Freund mit ihm zusammenarbeiten würde.

Valten begann denn auch sofort mit seiner Ermittlung. Wenn er zu tun hatte, war er abgelenkt. Er mochte nicht über Marie und Madeleine nachdenken. Er warf einen kurzen Blick auf den Eingang zu Brüggemanns Haus, in dem Madeleine jetzt am offenen Sarg ihres Mannes wachte. Der Trauergottesdienst sollte am nächsten Tag abgehalten werden, am Sonnabend. Bis dahin würde wohl der gesamte Rat bei Madeleine vorsprechen, sofern er dies noch nicht getan hatte. Im Augenblick tat sich nichts an der Nebentür. Valten pochte an die Pforte des alten Dreyer.

Der Arzt wurde unverzüglich zu seinem Patienten vorgelassen. Gottlieb Dreyer saß in seinem Arbeitszimmer an einem ausladend geschwungenen Sekretär und schrieb. Er war ein wenig zu dünn, wie Valten fand, aber körperlich durchaus gut beisammen. Seine Augen waren scharf, er konnte ohne Hilfsmittel lesen und schreiben. Er stellte die Feder in das Tintenfass und sah den Gast freundlich an. Der Besuch erstaunte ihn; ihm fehle nichts als die Jugend.

Valten sagte, er käme in einer anderen Angelegenheit, fürchte jedoch, bei der Arbeit zu stören.

»Ach was«, sagte der alte Kaufmann, »ich habe in meinem Leben genug gearbeitet. Das hier ist nur Vergnügen. Ich schreibe auf, was ich gesehen und erfahren habe. Vielleicht interessiert es einmal meine Enkel oder Urenkel, und für mich ist es eine

Freude, noch einmal alles nachzuerleben. Aber das kann warten, das soll sogar warten, sonst werde ich zu schnell fertig, und dann weiß ich gar nicht mehr, was ich machen soll.«

»Ich komme wegen des Todes von Junker Brüggemann«, sagte Valten.

»Ein schlimmer Verlust für die Stadt. Und eine schreckliche Tragödie. Er war noch jung, stand mitten im Leben. Die Jungen sterben vor den Alten. Das ist schon traurig. Und rätselhaft. Es ist vorgekommen, dass einer von uns bei Reisen zu Tode kam, auch die Pest hat uns nicht verschont. Aber ermordet wurde noch nie einer von uns, jedenfalls nicht zu meinen Lebzeiten. Wer tut so etwas?«

»Das wüsste ich auch gern.«

»Sie helfen meinem Sohn, den Mörder zu finden? Das ist gut. Und warum kommen Sie zu mir?«

»Wegen Ihres Gedächtnisses. Ich kenne niemanden, der ein so scharfes Erinnerungsvermögen hat wie Sie.«

»Das mag schon sein.« Der Alte lächelte leise und ein wenig wehmütig. »Manchmal ist es eine Strafe, nichts vergessen zu können. Das Leben besteht nicht nur aus angenehmen Momenten.«

»Sie waren an seinem letzten Abend mit ihm zusammen im Artushof. Wer war noch dort? Worüber wurde geredet? Mit wem hat Brüggemann gesprochen? Ist Ihnen etwas Ungewöhnliches aufgefallen? Ich würde gern alles über diesen Abend erfahren.«

Dreyer erzählte es gern. Und er hatte tatsächlich ein unbestechliches Gedächtnis, wusste sogar, dass es fast dieselben Leute waren wie an jenem Abend vor fünfzehn Jahren bei Valtens bisher einzigem Besuch in der Runde. Die Ratsherren und Kaufleute waren dieselben, mit wenigen Ausnahmen. Der damalige Bürgermeister war längst verstorben. Und Dreyers ältester Sohn Philipp, der damals nicht dabei gewesen war, hatte inzwischen den Platz des Vaters im Rat inne; er führte auch das Handelshaus. Seltsamerweise waren auch die Gäste fast dieselben wie damals. Nur drei fehlten, nämlich der Cavaliere Caccianis, Dreyers jüngerer Sohn Jan und Valten.

Das Erinnerungsvermögen war Valten unheimlich. Der Ratsherr hatte Hunderte, eher Tausende Abende im Artushof verbracht, und eine Runde, in der nichts Besonderes geschehen war, stand ihm noch nach so vielen Jahren bis ins Detail vor Augen. Für Valten war es im Unterschied zu Dreyer ein besonderer Abend gewesen. Er wurde in die gehobene Gesellschaft eingeführt, er hatte seinen nunmehr besten Freund kennen gelernt, und der Abend war einmalig geblieben. Trotzdem konnte er sich nicht mehr an jeden erinnern, der damals geredet hatte. Die Ratsherren, die ihm damals kaum aufgefallen waren, kannte er inzwischen natürlich alle persönlich. Einige der Gäste hingegen hatte er vergessen. Der Italiener hatte den größten Eindruck hinterlassen, weil er so charismatisch redete. Dann war da noch Notke gewesen, den er aus Lübeck kannte. Und irgendein Brandenburger oder Schwede hatte dem Cavaliere heftig widersprochen. In dem Raum stand der größte Ofen, den er je gesehen hatte. Das war es schon fast, was ihm im Gedächtnis geblieben war. Neuere und ihm wichtigere Ereignisse hatten seine Erinnerung überlagert.

Der alte Dreyer hingegen hätte wahrscheinlich sogar noch wiederholen können, was damals jeder gesagt hatte. Genüsslich zählte er die Namen der Gäste auf. Jacek Glowinski war wieder dabei gewesen, ein Kaufmann aus Krakau, der mit einigen der Danziger Häuser in geschäftlicher Verbindung stehe. Vor fünfzehn Jahren noch ein jugendlicher Heißsporn, jetzt viel gesetzter und ruhiger geworden. Immer noch ein Befürworter der offiziellen Politik der polnischen Krone, doch hat er inzwischen von seinem Freund Caccianis das Disputieren gelernt. Er poltert nicht mehr, sondern versucht zu überzeugen oder doch wenigstens zu argumentieren.

Xaver Habermann war dabei. Der Augsburger Kaufmann besuchte die Filiale der Fugger in Danzig. Durch den Krieg in den deutschen Ländern wurde der Handel gestört; derzeit spielte sich gerade der Dänenkönig Christian als Vorkämpfer der deutschen Protestanten auf, was der kaiserliche General Tilly nach Kräften behinderte. Alle Parteien handeln nach dem Grundsatz, dass sich der Krieg selbst ernährt, also sind die Straßen unsicher geworden. Nicht nur die eroberten Städte werden geplündert. Selbstmörderisch war es, umkämpfte Gebiete mit wertvoller Ladung durchqueren zu wollen. Wir müssen, so der Augsburger, gemeinsam nach neuen Wegen und Umwegen für den Handel suchen.

Aus fast dem gleichen Grund war Peter Scholler aus Berlin wieder in Danzig. Der Brandenburger entschuldigte die Verspätung einiger Schiffe; es war nicht möglich gewesen, sie rechtzeitig abzufertigen. Die Zeiten sind unruhig, und auch wenn Brandenburg derzeit vom Krieg verschont wurde, wirkten sich die Kämpfe in den umliegenden Ländern auf den freien Warentransport aus. Brandenburg hatte keinen direkten Zugang zur See, war also auf freie Durchreisen wesentlich stärker angewiesen als die Ostseestadt Danzig.

Klas Notke aus Lübeck wollte Danzig wieder einmal auf die gemeinsame Hansepolitik einschwören. Gerade in Kriegszeiten müssten die Handelsleute zusammenstehen, auch über die Grenzen von Ländern und Konfessionen hinweg. Wenn alles zerstört sei, müsse es hinterher aufgebaut werden, und von wem? Selbstverständlich von denen, die alles in Bewegung bringen und halten, also von den Kaufleuten.

Gustav Hanssen, der Kaufmann und Kapitän aus Schweden, war anderer Ansicht. In Zeiten des religiösen Wandels in Europa werden die Konfessionen doch wichtig. Nichts spricht dagegen, mit der ganzen Welt Handel zu treiben, doch im Augenblick gebe es andere Prioritäten. Mein Land, sagte er, befindet sich im Krieg mit Polen, und Danzig gehört zu Polen. Natürlich führt Schweden keinen Krieg gegen eine Stadt voller Glaubensbrüder, doch ist es einiger Überlegung wert, ob Danzig als protestantische Enklave im katholischen Polen überhaupt eine Zukunft hat. Dies war, so fügte Dreyer hinzu, die Stelle gewesen, an der er heftig widersprochen habe. Unsere Stadt blüht und gedeiht. Es gibt keinen Grund, daran etwas zu ändern. Wir sind gern bereit, weiterhin mit Schweden Handel zu treiben, aber wir müssten wahnsinnig sein, wenn wir uns Schweden anschließen.

Ob das die Meinung des gesamten Rates sei, fragte Valten. Nun, es hatten ja nicht alle das Wort ergriffen, doch Dreyer glaube es schon. Nein, Brüggemann hatte sich zu diesem Thema nicht geäußert. Weiter in der Vorstellung: Henri de Marcillac war dort gewesen, über den brauchte Dreyer nichts zu sagen. Außer dass er fast den ganzen Abend mit dem Niederländer gesprochen hatte, dem Kaufmann Adriaan Pelsaert von der V. O. C. aus Amsterdam, den er wohl von früher kannte.

Es ging den ganzen Abend um den Krieg. Irgendwo ist immer Krieg, doch diesmal ist er fast überall. Vor fünfzehn Jahren hatten die Polen in Russland gekämpft und letztlich verloren, auch die vielen falschen Demetriusse hatten nicht geholfen, zwei Jahre später übernahmen die Romanows den Zarenthron, und darauf sitzen sie heute noch. Nun kämpfen die Polen gegen die Schweden, auch mit wenig Erfolg, etliche polnische Städte sind schon in schwedischer Hand, andere werden folgen. Das war allgemein bekannt, und Hanssen verstand nicht, weshalb Danzig weiterhin zu Polen halten wollte.

Man soll die Beute nicht verteilen, ehe der Krieg nicht gewonnen ist, wandte Glowinski ein. Da hatte er Recht. Brüggemann schwieg auch dazu. Entgegen seiner Gewohnheit schwang er nicht das große Wort. Er sagte auch nichts, als die Rede auf den Krieg in den deutschen Ländern kam. Der dauerte, mit kleinen Unterbrechungen, nun schon acht Jahre, ein Ende war noch nicht abzusehen. Die katholischen Länder bedrängen die protestantischen, sagten die Protestanten. Die protestantischen Länder bedrängen die katholischen, sagten die Katholiken. Auf jeden Fall sehe es derzeit nicht gut aus für die protestantische Sache, sagten beide Seiten. Noch sei freilich nichts entschieden, sagten auch beide Seiten. Der Krieg ist nicht gut für den Handel, sagten alle Kaufleute, abgesehen von Hanssen, der es nicht bestritt, aber wieder einmal auf die höheren Prioritäten verwies. Manchmal kann es Wichtigeres geben als den Handel.

Das war die große Stunde des alten Dreyer. Aus seiner Lebenserfahrung heraus widersprach er dem Schweden energisch. Für Kaufleute kann es niemals etwas Wichtigeres geben als den Handel. Davon verstehen Kaufleute etwas, und wenn der Handel kraftvoll lebt, dann gedeiht das ganze Land. Natürlich ist auch der Glauben wichtig. Wir stehen zu unserer Religion, wir lassen sie uns nicht nehmen, auch nicht mit Gewalt. Aber wir zwingen sie niemandem auf. Es ist kein wahrer Dienst an Gott, wenn wir Menschen totschlagen, die in eine andere Kirche als wir gehen. Dies zum einen. Zum anderen glauben wir an Verträge und Eide. Die Stadt Danzig hat sich dem polnischen König unterstellt. Es ist längst nicht mehr derselbe König, aber es ist derselbe Eid. Wir stehen zu unserem Eid. Aus Prinzip, aber auch der Vorteile wegen. Wir haben das alleinige Recht des Seehandels mit Holz und Getreide in Polen. An dieser Küste gibt es keine ernst zu nehmende Konkurrenz für uns. Seht euch diese Stadt an. Seht euch dieses Gebäude an. Fahren wir nicht gut dabei? Warum sollten wir das ändern?

»Ich bin Privatmann«, sagte Dreyer zu seinem Arzt, »nicht der Sprecher des Rates, aber ich denke, dass ich für den ganzen Rat gesprochen habe.«

»Das glaube ich auch«, sagte Valten. »Haben sie Ihnen denn zugestimmt?«

»Einige haben genickt. Der Bürgermeister griff meine Rede auf, doch dann verlagerte sich das Gespräch wieder auf den Krieg.«

»Und Brüggemann?«

»Es ist merkwürdig. Er hat den ganzen Abend wenig gesagt. Als ob er gewusst hätte, dass er sterben wird.«

»Mit wem hat er denn gesprochen?«

»In der großen Runde hat er wenig gesagt. Er sprach leise mit den beiden, die links und rechts neben ihm saßen. Das waren

Glowinski und Habermann. Aber auch das nicht die ganze Zeit. Ich glaube, er war mit den Gedanken woanders.«

»Hat der Neue etwas gesagt? Pelsaert?«

»Anfangs hat er fast nur mit Henri de Marcillac geredet. Doch der ging als Erster. Hatte Kopfschmerzen, wenn ich es richtig gehört habe. Dann war Pelsaert aufgeschlossener für die große Runde. Und er sagte etwas, das mir auf meine alten Tage zu denken gab. Es ist tatsächlich immer irgendwo Krieg, sagte er. Vor allem aber ist immer Krieg auf See. Wenn wir friedlich ausfahren, dann lauern überall Piraten oder Kaperschiffe auf uns. Piraten, erklärte er, rauben auf eigene Rechnung, die Kaperer tun es für ihr Vaterland oder für die Macht, die ihnen sichere Häfen bietet. Ob wir wollen oder nicht, wir müssen kämpfen. Immer wieder. Aus diesem Grund bewaffnet die V. O. C., die Verenigde Oostindische Compagnie, ihre Schiffe besser, als das allgemein üblich ist, meist sind auch Soldaten an Bord. Sie fahren fast immer im Konvoi. Und notfalls können sie auch die Landungsplätze sichern. Die meisten werden wissen, dass wir am Anfang dieses Jahrhunderts die Portugiesen von den Molukken vertrieben haben. Nicht ein niederländisches Heer hat sie vertrieben, sondern die V. O. C. Solange man uns nicht friedlichen Handel treiben lässt, solange muss der Handel wehrhaft sein. Er sprach natürlich viel ausführlicher, ich habe es zusammengefasst. Es gab mir wirklich zu denken. Wir verteidigen uns natürlich auch, wenn wir angegriffen werden, und ich denke, dass unsere Schiffe nicht wesentlich schlechter bewaffnet sind als die der Niederländer, doch würden wir nie auf den Gedanken kommen, Handelsplätze zu erobern, gar eine Großmacht zu vertreiben. Das ist nicht unsere Politik, wir bevorzugen die Nichteinmischung, aber es ist eine mögliche Politik. Die Niederländer sind so erfolgreich damit, dass sie uns fast schon den Rang abgelaufen haben. Doch das alles führt weg vom Mord an Brüggemann. Die Politik der V. O. C. hat damit gewiss nichts zu tun.«

»Ich versuche mir ein Bild zu machen. Etwas muss an dem

Abend vorgefallen sein, was zur Gewalttat führte, vielleicht auch schon vorher, wenn Brüggemann so schweigsam war.«

»Sie glauben doch nicht, dass einer der Gäste der Mörder ist.«

»Können Sie es ausschließen?«

»Ich werde mich hüten. Ich kann es mir nur nicht vorstellen.«

»Ich suche ja noch. Vom Gespräch mit Habermann und Glowinski haben Sie nichts mitbekommen?«

»Nein. Ich saß auf der anderen Seite des Tisches und außer Hörweite. Es ging um ernste Dinge, jedenfalls waren alle drei nicht besonders heiter.«

»Hatten sie Streit?«

»So würde ich das nicht nennen. Dafür blieben sie zu ruhig. Aber sie waren nicht immer einer Meinung, soweit man das anhand der Mimik beurteilen kann.«

»Waren Sie eigentlich bis zum Schluss dabei, Herr Dreyer?«

»Allerdings. Unsereiner braucht nicht mehr so viel Schlaf.«

»Dann können wir ja zum Wichtigsten kommen – zum Aufbruch. Wie ging der vonstatten? Können Sie sich daran noch erinnern?«

»Was für eine Frage! Es war ja erst vorgestern. Meist bricht man zusammen oder in kleinen Gruppen auf. Diesmal gingen viele allein los. Der Erste war Ihr Freund de Marcillac. Eine halbe Stunde später ging Scholler. Es folgte Glowinski. Gegen elf hob der Bürgermeister die Tafel auf, bat die Ratsleute aber, noch einen Moment zu bleiben. Da gingen alle anderen Gäste und auch die vier anwesenden Kaufleute, die nicht im Rat sind. Ich bin zwar auch nicht im Rat, nicht mehr, aber mich wirft man natürlich nicht hinaus.«

»Ist das üblich, dass der Rat nach so einem geselligen Abend noch tagt?«

»Es kommt öfter vor. Eine Verständigung über das, was stattgefunden hat. Selten über das, was in der großen Runde besprochen wurde, das hatten ja alle gehört. Es geht eher um die Einzelgespräche. Dabei gibt es oft Informationen, die uns, wie auch immer, nützlich sein können.«

»Hat Brüggemann über sein Gespräch mit Glowinski und Habermann berichtet?«

»Gleich zu Beginn, aber Bericht kann man das nicht nennen. Er sagte nur, dass es nichts zu erzählen gibt. Dabei sah er bleich und angestrengt aus. Der Bürgermeister fragte ihn, ob es ihm nicht gut geht. Er leide unter der Hitze, sagte Brüggemann, er habe schon den ganzen Tag Kopfschmerzen. Ich scherzte: Schmerz ist wohl ansteckend? Das hatte ja eine Stunde vorher auch schon de Marcillac gesagt. Aber Brüggemann fand es nicht lustig. Er fragte, ob irgendetwas zu beschließen sei, wobei er gebraucht werde. Das war natürlich nicht der Fall. Dann werde es auch mal ohne ihn gehen, sagte er und verabschiedete sich. Er müsse an die frische Luft. Er erhob sich und blickte in die Runde. Es sind wirklich nur Kopfschmerzen, sagte er. Morgen ist alles vorbei und vergessen. Bedürft ihr meiner zu bestimmter Tat, dann ruft den Hans, es soll an mir nicht fehlen. Das waren seine letzten Worte. Morgen ist alles vorbei. Als ob er es geahnt hat.«

»Wie lange nach den letzten Gästen ging er?«

»Höchstens zehn Minuten später.«

»Konnte irgendjemand voraussehen, wann sich Brüggemann entfernt?»

»Wie denn? Ich denke, das war ein spontaner Entschluss.«

»Wie lange nach Brüggemanns Abgang saßen die anderen noch beisammen?«

»Nicht lange. Weniger als eine halbe Stunde. Zwanzig Minuten, schätze ich.«

»Und wie geht der Aufbruch vonstatten? Immer noch so wie vor fünfzehn Jahren? Geleitet jemand vom Personal die Gäste mit einer Laterne durch die Straßen?«

»Natürlich. Aber als Brüggemann ging, war gerade keiner da. Beim allgemeinen Aufbruch waren alle mit den Gästen gegangen und noch nicht zurückgekommen. Glaube ich jedenfalls. Er könnte vor der Tür jemandem vom Personal begegnet sein. Brüggemann war natürlich nicht auf eine Laterne angewiesen.

Er hatte ja nur ein paar Schritte zu laufen, der Mond schien, und er war jung. Ich denke, er ist allein gegangen.«

»Und dabei wurde er getötet«, sagte Valten Went.

5

Fast die halbe Stadt war erschienen, um ihrem Ratsherrn das letzte Geleit zu geben. Die Marienkirche fasste 25 000 Menschen, und sie war gut gefüllt. Marie, Valten und ihre Söhne saßen als Freunde der Familie in Madeleines Nähe. Die Witwe Brüggemann trug Schwarz, desgleichen ihr Bruder. Auch die Räte und ihre Frauen hatten ihre dunkelste Kleidung angelegt. Es war ungewöhnlich still in der Kirche, die Stimme des Bischofs hallte durch das gotische Gewölbe, klar und deutlich bis weit nach hinten in die letzten Reihen, wo sich das Volk in schlichterer, aber auch bunterer Gewandung drängte, im Festtagsstaat. Seit Jahren hatte Brüggemann die Geschicke der Stadt wesentlich mitbestimmt, jeder kannte ihn oder meinte, ihn gekannt zu haben. Man ließ sich blicken beim Anteilnehmen, auch wenn man selbst kaum mehr sah als die Köpfe der Menge, die Pfeiler oder die Gemälde und Plastiken. Der Hall verzerrte die Worte bis zur Unverständlichkeit, was deren Feierlichkeit nicht minderte. Es war, als käme die Stimme Gottes direkt vom Himmel. Man lauscht ihr, auch wenn man ihn nicht versteht.

Der Bischof legte seiner Predigt einen Vers aus der Offenbarung des Johannes zugrunde: »Selig sind die Toten, die in dem Herrn sterben, von nun an. Ja, der Geist spricht, dass sie ruhen von ihrer Arbeit; denn ihre Werke folgen ihnen nach.« Es war vorherzusehen, wie er seine Totenrede darauf beziehen würde. Der Junker Hans Brüggemann hatte gottgefällig gelebt und gottgefällige Werke vollbracht. Unter seiner weisen Führung und durch Gottes Segen vermehrte sich der Wohlstand der Stadt, wovon alle Bürger den Nutzen haben; selbst die Ärmsten sind in Danzig nicht so arm wie anderenorts, und die Pracht der Stadt erlaube nur den Vergleich mit der Republik von San Marco, mit dem glanzvollen Venedig. Nach Gottes unerforschlichem Ratschluss wurde der Ratsherr vor seiner Zeit abberufen. Er lebt in seinen Werken weiter, die einstmals, am Tag des Jüngsten Gerichts, in die Wagschale gelegt und zu seinen Gunsten sprechen werden. Fast ein Heiliger. Amen. So kam es auch, nur dass der Bischof sich in zahllosen Details aus dem Leben des Hans Brüggemann verlor und lange kein Ende fand.

Valtens Gedanken schweiften ab. Zum ersten Mal seit Maries Eröffnung sah er sie mit Madeleine zusammen. Sie hatten sich trotz der Öffentlichkeit und der steif-festlichen Umgebung zur Begrüßung umarmt. Es war ihm normal erschienen, eine menschliche Geste zwischen Freundinnen, und doch spürte er wieder Eifersucht in sich aufsteigen. Er hatte Madeleine die Hand geschüttelt und eine Beileidsfloskel gemurmelt. Ihr Gesicht konnte er nicht erkennen, sie trug einen Schleier. Sicher nicht, um zu verbergen, dass sie geweint hatte, sondern um zu verbergen, dass sie nicht geweint hatte.

Valten verspürte den Drang, Maries Hand zu fassen, um sich ihrer zu vergewissern. Sie lauschte gebannt den Worten des Bischofs, obwohl sie auch ihr hohl erscheinen mussten, da sie es besser wusste. Doch als sie seinen Blick bemerkte, fasste sie von sich aus nach seiner Hand. Sie war die ideale Frau. Wenn sie beisammen waren, spürte er keine Veränderung. Sie hatte ihm wirklich nichts genommen, das sagte ihm sein Verstand. Sie war mir untreu, sagte ihm das Gefühl.

Sein Blick schweifte zur Seite. Dort hing ein großes Gemälde, ein Triptychon. Er hatte es schon oft gesehen. Es war das »Jüngste Gericht« von Hans Memling. Viele nackte Menschen drängten sich zusammen, um die ewige Quittung für ihr endliches Leben in Empfang zu nehmen. Einige harrten bang ihrer Bestrafung und sahen, wie ihresgleichen von Engeln mit Schwertern durchbohrt oder auf dem Feuer geröstet wurden, andere wurden von Engeln einer unsichtbaren Belohnung entgegengeführt. In welcher Menge Brüggemann stehen würde, wusste er nicht.

Ein schlechter Mensch war er nicht gewesen, nur ein Unglücklicher, der aus seinem Unglück heraus andere unglücklich machte. Seine Frau und dadurch indirekt auch mich. Wie ging man beim Jüngsten Gericht mit Familien um? Kamen sie im Jenseits wieder zusammen? Was, wenn der Mann belohnt wurde, die Frau jedoch bestraft? Konnte es denn eine Belohnung ohne sie geben, wenn er sie dennoch geliebt hatte? Und wenn sie alle drei belohnt wurden, Marie, Madeleine und er, würden sie dann im Jenseits alle drei zusammen sein? Eigentlich war das eine angenehme Vorstellung, doch selbst dabei regte sich Eifersucht.

Der Bischof redete noch immer über den großartigen Bürger, den frommen Christen, den erfolgreichen Kaufmann, den Wohltäter der Menschheit. War er denn der Einzige, dem auffiel, wie überzeichnet das Bild war? Die Menschenmenge schwieg. Und die großen Worte nahmen kein Ende.

Der Jesus am Kreuz verzog leidend das Gesicht. Nirgendwo anders hatte Valten eine so lebensechte Holzfigur gesehen. Man erzählte sich, der Holzbildhauer habe, um den Ausdruck so unnachahmlich treffen zu können, seinen eigenen Schwiegersohn gekreuzigt und dann nachgebildet. Als er fertig war, erhängte er sich, als seine Tochter es erfuhr, brachte sie sich ebenfalls um. Nun lagen alle drei irgendwo unter den Grabplatten der Kirche. Sicher nur eine Legende. Eine so große Figur schnitzte selbst der schnellste Künstler nicht in einer Nacht, und am nächsten Tag hätte irgendjemand den Schwiegersohn sicher gefunden und den Vater nicht weiterarbeiten lassen. Außerdem waren zwei der drei Toten Selbstmörder, und die werden nirgends in geweihtem Boden begraben. Viele blutige Legenden rankten sich um die Marienkirche. Die astronomische Uhr war selbst jetzt, da sie schon seit Jahrzehnten stillstand, noch ein bewundernswertes Kunstwerk. Die Danziger waren so stolz auf die Einmaligkeit ihres Chronometers, dass sie den Uhrmacher blendeten, als er einen gleichartigen Auftrag aus Lübeck annahm. Daraufhin zerstörte er das Uhrwerk, und niemand konnte es je wieder in Gang setzen. Solche Legenden gab es über viele große Kunstwerke. Valten glaubte nicht daran. Wahrscheinlich stimmte nicht mal die Geschichte, wie das Gemälde von Memling in den Besitz der Kirche gekommen war. Es war auf dem Seeweg unterwegs nach Italien, die Danziger kaperten das Schiff und schenkten das erbeutete Gemälde der Mariengemeinde. Danzig betrieb doch keine Piraterie! Die Kaufleute waren froh, wenn ihre Ladungen ungeschoren blieben. Nun ja, vielleicht hatten sie sich geändert, das war schließlich vor hundertfünfzig Jahren geschehen, in einem Seekrieg gegen England, den Danzig für sich entschieden hatte. Heute waren sie stolz auf ihre wehrhafte Friedfertigkeit. Wir meiden den Krieg, doch scheuen wir ihn nicht, war die Devise der Kaufmannschaft. Wenn er sich wirklich nicht vermeiden ließ, kämpften sie freilich nicht selber. Dafür hielten sie sich Söldner.

Gestern, nach den Morgenvisiten bei den beiden Dreyers, hatte er vier besonders prächtigen Exemplaren der Kaufmannschaft einen Besuch abgestattet. Gesehen hatte er sie schon vorher, man war sich auf Gesellschaften begegnet, hatte sich auf der Straße gegrüßt, hatte auch schon mal miteinander geredet. Nichts von Belang. Obwohl sie Valten nicht näher kannten, hatten sie ihn empfangen und, als sie hörten, worum es ging, freimütig von ihren Beobachtungen berichtet, die nicht so genau waren wie die des alten Dreyer, sich jedoch damit deckten. Zwei der würdigen Herren waren so fett, dass sie nur mit Mühe allein laufen konnten. Der dritte war ein klapperdürrer, vorzeitig verwitterter Mann, der sicher nicht mal imstande wäre, einen der beiden Dicken zu stützen, vermutlich war das Gewicht seiner Schreibfeder das äußerste, was seine Kraft zu heben zuließ. Und der vierte war zwar normal gebaut, doch wirkte er so weich, dass er das vom Vater geerbte Handelshaus sicher bald zugrunde richten würde. Fast könnte man meinen, das Patriziat sei nach jahrhundertelanger Inzucht dabei, zu degenerieren. Das hatte Valten am Abend seinem Freund Dreyer in dessen Studierstube erzählt. Dreyer, der die Herren auch kannte, empfand die Kurzbeschreibung als treffend. Sie waren es also nicht?, hatte

Dreyer gefragt. Eigenhändig gewiss nicht. Allerdings sei ihnen so einiges zuzutrauen, abgesehen vom Schlappschwanz vielleicht, bis hin zum Mordauftrag. Doch der war wenig wahrscheinlich.

Valten hatte dem Freund seine Überlegungen präsentiert. Genau betrachtet, hatte er gesagt, gibt es nur zwei Möglichkeiten, was geschehen sein könnte. Die eine, von der wir bisher ausgegangen sind, ist ein geplantes Verbrechen. Jemand hat Brüggemann aufgelauert und ihn dann getötet. Nachdem wir aber wissen, wie der Abend verlaufen ist – und übrigens auch wissen, wie er normalerweise verläuft –, können wir diese Möglichkeit ausschließen. Üblicherweise verlassen die Gäste in Gruppen den Artushof und lassen sich von Dienstboten heimleuchten. Da gibt es an sich keine Gelegenheit für einen Mord. Zu viele Zeugen. Selbst der kühnste Mörder würde sich eine geeignetere Situation aussuchen. Niemand konnte vorher wissen, dass ausgerechnet an dem Abend Brüggemann allein und ungeleitet aus dem Gebäude treten würde. Selbst wenn jemand seine Kopfschmerzen bemerkt hatte, ließ sich daraus keinesfalls das einsame Verlassen der Runde vorhersehen. Insofern ist ein geplanter, vor allem auch ein lange vorher geplanter Mord mit an Sicherheit grenzender Wahrscheinlichkeit auszuschließen.

Dreyer hatte den Scharfsinn des Freundes bewundert. Das tat Valten gut. Und nun legte er richtig los. Bleibt also nur die zweite Möglichkeit. Jemand ist Brüggemann begegnet, als er herauskam. Auch da gibt es zwei Varianten. Die eine war, dass sich die beiden verabredet hatten und Brüggemann die Kopfschmerzen nur vorschützte. Das können wir nach dem gegenwärtigen Erkenntnisstand nicht ausschließen, aber ich halte es nicht für wahrscheinlich. Brüggemann war den ganzen Abend über stiller als sonst, was die Folgerung zulässt, er war wirklich angeschlagen. Genaueres weiß ich nicht darüber, er hat sich von mir nicht behandeln lassen. Ebenfalls dagegen spricht, dass Brüggemann nicht der Typ war, der sich zu Geheimgesprächen auf nächtlichen Gassen verabredete. Wenn er wirklich mit jemandem

Dringendes zu bereden hatte, bestellte er ihn in sein Haus oder Kontor. In der Runde saß niemand, den er nicht auch offen hätte empfangen können, selbst wenn sie Heimliches zu bereden hatten. So ist in meinen Augen die zweite Variante die wahrscheinlichste. Jemand ist ihm zufällig begegnet, als er das Haus verließ. Das könnte einer der Diener gewesen sein, der vom Geleit eines anderen Gastes zurückkehrte. Daran glaube ich allerdings nicht. Mit dem nämlich wäre Brüggemann nur bis zu seinem Haus gegangen, auf keinen Fall bis zur Mottlau. Der Diener hätte schon Gewalt anwenden müssen, und wie wir durch die Untersuchung der Leiche wissen, wurde, vom tödlichen Stich abgesehen, keine Gewalt angewendet. Keine Prellung, kein Bluterguss, keine Beule. Bis zur Mottlau ist er auf eigenen Füßen gelaufen, das ist sicher. Hätte man Brüggemann schon vor dem Artushof abgestochen und dann zur Mottlau getragen, wäre Blut an seiner Kleidung gewesen, und es hätte Druckstellen vom Tragen gegeben. Wenn er aber am Ufer getötet und sofort ins Wasser geworfen wurde, konnte sich das Blut nicht festsetzen und floss in die Mottlau ab. Ich erwähne die Möglichkeit nur deshalb, weil der Diener ihn ja immerhin mit einer Waffe zum Mitkommen gezwungen haben könnte. Zwar tragen Diener normalerweise keine Waffen, aber es ist ja nicht schwer, sich ein Messer zu besorgen, wenn man jemanden bedrohen oder töten will.

Ich ahne, worauf du hinauswillst, hatte Dreyer gesagt. Es liegt auf der Hand. Dass ich vorher nicht darauf gekommen bin! Valten überließ dem Freund das Formulieren der wahrscheinlichsten Variante. Und Dreyer sprach tatsächlich aus, was Valten gedacht hatte. Es war eine eher zufällige Begegnung. Brüggemann spazierte freiwillig mit dem Unbekannten mit. Warum tat er das? Natürlich deshalb, weil es für ihn kein Unbekannter war. Er hatte Kopfschmerzen; vielleicht ging es ihm an der frischen Luft besser, doch wäre er gewiss nicht mit einem Fremden mitgelaufen, zudem noch in der Dunkelheit, ohne Laterne. Es muss also ein Bekannter gewesen sein. Wer war um diese Zeit überhaupt noch auf? Wer lief durch die dunklen Straßen? Vielleicht Leute aus einem der Wirtshäuser, doch selbst die hatten meist schon früher geschlossen. Mit Sicherheit munter waren die Gäste der Artusrunde. Auch der Rat, doch der saß noch vollzählig um den Tisch versammelt. Also bleiben nur diejenigen, die früher als er gegangen waren. Vielleicht ist einer von ihnen zurückgekehrt, weil er etwas vergessen hatte oder noch mit jemandem sprechen wollte. In einer mondhellen Nacht kann man durchaus ungeleitet durch die Straßen gehen. Die Gäste also. Das waren in der Reihenfolge ihres Abgangs Henri de Marcillac, Jacek Glowinski, Peter Scholler, Adriaan Pelsaert, Xaver Habermann, Gustav Hanssen und die vier Kaufleute, die wir wohl ausschließen können. Sechs Männer, dazu noch als Siebenter der große Unbekannte, der nicht in der Runde saß und dennoch ein Vertrauter oder guter Bekannter von Brüggemann war, das wollen wir nicht vergessen. Valten, du bist ein Genie. Nur noch sieben Verdächtige, sechs davon namentlich bekannt. Es müsste mit dem Teufel zugehen, wenn wir nicht binnen kurzem den Richtigen entlarven können.

Gern hätte Dreyer mit ähnlichen Erfolgen aufgewartet wie sein Freund, doch hatte seine Befragung der allwissenden einfachen Leute wenig erbracht. Die Nachtwächter hatten nichts gesehen, Brüggemanns Kontorist wusste nichts von Feinden, desgleichen nicht das Personal in Brüggemanns Hause. Ach ja, der Schlüssel, nach dem Valten ihn am Morgen fragte. Der Diener Henryk fand ihn in der Diele, Brüggemann hatte ihn dort versehentlich abgelegt und dann vergessen, das kommt vor und bedeutet nichts. Alle sprachen gut über die Herrschaften. Streit zwischen den Eheleuten war selten. Sie lebten wohl nebeneinander her, jeder hatte seine eigenen Interessen, doch das ist in anderen Häusern selten anders. Nur das jüngste Dienstmädchen, durch Dreyer mit scharfen Fragen eingeschüchtert, wusste etwas Nachteiliges zu berichten. Keine Schürze sei vor dem Herrn sicher gewesen, sie habe sich kaum noch in seine Nähe gewagt, weil er sie andauernd betatschen wollte, und das, wo sie eine so unscheinbare Person war und er doch eine wunderschöne Frau hatte. Aber die steckte lieber mit ihrer Freundin zusammen … Dreyer brach ab, weil ihm klar wurde, wem er das erzählte.

Valten spürte einen Stich. Es war also heraus. Gut, dass er davon nicht überrascht wurde. Er ließ sich nichts anmerken und sagte leichthin: Ich weiß, dass meine Frau und Madeleine Brüggemann intime Freundinnen sind. Das waren sie schon, als ich die beiden kennen lernte. Sie sind wie Schwestern aufgewachsen.

Na ja, sagte Dreyer, so schwesterlich kam es dem Mädchen nicht vor.

Was weißt du schon von Schwestern. Hast du welche?

Nein.

Frauen müssen sich immer berühren und umarmen und küssen. Da sind sie ganz anders als wir Männer. Lieben wir sie nicht auch deshalb, weil sie so weich und zärtlich sind?

Der volle Klang der Orgel riss Valten aus seinen Überlegungen. Noch immer hielt er Maries Hand in der seinen. Der Bischof war endlich verstummt. Was es über den durch seinen Tod größten Sohn Danzigs zu sagen gab, war gesagt. Nach dem musikalischen Zwischenspiel würde sicher noch der Bürgermeister etwas sagen, falls der Bischof ihm überhaupt Worte dafür übrig gelassen hatte. Dann würde sich die Gemeinde durch das Singen eines Kirchenliedes aufbauen, vielleicht auch mehrerer. Ihr Lieblingslied würde dabei sein, an der patriotischen Dichtung des Reimchronisten Hans Hasentödter führte kein Weg vorbei:

O Danzig halt dich feste, du weit berumbte Stadt …
Finstu beim Feind kein Gnade,
So such dieselb bei Gott,
Das wird dir sein ohn Schade,
Ruff ihn an in der Not,
Das er dir bald beschere Ein christlich Obrigkeit,
Die dir dein Freiheit mehre und allen Feinden wehre …

Schließlich würde der Pfarrer ein Gebet sprechen, und dann würde man, Brüggemann war nicht irgendwer, den Toten in der Kirche beisetzen, das Loch im Boden war bereits gestemmt, die Grabplatte hatte Henri in Auftrag gegeben, heute war sie noch ohne Inschrift, doch der Steinmetz stand schon bereit. Dann würden alle der Witwe und ihrem Bruder die Hand schütteln und ihr Beileid aussprechen, nein, nicht alle, das waren zu viele, aber sicher ein paar hundert. Marie würde ihre Freundin wieder umarmen, aber Jan Dreyer, der in der Reihe hinter ihm neben seinem Vater und seinem Bruder, neben seiner Gattin und seinen Kindern saß, würde sich nichts dabei denken. So sind Frauen eben, und deshalb lieben wir sie. Es hatte Dreyer eingeleuchtet, umso eher, als Valten von der Intimität der Freundinnen wusste. Sie sind von Natur aus weich und zärtlich. Keine Heimlichkeit, also keine Sünde. Valten betrachtete Marie. Eine wunderschöne Frau. Die schönste Frau der Welt. Sie bemerkte seinen Blick, lächelte ihn an und wurde noch schöner. Wahrscheinlich ahnte sie, was er dachte. Er dachte zu viel und wusste dabei selbst nicht genau, was er eigentlich denken sollte.

6

Glowinskis Diener, ein schmaler junger Mann mit mürrischem Gesicht, wollte Valten abwimmeln. Sein Herr sei beschäftigt; vielleicht könne man ja zu einem genehmeren Zeitpunkt ein Treffen vereinbaren. Nicht einmal fragen dürfe er seinen Dienstherrn im Augenblick danach. Der Herr Doktor könne, wenn ihm dies konveniere, schriftlich einen Terminvorschlag machen und bei der Gelegenheit gleich noch auf die Art seines Anliegens hinweisen. Valten blieb nichts anderes übrig, als zum ersten Mal das Papier zu zücken, das ihm Jan Dreyer ausgestellt hatte. Der Diener, ein recht gebildeter Mann, wie seine Ausdrucksweise belegte, las das Schreiben. Doktor Walther Went sei als Konsultant der Danziger Gerichtsbarkeit eine Amtsperson mit dem

Auftrag und der Ermächtigung, Auskünfte jeder Art zu erheben. Gesiegelt mit dem Wappen der Stadt Danzig, unterzeichnet vom Richter Jan Dreyer.

»Ich werde Sie melden«, sagte der Diener finster und verschwand mit dem Schreiben durch die Tür ins Nebenzimmer. Valten blieb in der Diele stehen und wartete. Da Glowinski geschäftlich oft in der Hansestadt zu tun hatte, hatte er in der Altstadt die untere Etage eines Hauses gemietet, um nicht in Gasthöfen logieren zu müssen. Auf individuelle Einrichtung hatte er verzichtet, die Diele sah bescheiden aus für einen Kaufmann. Er war der erste der Gäste, den Valten aufsuchte, und dies nach zweitägiger Ermittlungspause. Am Abend nach der Beisetzung hatte Madeleine zur Totenfeier geladen. Da es in ihrem Hause keinen Raum gab, der die Menge der Gäste fassen konnte, fand die Feier nach Absprache mit dem Bürgermeister im Artushof statt, den Valten nun endlich wieder einmal betrat. Die Ratsherren schwangen trostreiche Reden und leerten Becher um Becher auf das Andenken des teuren Toten, Marie saß neben Madeleine, um der Witwe den Halt einer Freundin zu geben, und Valten war inmitten der Menge allein mit seinen Gedanken. Am nächsten Tag, einem Sonntag, schickte es sich nicht, jemanden mit Fragen zu behelligen. Man ging zum Gottesdienst und widmete sich der Familie. So kam er denn erst heute dazu, diejenigen aufzusuchen, die er verdächtigte.

»Mein Herr lässt bitten«, sagte der Diener in der Tür und hielt sie Valten auf. Glowinski saß an seinem Sekretär; woran er gearbeitet haben mochte, hatte er beiseite gelegt. Ich soll es nicht sehen, dachte Valten. Und auch hier wieder diese Schlichtheit. Drei bescheidene Stühle und ein kleiner Tisch auf einem bescheidenen Teppich, an einer Wand ein kleines Regal mit Büchern und Schriften, der bescheiden geformte Sekretär, vor dem ein Hocker stand, an der freien Wand ein Kruzifix – das war die gesamte Einrichtung. Glowinski mochte so alt sein wie Valten, um die vierzig. Eine hagere, asketische Erscheinung. Er erhob sich von seinem Hocker, ging seinem Besucher, ein verbindliches Lächeln aufsetzend, zwei Schritte entgegen, schüttelte ihm weich die Hand und sagte: »Es freut mich, dass ich nun endlich die persönliche Bekanntschaft mit Ihnen machen kann, nachdem ich schon so viel über Sie gehört habe. Was verschafft mir die Ehre Ihres Besuches, Herr Doktor? Ist es wirklich eine offizielle Angelegenheit der Gerichtsbarkeit der Stadt?«

Er gab Valten das amtliche Schreiben zurück und wies auf einen der Stühle. Die beiden setzten sich.

»Ja«, sagte Valten. »Es ist kein erfreulicher Anlass, der mich zu Ihnen führt. Vorgestern haben wir den Junker Brüggemann zur ewigen Ruhe geleitet. Vor vier Tagen starb er, und ich war es, der entdeckte, dass er ermordet wurde. Nun unterstütze ich das Gericht dabei, den Täter aufzuspüren.«

»Und da kommen Sie zu mir?«, fragte Glowinski und zog die linke Augenbraue in die Höhe.

»Nicht nur zu Ihnen«, versicherte Valten schnell. »Ich habe bereits mehrere der Kaufherren befragt, die an seinem letzten Abend mit ihm im Artushof zusammengesessen haben. Es geht mir um eine präzise Rekonstruktion dieses Abends. Ist dort etwas vorgefallen, was Anlass zu dieser entsetzlichen Tat gegeben haben könnte?« Valten bemerkte, dass er schon ebenso geschraubt sprach wie der Diener und sein Herr. Man passt sich seiner Gesellschaft an.

»Glauben Sie denn, der Mörder war einer von uns?«, fragte Glowinski.

»Keinesfalls«, log Valten. »Im Übrigen stehe ich erst am Anfang meiner Untersuchung. Irgendwo muss ich ja anfangen. Bei denen zu beginnen, die ihn zuletzt sahen, scheint mir ein vernünftiger Gedanke zu sein.«

»Wie werden Sie den Mörder erkennen, wenn Sie ihm begegnen?«

»Durch göttliche Eingebung«, behauptete Valten; so etwas konnte man in einem Raum, in dem ein Kruzifix an der Wand hing, durchaus einmal sagen. Glowinski gelang es fast, ein spöttisches Lächeln zu unterdrücken, doch Valten hatte die leise

Bewegung der Mundwinkel bemerkt; er fuhr daher fort: »Und durch genaue Beobachtung, versteht sich. Wer nichts zu verbergen hat, spricht freimütig mit mir. Zu verbergen hat nur der Mörder etwas. Ich werde ihn am Leugnen oder Stammeln erkennen.«

»Nun«, sagte Glowinski gut gelaunt, »dann will ich mal erst gar keine falschen Gedanken in Ihnen aufsteigen lassen. Was möchten Sie denn genau wissen?«

»Jede Einzelheit, und wenn sie Ihnen noch so unbedeutend zu sein scheint. Was in der großen Runde gesprochen wurde, weiß ich natürlich inzwischen so gut, als wäre ich selbst dabei gewesen. In diesem Zusammenhang interessiert mich nur, ob Ihnen etwas Ungewöhnliches aufgefallen ist, etwa Spannungen zwischen Herrn Brüggemann und einem der anderen.«

»Der Junker Brüggemann war eine allseits geschätzte Persönlichkeit. Ich glaube nicht, dass er mit einem aus unserer Runde Streitigkeiten hatte, und mir ist auch diesbezüglich nichts aufgefallen.«

»Sie saßen direkt neben ihm. War das Zufall?«

»Die Sitzordnung wird arrangiert. Nach welchem Prinzip, habe ich noch nicht herausgefunden, obwohl ich schon oft Gast der Artusrunde war. Sofern es nicht von Seiten des Arrangeurs – das ist meines Wissens der Bürgermeister – beabsichtigt war, war es Zufall.«

»Fiel Ihnen etwas an Brüggemann auf? War er wie immer oder anders als sonst?«

»Er war wie immer, denke ich. Zwar hielt er sich in der großen Runde zurück, doch im Gespräch mit seinen Nachbarn war er so agil und geistig rege, wie ich das seit Jahren von ihm kenne. Mag sein, dass er ein wenig unter der Tageshitze litt, auch im Artushof war es wärmer als üblich, doch das schienen mir keine ernsten Beschwerden zu sein; er teilte sie an dem Abend mit mir und einigen anderen.«

»Worüber haben Sie mit ihm gesprochen?«

»Nun wird es ernst«, Glowinski lächelte. »Darüber können

die anderen nicht viel erzählt haben, abgesehen von Herrn Habermann.«

Valten ließ nicht erkennen, ob er schon mit Habermann gesprochen hatte. Er blickte den asketischen Polen an, und falls sich seine Miene überhaupt änderte, dann in Richtung gespannter Aufmerksamkeit.

»Jedem anderen und in jedem anderen Fall würde ich sagen, das war Privatsache. Das war es tatsächlich, doch ist es natürlich nicht geheim. Ich habe keine Scheu, meine Ansichten auszusprechen. Sie wissen, dass ich Pole bin, Sie wissen, dass Danzig zur polnischen Krone gehört, und Sie wissen, dass die Schweden ins Weichselland eingefallen sind und leider auch schon einige Städte eingenommen haben. Mir scheint, es ist ein Gebot der Stunde, dass die Stadt ihrem König zur Seite steht. Danzig wäre dazu durchaus in der Lage, zu Verteidigungszwecken steht hier eine Söldnertruppe bereit, die sich mit den unermesslichen Mitteln der Bürger binnen kurzem auf Kampfesstärke vergrößern ließe. Das habe ich dargelegt. Habermann war meiner Ansicht, obwohl er kein Pole ist, und hat mich nach Kräften unterstützt.«

»Wie hat sich Brüggemann dazu verhalten?«

»Zunächst hat er die bekannte Auffassung des Rates wiedergegeben, die in der großen Runde auch von anderen vertreten wurde. Danzig betreibt eine eigenständige Politik, wie einst König Kasimir der Stadt zugesichert hatte, weil sie mit seinem Vater, unserem großen König Jagiello, und später mit seinem Bruder und ihm selbst die Ritter vom Deutschen Orden vertrieben hatten, das wissen Sie sicher, Herr Doktor, und waren vielleicht gar selbst einmal drüben in der Marienburg, wo jetzt der Starost sitzt statt der Kreuzritter. Junker Brüggemann beschwor also die Danziger Neutralität, und ich hielt dagegen, dass Danzig in Notzeiten stets zur polnischen Krone gestanden habe und dass jetzt wieder Not herrsche. Unter dem Orden war die Stadt ausgepresst worden, unter den polnischen Königen gedieh sie zur Perle des baltischen Meeres. Wenn aber die Krone aus der

Perle gebrochen wird, dann wird auch die Perle niederfallen. Direkt zugestimmt hat er mir nicht, doch scheint mir, dass er sehr nachdenklich geworden war.«

Valten erfragte noch einige Details der Unterredung, die ihn nicht weiterbrachten. Der polnische Kaufmann antwortete glatt und wendig, er war nicht zu greifen. Glitschig wie ein Aal, dachte Valten. Er hatte gehofft, den Mörder zu erkennen, wenn er mit ihm sprach. Da hatte er sich offenbar zu viel vorgenommen. Glowinski war die Tat durchaus zuzutrauen, Asketen können die gefährlichsten Menschen sein, wusste er, doch dieser Mann war ihm überlegen. Er konnte sich verstellen, ja, er verstellte sich sogar dann, wenn er die Wahrheit sagte. Valten spürte, dass er eine Rolle spielte, doch hätte er nicht einmal sagen können, welche es war und wodurch er verriet, dass er sie übertrieb. Vielleicht waren es die Sätze. Sie wanden sich zu sehr, als dass sie einfache Wahrheiten wiedergeben konnten. Andererseits musste er bedenken, dass der Pole sich in einer Sprache ausdrückte, die er zwar perfekt beherrschte und nur mit leichtem Akzent artikulierte, die ihm aber dennoch fremd blieb. Das Polnische, von dem Valten kaum ein Wort verstand, sollte ja recht blumig und metaphernreich sein. Wahrscheinlich dachte Glowinski polnisch und übersetzte es dann wortgetreu. Sein leises Unbehagen konnte Valten nicht einmal vor sich selbst artikulieren. So erfragte er nur noch, wie der Kaufmann heimgekommen war. Geleitet von einem der Servierer aus dem Artushof, auf direktem Wege, der Diener sei sofort zurückgekehrt, das mochte zehn oder fünfzehn Minuten nach elf Uhr gewesen sein. Nein, er sei nicht noch einmal aufgebrochen, dafür gab es keine Veranlassung um diese Zeit. Sein eigener Diener, der ihn erwartete, könne das gern bestätigen.

»Ich spreche nicht mit den Dienstboten über ihre Herrschaften«, sagte Valten. »Ihr Wort genügt mir.«

»Die Einstellung ehrt Sie. Dann war es das jetzt schon? Schade eigentlich, es war angenehm, mit Ihnen zu plaudern, auch wenn ich Ihnen, wie ich fürchte, nicht weiterhelfen konnte.

Vielleicht ergibt sich ja ein andermal die Gelegenheit, unsere Bekanntschaft zu vertiefen. Im Augenblick wartet meine Arbeit auf mich.«

»Wobei habe ich Sie denn unterbrochen?«

»Ich habe über meinen Bilanzen gesessen. Eine trockene Beschäftigung, die meine volle Konzentration erfordert.«

»Dann wünsche ich allzeit gute Geschäfte. Ach ja, eine Frage habe ich noch. Haben Sie, wie Sie anfangs sagten, wirklich schon viel von mir gehört?«

»Allerdings.«

»Und was, wenn ich fragen darf?«

»Nun, dass Sie ein Held sind, der die damals künftige Frau des jüngst verblichenen Brüggemann aus Piratenhand freikämpfte, dass Sie den Doktortitel an der Universität meiner Geburtsstadt Krakau erlangten und nunmehr einer der angesehensten Ärzte der Stadt sind.«

»Da wissen Sie mehr von mir, als ich bis heute von Ihnen wusste. Ich dachte nicht, dass ich so interessant bin.«

»Nicht so bescheiden, Herr Doktor. Sie sind eine stadtbekannte Persönlichkeit. Es würde mich wirklich freuen, wenn wir uns unter anderen Umständen weiter unterhalten. Sie kennen meine Ansichten über Politik, ich bin an den Ihren durchaus interessiert. Sie sind einer der Hundertmänner, bestimmen also gleich nach oder neben dem Rat die Geschicke dieser Stadt wesentlich mit. Mir ist nicht entgangen, dass Sie vorhin bei meinen Ausführungen über die Beziehungen zwischen Danzig und der Krone unwillkürlich genickt haben. Hielten Sie es auch für richtig, wenn sich Danzig im Streit mit Schweden fest an die Seite des Königs stellt?«

Auf einmal hat er Zeit, dachte Valten. Vermutlich ist ihm erst eingefallen, dass ich ein Hundertmann bin, als er es aussprach. Mir scheint, du vertrittst eher deinen König als dein Handelshaus.

»Das ist eine komplizierte Frage, die sich nicht so nebenbei beantworten lässt«, wollte er ausweichen.

»Ein paar Minuten können wir uns schon noch nehmen. Es interessiert mich wirklich, wie die Bürgerschaft denkt.«

»Ich musste in meiner Jugend einige Gefechte, eher schon Gemetzel mit ansehen, und ich habe als Arzt die Wunden behandelt und Menschen während der Operation sterben sehen. Ich bin prinzipiell gegen Krieg und Gewalt. ›Du sollst nicht töten‹, ist eines der Gebote, die Gott einst Moses auf dem Berg Sinai verkündet hat. Das Beste, was man gegen einen Krieg unternehmen kann, ist, ihn nicht zu führen.«

»Das sagen Sie mal den Schweden. Sie haben uns angegriffen.«

»Ich war noch nicht am Ende. Was ferner zu bedenken ist, das ist die Religion. Sie sagten, Habermann habe Ihre Argumentation unterstützt. Er ist kein Pole, aber Katholik. Er spricht für die katholische Sache und würde gern das protestantische Danzig an der polnischen katholischen Seite gegen die protestantischen Schweden ziehen sehen.«

»Das ist doch kein Religionskrieg!«, protestierte Glowinski heftig. »Meinen Sie, die Schweden haben Braunsberg und Pillau erobert, um den katholischen Teil der Einwohnerschaft zum Protestantismus zu bekehren? Das schützen sie vor, doch in Wahrheit geht es ihnen darum, die stärkste Macht am baltischen Meer zu werden. Und wenn ihnen das gelingt, dann berührt das auch Danziger Interessen.«

»Das mag richtig sein«, sagte Valten. »Man kann es auch anders betrachten. Solange Danzig frei ist, kann Polen seinen Seehandel über unsere Stadt abwickeln. Dadurch gibt es Einnahmen, die letztlich auch der Finanzierung der polnischen Verteidigung dienen. Insofern stehen wir bereits jetzt an der Seite Polens, auch wenn wir uns gegen den Krieg entschieden haben. Sollte der Krieg aber zu uns kommen, ohne dass wir ihn gerufen haben, so sollten wir ungeachtet unseres Glaubens an der polnischen Seite kämpfen. Wie der Rat das sieht, weiß ich nicht, das ist nur meine Meinung, doch die wollten Sie ja hören.«

»Doktor Went, noch sind Sie nicht Mitglied des Rates, aber

eines Tages werden Sie es sein. Sie sind zu Höherem berufen als zum Hundertmann. Glauben Sie mir, damit kenne ich mich aus.«

Als Valten ging, wusste er nicht so recht, wer jetzt eigentlich aus wem mehr herausbekommen hatte. Er hatte sich von einem Verdächtigen politische Erklärungen abnötigen lassen! Am Ende sah es fast nach einem Punktsieg für Glowinski aus.

7

Häufig weilte Xaver Habermann nicht in Danzig, dafür war der Weg von Augsburg zu weit und beschwerlich. Auf eine Herberge war er dennoch nicht angewiesen. Das Filialgebäude des Fugger'schen Bank- und Handelshauses war geräumig genug, ohne jede Beschwernis den Gast aus der Heimatstadt unterzubringen. Valten wurde vorgelassen, ohne sein amtliches Schreiben präsentieren zu müssen. Nach dem Gespräch in Glowinskis mönchischer Behausung war es wie der Besuch in einer anderen Welt. Orientalische Teppiche bedeckten den Boden und auch Teile der Wände. Italienische und spanische Gemälde schilderten das blutige Martyrium von Heiligen oder zeigten die ernsten Gesichter geistlicher Würdenträger. Natürlich hatte Habermann den Raum nicht selber eingerichtet; das war das Gästezimmer. Doch der Kaufmann fügte sich perfekt ein in die ihn umgebende ausstatterische Pracht mit seiner ausladenden, bunten Gewandung und dem runden Gesicht, aus dessen Bartgeflecht die dicke rote Nase hervorstach. Das Gegenteil eines Asketen, ohne jede Frage.

Habermann lächelte jovial. Er saß in einem bequemen Armstuhl am Tisch, vor ihm stand ein Kandelaber, die Kerzen brannten, da das einzige Fenster nach Norden ging und zu wenig Licht einließ. Was er allerdings am Tisch getan hatte bei Kerzenlicht, konnte Valten nicht einmal ahnen. Weder Papiere noch Bücher lagen in Reichweite, das Tintenfass auf dem kleinen Tisch unter dem Fenster war verschraubt, die Feder lag daneben und war trocken. Vielleicht hatte er nachgedacht. Vor ihm standen ein Krug mit rotem Wein und ein Kristallpokal. »Mach er sich's kommod«, sagte Habermann, wies ihm den zweiten Armstuhl, griff, ohne sich zu erheben, hinter sich zu einem flachen Schrank, entnahm einen Pokal und schenkte ihn für seinen Gast voll.

Nur aus Höflichkeit trank Valten mit, wobei er Maß hielt. Er brauchte einen klaren Kopf. Der Augsburger war auf poltrige Weise freundlich. An Valtens Berechtigung, ihm Fragen zu stellen, zweifelte er keinen Augenblick. Auch er war daran interessiert, den Tod des armen Brüggemann aufzuklären. Wenn ich kann, helfe ich. Nein, ihm war nichts aufgefallen. Still soll der Herr Rat gewesen sein? Keineswegs. Mit mir hat er geredet. Das Gespräch gab Habermann so ähnlich wieder wie Glowinski, und da seine Wortwahl deutlich anders war, mochte es den Tatsachen entsprechen und nicht zwischen den beiden abgesprochen sein.

Vor fünfzehn Jahren hatte Valten Schwierigkeiten gehabt, Habermanns urtümlichen Dialekt zu verstehen. Inzwischen kannte er mehrere Süddeutsche und hatte weniger Mühe. Auch war Habermann offenkundig in der Welt herumgekommen, sein Dialekt war abgemildert bis hin zur Unauffälligkeit. Einige unverständliche Wendungen gab es freilich doch, »am Abend fiel nicht ein gescheertes Wort, wir sind ja keine Butzerl mehr, die drauflosschnabeln«. Eine Übersetzung forderte Valten nicht ein, im Großen und Ganzen konnte er der Rede folgen. Das Ende des Dreiergesprächs gab Habermann mit einer feinen Nuance wieder. Brüggemann konnte sich den Argumenten Glowinskis nicht verschließen, sie hatten ja auch etwas für sich, der Pole wirke zwar wie ein Kuttenbrunzer (was auch immer das sein mochte), sei aber ein ungewöhnlich heller Kopf mit klarem Verstand und der göttlichen Gabe überzeugender Rede.

Das alles wurde lärmend und nicht ohne Humor vorgetragen. Mühelos bewältigte Habermann in der kurzen Zeit den Inhalt zweier Pokale, während der Ermittler noch mit dem ersten kämpfte. Erstaunlich, wie unterschiedlich Kaufleute sein können, dachte Valten. Der eine wirkt wie ein studierter Eremit, der andere wie ein derber Landsknecht. Da sage noch einer, dass der Beruf auf die Art abfärbt oder dass die Art die Berufswahl bestimmt. Andererseits wurde er das Gefühl nicht los, dass auch der Bayer eine Rolle spielte. Es gab ja keinen erkennbaren Grund, so fröhlich über Brüggemanns letzten Abend zu berichten. Zurückhaltung und Sachlichkeit wären angemessener. Habermann wollte mit aller Kraft sympathisch und harmlos wirken. Warum wollte er das, wenn er nichts zu verbergen hatte? Das Gespräch mit Brüggemann betraf das wohl nicht, eher etwas anderes, von dem Valten nichts ahnte.

Er bedankte sich für die Unterstützung seiner Untersuchung und überließ den fröhlichen Zecher den Freuden einsam genossenen Weines. Zum Mittagessen begab er sich nach Hause, plauderte mit seiner Frau und den Kindern, dann besuchte er zwei seiner Patienten, die seinen Rat brauchten. Erst für den späten Nachmittag war er mit dem dritten der Artushof-Gäste verabredet, mit dem Holländer Pelsaert. Am Rande der Totenfeier waren sie sich begegnet, hatten sich, ein wenig steif, als alte Bekannte begrüßt und sich für den Nachmittag des Montags verabredet. Pelsaert war im *Lachs* abgestiegen, dessen Wirt aus den Niederlanden stammte wie viele Danziger, die der Verfolgung ihrer Religion durch die Spanier und den Kriegswirren entflohen waren. Valten kannte Ambrosien Vermöllen gut, schließlich saß er oft mit Jan Dreyer und neuerdings auch mit Henri de Marcillac in dessen Gasthaus; es wunderte ihn nur, dass er Pelsaert dort noch nicht begegnet war.

Der ehemalige Piratenkapitän war ein respektabler Herr geworden. Er war nur wenige Jahre älter als Valten, hatte sich auch gut gehalten, und da er dunkelblond war, fielen die ergrauenden Schläfen kaum auf. Die papageienhafte Buntheit, mit der Freibeuter sich gern kleideten, hatte er längst hinter sich gelassen. Seine Gewänder waren aus dunklen Tuchen gefertigt. Über dem Bauch prangte eine silberne Uhrkette. Jeder Zoll ein solider Kaufmann. Er saß bereits an einem der Tische, hatte jedoch noch nichts bestellt. Die beiden begrüßten sich, Valten setzte sich zu ihm, und der Wirt eilte sofort herbei, um nach den Wünschen der Herren zu fragen. Valten bestellte zwei Goldwasser.

»Das trinkt man hier«, klärte er den Weggefährten aus alten Zeiten auf. »Hat Vermöllen erfunden. Über den Geschmack lässt sich streiten, doch sieht das Getränk so nobel aus, wie wir es beide inzwischen geworden sind.«

Pelsaert sah sofort, was Valten meinte, denn schon standen zwei Gläser vor ihnen. In der klaren Flüssigkeit funkelten kleine gelbe Teilchen. »In Danzig sind wir so reich, dass wir das Gold sogar trinken«, scherzte Valten.

Sie tranken sich zu und bestellten, noch stand Vermöllen am Tisch, einen großen Krug Wein und zwei Becher. Es schien ein guter Beginn gewesen zu sein, Pelsaert entkrampfte sich. Ganz offensichtlich beabsichtigte Valten nicht, ihm seine kriminelle Vergangenheit vorzuhalten, in der er, sonst wäre er nicht so verkrampft, sicher auch einmal ein Danziger Schiff geentert hatte. So sprachen sie denn zunächst auch nur über das, was nach ihrer Trennung geschehen war. Valten erzählte von seinem Leben in Danzig und Pelsaert von seinem Aufstieg bei der V. O. C. Da er niemals ein holländisches Schiff überfallen hatte und da sein Bruder bereits für die Kompanie tätig war, gab es keine Schwierigkeiten, als er der Gesellschaft seine Dienste antrug. Es gab keinen Verdacht und keine bösen Fragen. Er übernahm den Geleitschutz für Handelsfregatten, und später, als er zu einigem Geld gekommen war, wie, das erwähnte er nicht, später betätigte er sich selbst kaufmännisch. Die Kompanie vertraute ihm die Führung von Schiffskonvois nach Batavia und in andere entlegene Gegenden an. Jetzt allerdings war er des Seefahrens und der damit verbundenen Entbehrungen müde. Inzwischen war die Feder seine wichtigste Waffe, er kümmere sich um die Belange der Gesellschaft, und als deren Vertreter vertiefe er die Kontakte mit der wichtigsten Handelsstadt an der Ostsee.

Valten war nicht mehr in der Lage, ein Gespräch einfach nur so zu führen. Er horchte auf die Worte und prüfte den Tonfall. Die Feder seine wichtigste Waffe? Pelsaert war nicht dicker als früher, er wirkte kräftig, die Augen blitzten. Der Mann konnte noch kämpfen, und das tat er gelegentlich wohl auch.

Nein, verheiratet sei er nicht, sagte Pelsaert, dazu gab es während der Jahrzehnte auf See einfach keine Gelegenheit. »Aber du bist verheiratet, Valten, ich habe deine Familie gesehen, du hast das Dienstmädchen bekommen. Ich dachte damals, du nimmst dir die Herrin oder beide.«

Über das Thema mochte Valten nicht sprechen. »Ich heiße übrigens Walther«, sagte er. »Ich habe mich umbenannt. Du ja auch, wie ich gehört habe.«

»Wie kommst du denn darauf?«

»Damals bei den, du weißt schon«, sie sprachen leise, doch waren sie nicht allein im Raum, bestimmte Worte mied man besser, »damals nannten dich alle Jan.«

»Eine Kurzform, ich hieß schon immer Adriaan. Man sieht es dir an, Walther, du hast hier das Glück gefunden.«

»Ja, das habe ich, Adriaan«, sagte Valten und wechselte das Thema. So schön es auch war, jemanden aus der Jugendzeit wiederzutreffen und mit ihm die Lebenswege zu vergleichen, er war nicht nur zum Vergnügen hier. Als Pelsaert hörte, Valten sei wieder einmal als, wie hatte er es damals genannt, als Ermittler tätig, verschloss sich sein Gesicht für einen Augenblick. Die gewünschten Auskünfte gab er ihm dennoch. Dem Herrn Brüggemann war er am Tag in dessen Kontor begegnet, um ein Geschäft anzubahnen, am Abend saß er jedoch, wie es der Zufall wollte, neben Henri de Marcillac, seinem einstigen, äh, Gefangenen sprach er nicht aus, sagte stattdessen Fechtlehrer, was in gewisser Weise auch den Tatsachen entsprach. Sie vertieften sich in ein lebhaftes Gespräch; an der politischen Diskussion in der großen Runde hatten beide nicht teilgenommen. Nein, Politik war nicht seine Sache, er verstand etwas von Schiffsführung und auch vom Handel.

Warum glaube ich dir das nicht?, fragte sich Valten. »Die V. O. C. ist nicht gerade eine unpolitische Vereinigung«, sagte er.

»Ich bin ja nicht die V. O. C.«, konterte Pelsaert.

»Auch wieder wahr. In Danzig dreht sich in den letzten Wochen alles um die Politik. Seit die …«

Er blickte zur Seite, weil ein Mann neben ihm stand. Es war Henri de Marcillac. »Guten Tag allerseits«, sagte er. »Ist es erlaubt?«

»Natürlich«, sagte Pelsaert, und Valten, was blieb ihm übrig, wies auf den freien Stuhl. Unaufgefordert eilte Vermöllen herbei und stellte einen Becher vor den neuen Gast. Im Krug war noch genug für alle. Henri schenkte sich ein, und als der Wirt verschwunden war, sagte er: »Ihr sprecht gerade über Politik, wie ich hörte. Und seid so vertieft, dass ihr mich nicht mal bemerkt habt.«

»Ja«, sagte Valten, »das ist nun mal das Thema der Zeit. Die Schweden stehen im Land, der König wünscht, dass wir an seiner Seite gegen sie kämpfen, die Schweden erwarten, dass wir zu unseren Glaubensbrüdern überlaufen, und der Rat bewegt sich nach keiner Seite. Ich wollte von unserem alten Freund Adriaan wissen, wie er als Zugereister die Lage sieht. Sozusagen mit dem neutralen Blick aus der Ferne.«

»Darüber habe ich wenig nachgedacht«, sagte Pelsaert. »Der Glauben ist in diesen Zeiten auf jeden Fall ein wichtiger Ratgeber. Zudem scheint mir, dass Schweden die stärkeren Bataillone hat, und es kann nie verkehrt sein, sich mit dem Sieger zu arrangieren.«

»Genau«, sagte Henri. »Die Polen bekommen den Arsch versohlt, und wenn er damit fertig ist, wird sich Gustav Adolf sicher auch Danzig vornehmen. Man sollte sich mit ihm einigen, solange man etwas zu geben hat. Wenn er es sich selber nimmt, könnte es vorbei sein mit dem Venedig des Nordens. Das sagt ein alter Haudegen mit viel Kampferfahrung, aber auf unsereinen hört ja keiner, bis es zu spät ist und wir die zerschlagenen Rüstungen ausbeulen müssen. Was soll's! Lasst uns nicht über

Politik reden, wir drei können sie eh nicht beeinflussen, der Abend ist viel zu schön für ernste Gespräche, und der Wein ist viel zu gut. Hast du schon die hiesige Spezialität probiert? Danziger Goldwasser. Schmeckt wie jeder Kräuterschnaps, und doch muss man ihn trinken.«

Im Fortlauf des Abends schaffte es Valten nicht mehr, eine der noch offenen Fragen unterzubringen. Er entspannte sich und trank Wein.

Pelsaert revanchierte sich für die Danziger Köstlichkeit mit einer Spezialität aus seiner Heimat, dem Produkt einer in Übersee bei den Indianern entdeckten Pflanze, die neuerdings in den niederländischen Provinzen angebaut wurde und deren Genuss in Mode sei. Die Pflanze nannte er Tabak, deren zu einer dünnen Wurst gerollte Blätter, die er den beiden anbot, hießen Zigarren. »Die erste schmeckt vielleicht nicht besonders, genauso wie euer Goldwasser«, meinte er, »doch hat man sich daran gewöhnt, dann empfindet man dabei eine angenehme Erregung, ein Gefühl der Behaglichkeit. Das Rauchen hilft gegen den Hunger und erzieht daher zur Mäßigkeit. Ein Wunderkraut mit heilsamer Wirkung, wie Ärzte und Botaniker festgestellt haben, schädlich nur im Übermaß.«

Henri kannte den Tabak bereits, er griff gern zu. Da mochte sich auch Valten nicht sperren. Pelsaert hatte Recht, der Rauch der entzündeten Blätter schmeckte widerlich und brachte ihn zum Husten. Von einer Entspannung bemerkte er nichts. Henri und Pelsaert hingegen schienen sich durchaus wohl zu fühlen. Der Wirt schaffte einen Zinnteller herbei, damit die Asche nicht auf den Fußboden fiel. Sie erregten einiges Aufsehen, die anderen Gäste starrten sie an, sprachen über sie, einer kam sogar an ihren Tisch, fragte nach dem Sinn des Rituals und wollte es selbst einmal probieren. Pelsaert ging auf sein Zimmer und holte Nachschub. Ein Zweiter, ein Dritter wollten es auch einmal versuchen. Bald rauchte ein Drittel der Gäste, man rückte die Tische zusammen, spülte den scharfen Geschmack mit Wein weg, scherzte und lachte.

Vielleicht gab es ja auch gar keine offenen Fragen mehr. Was er wissen wollte, hatte er erfahren, und mehr war eben nicht herauszubekommen, sagte Valten seinem Freund Jan, als er ihn sehr spät, leicht benebelt und mit rebellierendem Magen aufsuchte. »Ich traue keinem. Nicht mal mehr unserem Freund Henri. Ich habe das Gefühl, alle möchten uns in ihren Glaubenskrieg verwickeln. Die Katholiken wollen, dass wir für sie kämpfen, der Protestant will, dass wir uns den Protestanten anschließen. Weshalb Henri als Katholik für die protestantische Seite spricht, ist mir allerdings unklar.«

»Er gehört zu den Hugenotten«, korrigierte ihn Dreyer.

»Hoppla, das war der Wein«, sagte Valten. »Oder die Zigarren. Ich habe meine Zunge nicht mehr in der Gewalt. Behalte es bitte für dich, Jan. Henri ist konveniert, weil er Hauptmann werden wollte.«

»Konvertiert«, korrigierte Dreyer. »Das hätte ich von ihm nicht gedacht«, er schüttelte den Kopf. »Was sind Zigarren? Kannst du überhaupt noch sprechen? Hast du eine neue Theorie?«

»Du hörst doch, dass ich sprechen kann, oder was mache ich gerade? Zigarren sind eine bittere Medizin. Sehr gut für die Verdauung und das Wohlbefinden. Die alte Theorie muss aber reichen. Sie sind alle verdächtig, alle. Morgen knöpfe ich mir Scholler, Notke und Hanssen vor. Die Protestanten. Heute war mein katholischer Tag. Von Pelsaert abgesehen. Der war flüher, nein, früher mal, das sage ich nicht, habe ich ihm versprochen, das sage ich nur, wenn er es war, jedenfalls traue ich ihm einiges zu, einiges. Den anderen aber auch. Was ist eigentlich ein Kuttenbrunzer? Ist das ein Mönch? Hat der Bayer über den Polen gesagt. Er wirkt wie ein Kuttenbrunzer, ist aber ein genialer Kopf, oder so ähnlich. Für mich ist Glowinski ein schleimiger, arroganter, blasierter … Ich weiß nicht, was. Tut wie ein Heiliger, aber hat es faustdick unter … hinter den Ohren. Lügt, wenn er den Mund auftut. Ein Schmierenkomödiant. Das ist der andere aber auch. Der spielte mir den Volkstümlichen vor, ich traue ihm nicht über den Weg. Ist das wirklich ein Kaufmann? Was verkauft er denn? Waffen? Der Kerl sieht aus wie ein Landsknecht, und er spricht auch so. Den sehe ich keine Verträge unterzeichnen, sondern draufhauen und den Befehl zum Marodieren geben.«

»War es denn einer von ihnen?«, fragte Dreyer.

»Woher soll ich denn das wissen?«, gab Valten unwirsch zurück. »Hast du denn was herausbekommen? Natürlich auch nicht. Du bedrängst das Küchenpersonal und erfährst doch nur, dass sich zwei Frauen zur Begrüßung umarmen und küssen und andere schlimme Dinge tun, die Spaß machen und uns nicht weiterbringen. Was erwartest du denn von mir?«

»Walther, du bist betrunken«, sagte Dreyer.

»Na und? Es ist eben nicht leicht, Ermittler zu sein!«

8

Dunkle Wolken zogen von Norden her landeinwärts und verdeckten den Mond. Es regnete nicht, doch war es merklich kühler als am Tage. Der alte Sielke drehte unverdrossen seine Runden durch die Nacht. Seit er den Toten entdeckt hatte, fühlte er sich als wichtige Person. Aufmerksam spähte er in die Dunkelheit, in der er nur wenig erkennen konnte, da er die einzige Lichtquelle, die es weit und breit gab, in seiner linken Hand trug. Selbst die Kerzen und Öllampen hinter den meisten Fenstern waren längst gelöscht worden. Seine Laterne blendete ihn eher, als dass sie ihn etwas erkennen ließ. Doch scheute er sich auch nicht, die späten Passanten anzuleuchten. Hier sollte alles seine Ordnung haben. Brüggemanns Mörder war noch nicht entdeckt; vielleicht lief er frei herum und suchte sich ein neues Opfer.

Um elf Uhr hatte er das letzte Mal die Stunde ausgerufen. Das war nicht nötig, denn wer noch wach war, hörte ja die Uhren schlagen, lauter und kräftiger, als Sielkes Stimme selbst in jungen Jahren gewesen war. Doch es war so üblich, gehörte zu seinem Beruf, es gab den Bürgern die Sicherheit, dass jederzeit über ihr Wohlergehen gewacht wurde. Um Mitternacht würde er das letzte Mal rufen, danach war es nicht mehr erwünscht, jeder außer ihm hatte zu ruhen, er sollte den Schlaf behüten, nicht die Schläfer wecken. Gleich war es so weit, sagte ihm sein Zeitgefühl.

Eine unruhige Nacht, so vielen Menschen begegnete er selten um diese Stunde. Die Wirtshäuser hatten längst geschlossen. Er war dem französischen Bruder der Frau Brüggemann begegnet, als der als Letzter aus dem *Lachs* kam, in dem er einiges getrunken zu haben schien. Wenig später traf er den Doktor Went, der das Haus des Richters Dreyer verließ. Der Arzt lief zwar aufrecht, doch war seine Zunge schwer, als er in unüblicher Leutseligkeit dem Alten auf seinen Gruß hin eine ruhige Nacht wünschte. Einen hageren Mann, der schnell vorbeihuschen wollte, hielt er an und richtete sogar die Hellebarde gegen ihn. Der Unbekannte ließ sich anleuchten. Sielke sah an der Kleidung, dass es sich um einen besseren Herrn handelte. Wohin des Wegs?, fragte der Wächter, heimwärts, sagte der Fremde, nein, er brauche nicht geleitet zu werden, er finde den Weg allein. Da ließ der Alte ihn laufen, ohne ihn nach dem Namen zu fragen. So feine Herren morden nicht, hatte er gedacht. Er sah noch mehr Menschen, die meisten nur von fern. Dank der nächtlichen Abkühlung war die Luft in den Wirtshäusern angenehmer gewesen als an den vorangegangenen Abenden, die Gäste waren länger sitzen geblieben, die Wirte freute es. In einem Zimmer über dem *Lachs* brannte noch Licht, der Gastraum war dunkel. Sielke bog in die Zwirngasse, lief geradeaus bis zur Frauengasse und schlug dann den Weg zum Hafen ein. Als er am Krantor ins Freie trat, hörte er das Klirren von Waffen. Er fuhr zusammen. Von wo kam das Geräusch? Von der Speicherinsel? Nein, von rechts, aus Richtung des Grünen Tores. Er zögerte keinen Augenblick. Die Hellebarde war nur gut, um verspätete Bürger zu erschrecken, kämpfen konnte er damit schon lange nicht mehr, doch das Pflichtgefühl trieb ihn voran.

»Was ist da los?!«, rief er, so laut er konnte. Das Geräusch seiner Stiefel auf dem Kopfsteinpflaster überdeckte alle anderen Laute. Als er am Grünen Tor anlangte, war er außer Atem. Doch zu sehen war nichts. Er leuchtete um sich herum und sogar in die Mottlau. Außer den Lichtreflexen seiner Laterne auf der leicht gekräuselten Wasseroberfläche sah er nichts. Beim ersten Glockenschlag der Marienkirche fuhr er zusammen. Nach dem letzten keuchte er noch immer und ersparte sich den Stundenruf. Hier war etwas geschehen, das fühlte er, auch wenn er nichts gesehen hatte. Sollte er sich lächerlich machen mit der Meldung, er habe das Klingen von Waffen gehört? Noch einmal ging er zur Mottlau und leuchtete hinein. Als er zurücktrat, rutschte sein Stiefel auf einem feuchten Stein aus. Es hatte doch nicht geregnet? Er leuchtete den Boden an. Ein Stein war dunkler als die anderen. Sielke bückte sich, legte die Hellebarde ab, betastete den Stein mit einem Finger, hielt ihn nah an die Laterne. Die Fingerspitze war rot. Zur Sicherheit leckte er daran. Den Geschmack von Blut kannte er aus jungen Jahren, als er für Polen als Söldner gekämpft hatte. Die Flüssigkeit schmeckte wie sein eigenes Blut.

Eine Stunde später standen fünf Stadtwachen und zwei weitere Nachtwächter neben dem alten Sielke am Ort des möglichen Verbrechens. Die Wachen stocherten mit Hellebarden im Wasser herum. Zu erkennen war nichts, und sie kamen auch nicht bis auf den Grund. Sie debattierten, bis eine schrille Frauenstimme energisch Ruhe einforderte. Da harrten sie still aus, sprachen, wenn überhaupt, nur noch leise miteinander. Ihnen war unheimlich zumute. Sie spürten die Gegenwart des Todes. Erst Stunden später, im Morgengrauen, entdeckten sie etwas Dunkles im Wasser. Ein Mensch, daran zweifelten sie keinen Augenblick, und fast an der gleichen Stelle, an der Brüggemann auf dem Grund gelegen hatte. Zwei Wachen entkleideten sich und stiegen in die Mottlau. Sie tauchten und hoben den Toten an. Als er die Oberfläche erreichte, packten die anderen mit an und hoben ihn an Land. Es war ein großer, hagerer Mann in mittleren Jahren. Ein Fremder wahrscheinlich, denn niemand kannte ihn. Einer von denen, die Sielke in der Nacht gesehen hatte.

Jan Dreyer fluchte. Nun wurde er gar schon im Morgengrauen aus dem Schlaf gehämmert. Mussten sie denn mit jeder Leiche ausgerechnet zu ihm rennen? Gab es nicht auch andere Richter in der Stadt? Und hatte das nicht bis zum Frühstück Zeit? Seinen Ausbruch bekamen die Wächter gar nicht zu hören, er reagierte sich am Diener ab, der ihn wachgerüttelt und mit zwei Sätzen informiert hatte. Murrend kleidete er sich an und folgte den Wächtern, die ihn vor der Tür erwarteten. Als er am Grünen Tor anlangte, hatte er sich beruhigt. Schon wieder ein Toter in seiner Stadt. Ein Unbekannter, meinten die Wächter, doch Dreyer erkannte ihn sofort. Es war Jacek Glowinski. Die Kleidung klebte am Körper, es war auf den ersten Blick keine Wunde zu sehen, ähnlich wie bei Brüggemann. Ein Fall für Walther Went, auch wenn der seinen Rausch sicher noch nicht ausgeschlafen hatte. Der Anblick würde ihn ernüchtern. Er ließ ihn durch einen Wächter holen und schickte einen anderen nach seinen Gerichtsdienern.

Wolken verdeckten die Morgensonne, doch war es hell geworden. Er betrachtete den Toten, dann das übernächtigte Häuflein der Wächter.

»Hat jemand etwas gesehen?«, fragte er.

»Ja, ich«, sagte der alte Sielke.

»Was hat er gesehen?«

»Nun, gesehen habe ich nichts …«

»Was soll das?«, unterbrach ihn Dreyer. »Ich hatte nicht gefragt, ob jemand nichts gesehen hat!«

»Ich habe etwas gehört, Herr Richter«, sagte Sielke.

Er erzählte vom Waffenklirren. Nein, wie der Tote ins Wasser fiel, war ihm entgangen, da war er gerade die Hafengasse entlanggerannt, und als er ankam, war niemand zu sehen. Nein, auch keine Schritte, die sich entfernten. Obwohl der Mörder sicher noch in der Nähe war.

»Wenn Waffen klirrten, war es eher ein Zweikampf als ein Mord«, überlegte Dreyer laut.

»Ein Zweikampf ohne Licht?«, fragte Sielke skeptisch.

Dreyer knurrte etwas Unverständliches. Wo blieb nur der Doktor? Dessen Talent für Fragen und Kombinationen war selbst dann noch größer als das seine, wenn er sturzbetrunken war, wie er gestern Abend bemerkt hatte. Es war überhaupt das erste Mal, dass er seinen Freund so gesehen hatte. Walther trank gern mit ihm, doch kannte er sein Maß.

Unruhig lief Dreyer auf und ab. Glowinski war tot. Warum gerade er? Was ging vor in der Stadt? War ein Wahnsinniger am Werk, der zum Vergnügen späte Spaziergänger umbrachte? Er hatte von einem Verrückten gehört, der jungen Frauen die Bäuche aufschlitzte und sich die Füße darin wärmte, nur zu seinem Spaß. Schlimme Dinge geschahen in der Welt und nun auch in Danzig.

Es verging noch fast eine halbe Stunde, bis Valten endlich eintraf. Das Gesicht des Arztes sah grau aus. Zwar war er trotz der frühen Stunde schon wach gewesen, doch hatte er den Morgen auf dem Abtritt verbracht und dann seine Magenbeschwerden mit der geriebenen Frucht der Myristica zu kurieren versucht, einem aus Ostindien stammenden Gewürz, das die Niederländer Muskat nannten. Er hatte es mehrfach an Patienten erprobt, und nun wirkte es auch bei ihm, der Magen kam langsam zur Ruhe.

Ohne großes Erstaunen nahm er zur Kenntnis, dass hier einer seiner gestrigen Gesprächspartner lag. Er beugte sich über Glowinski, legte ihm einen Finger an die Halsschlagader, richtete sich auf. »Er ist tot, Jan«, sagte er.

»Ich weiß.«

»Weshalb sollte ich dann überhaupt herkommen? Ihr hättet ihn gleich zu mir schaffen können.«

»Da muss ich dich doch wenigstens vorher fragen!«

»Ich bin jetzt dein Konsultant. Eine Amtsperson. Werde ich dafür eigentlich bezahlt?«

»Selbstverständlich. Habe ich das nie erwähnt? Unter Freunden spricht man nicht über Geld. Einen Monat lang zehn Gulden pro Tag.«

»So viel? Dann will ich mal was tun für mein Geld. Holen deine Büttel wieder eine Reisekutsche?«

»Das steht zu befürchten.«

»Auch gut. Gibt es Zeugen?«

»Der alte Wächter hat etwas gehört.« Er winkte ihn heran. »Sielke, erzähle er dem Herrn Doktor mal, was er beobachtet hat.«

»Jawohl, Herr Richter. Es war eine dunkle Nacht, das wissen der Herr Doktor, waren ja selber unterwegs. Und auf einmal hörte ich von fern das Geklirr von Waffen, wie es über die Mottlau schallte. Ich rief ›Heda! Was soll das! Wer ist das? Hier wird nicht duelliert!‹ Ich streckte meine Hellebarde vor und rannte los, um das Schlimmste noch zu verhindern. Doch befand ich mich am Krantor, und so schnell ich hierher rannte, ich kam zu spät. Es war schon alles vorbei, und ich entdeckte im Schein meiner Laterne nur noch das Blut auf einem Stein.«

»Hat er wirklich ein Gefecht gehört?«, fragte Valten. »Ich meine, nicht zum Beispiel das Schlagen einer Degenspitze auf den Stein oder Ähnliches?«

»Ich war Soldat, Herr Doktor, ich kenne den Gefechtslärm.«

»Konnte Glowinski überhaupt fechten?«, überlegte Valten laut. »Er war Kaufmann. Was hat er um diese Zeit auf der Straße gewollt? Ein Asket wie er geht doch nicht in ein Wirtshaus! Dem sind wahrscheinlich schon die Artusrunden zu üppig!«

»Er ist herumgeschlichen, Herr Doktor.«

»Wie meint er das?«

»Ich war ihm vorher begegnet. Er wollte sich an mir vorbeidrücken. Ich habe ihn angehalten und nach dem Wohin gefragt. Nach Hause, hat er gesagt.«

»Hält er eigentlich jeden an, der ihm begegnet?«

»Selbstverständlich nicht. Doch kam er mir verdächtig vor. Er scheute das Licht meiner Laterne.«

»Das hat er brav gemacht, Sielke«, sagte Dreyer.

»Und warum hat er ihn laufen lassen?«, fragte Valten.

»Er sah aus wie ein Kaufmann und war auch einer, wie der Herr Doktor eben gesagt hat. Den hält unsereiner nicht fest ohne Not.«

»Auch wieder wahr«, sagte Valten. »Wie lange vor dem Gefecht hat er ihn denn angehalten?«

»Vielleicht eine halbe Stunde.«

»Dann ist Glowinski jedenfalls nicht nach Hause gegangen. War er bewaffnet?«

»Ich habe keine Waffe gesehen. Er trägt einen langen Umhang«, er deutete auf den Toten, »vielleicht ist sie darunter gewesen, oder er hat sie später geholt.«

»Mit bloßen Händen kann man sich nicht duellieren. Wo ist die Waffe jetzt? Wurde sie gefunden?«

Das war nicht der Fall. Unter dem nassen schwarzen Umhang, den Dreyer beiseite schlug, entdeckte er nur das Gehänge für einen Degen. Da der Richter und sein Konsultant es für wenig wahrscheinlich hielten, dass der Mörder mit zwei Waffen davongegangen war, musste sie hier irgendwo liegen. Im Wasser, vermutete Dreyer und sah sich um. Zwei der Wächter hatten nasse Haare, also waren sie es, die die Leiche vom Grund geholt hatten und die seltene Kunst des Schwimmens beherrschten. Er veranlasste sie, noch einmal in die Mottlau zu springen und nach einem Degen zu suchen. Zu sehen war er nicht. Inzwischen waren die Frühaufsteher erwacht, es sammelten sich schon wieder Neugierige, darunter Frauen, sodass die Wächter sich nicht, wie im Morgengrauen, nackt ausziehen wollten. Sie legten Waffen, Stiefel, Hüte ab, zogen das Wams aus und sprangen dann ins Wasser. Prustend tauchten sie auf, schnappten nach Luft und tauchten erneut. Bereits beim zweiten Mal sah einer von ihnen die Waffe, er tauchte auf, versorgte sich mit Luft und holte sie herauf. Ein normaler Degen, nichts Besonderes.

Da jetzt das Fuhrwerk eintraf, in der Tat dieselbe Kutsche wie vor fünf Tagen, entließ Dreyer die Wachmänner und Nachtwächter. Die Unruhe der langsam wachsenden Menschenmenge beachtete er nicht. Der Wagenschlag knallte herunter, der Tote wurde verladen, die Richtung war dem Kutscher bekannt. Jan Dreyer, Valten und die Büttel liefen hinterher. Anstelle des Richters gab der alte Sielke den Neugierigen Auskunft; schließlich war er der Held der Nacht und auch so etwas wie eine Amtsperson.

Marie erhob sich vom Esstisch, wo sie mit den Kindern und dem Dienstmädchen saß, und sah nach, wer am frühen Morgen Lärm veranstaltete.

»Noch ein Toter?«, fragte sie. »Wer ist es?«

»Ein polnischer Kaufmann«, sagte Valten.

Sie hob eine Augenbraue, als sie ihrem Mann in die Augen sah, und er verstand, dass sie ihm signalisieren wollte, nun könnte Madeleine außer Verdacht sein. Valten wiegte leicht den Kopf. Ist möglich, aber noch nicht sicher.

Der Anblick schockierte sie nicht. Als Frau eines Arztes war sie den Anblick von Toten gewöhnt. Ganz zu schweigen von öffentlichen Hinrichtungen, bei denen es meist recht blutig zuging. Dagegen sah der nasse Mann geradezu friedlich aus. Sie kehrte zu den Kindern zurück und aß weiter.

Der Arzt entkleidete Glowinski. Nackt sah der Kaufmann noch magerer aus, die Rippen standen vor, der Bauch war eingefallen. Dreyer schaute ihm zwischen die Beine. Alles noch dran. Dafür hatte er zwei Einstiche im Körper, einen im Solarplexus, den anderen in der linken Brust. Valten untersuchte ihn sorgfältig, drehte ihn auf den Bauch und betrachtete auch die Rückseite Zoll für Zoll durch sein Vergrößerungsglas. Als er ihm auf Bauch und Rücken gleichzeitig drückte, floss etwas Wasser aus dem Mund des Toten.

»Und?«, fragte Dreyer.

»Beide Stiche waren lebensgefährlich, haben aber nicht sofort zum Tod geführt. Vermutlich war er ohne Bewusstsein oder schwer benommen, als er ins Wasser geworfen wurde. Er ist ertrunken, ohne es noch zu spüren. Es gibt keine weiteren Verletzungen, nur die Druckstellen vom Transport.«

»War es derselbe Täter?«, fragte Dreyer ungeduldig.

»Das weiß ich nicht.«

»Du weißt doch sonst alles. Weshalb gerade das nicht?«

»Weil ich nicht dabei war. Ich lag schon im Bett und schlief meinen Rausch aus. Ich bin immer noch nicht ganz klar im Kopf. Das überfordert mich am frühen Morgen.«

»Du wirst doch nicht von ein paar Bechern Wein aus den Stiefeln kippen! Na komm, eine kleine Theorie hast du sicher!«

»Es war der gleiche Ort und wohl auch die gleiche Zeit«, sagte Valten. »Die Wunden sind etwas größer als bei Brüggemann. Das hier«, er wälzte den Toten auf den Rücken und deutete auf die Einstichstellen, »das war mit Sicherheit ein Degen. Bei Brüggemann ist ein Stilett nicht auszuschließen, doch könnte es durchaus auch ein Degen gewesen sein. Das unterschiedliche Aussehen der Wunden kann dadurch entstanden sein, dass Brüggemann durch einen schnellen, präzisen Stich starb, während Glowinski sich verteidigt hat. Mit welchem Erfolg, wissen wir erst, wenn wir den Mörder treffen. Vielleicht hat Glowinski ja auch einen Stich anbringen können.«

»Dann sehen wir uns deine Verdächtigen an, vielleicht trägt einer einen Verband.«

»Das werden wir natürlich, doch ich verspreche mir wenig davon. Sieh ihn dir an. Wie viel Kraft steckte wohl in diesem Körperchen?«

Sie betrachteten die fahle Haut, die sich über den spitzen Knochen spannte.

»Das heißt, wenn er besser gegessen hätte, dann könnte er noch leben«, sagte Dreyer.

»Und wenn er mehr mit der Waffe geübt hätte. Es wundert mich wirklich, weshalb er eine hatte. Damit konnte er doch nichts ausrichten.«

»Gegen einen Unbewaffneten wie Brüggemann schon. Und gegen einen Bewaffneten dann, wenn der nicht mit einem Angriff rechnete.«

»Kein schlechter Gedanke«, sagte Valten. »Vielleicht wollte

er jemanden abstechen, und sein Gegner war ihm über. Nur hatte der dann keinen Grund, vor dem Nachtwächter davonzulaufen. Mir wird der Mann immer rätselhafter.«

»Wir werden ihn schon finden.«

»Nicht der Täter ... Der natürlich auch. Ich meine Glowinski. Welcher Kaufmann schleicht nachts mit einem unter dem Umhang versteckten Degen durch die Gassen? Woher kam er? Wohin wollte er? Ich habe so eine Ahnung, dass er gar kein Kaufmann war.«

»Natürlich war er Kaufmann. Er kommt, seit er das väterliche Geschäft erbte, zwei- oder dreimal pro Jahr nach Danzig und steht mit einigen unserer Handelshäuser in recht enger geschäftlicher Verbindung.«

»Dann war er eben auch Kaufmann, aber nicht nur.«

»Sondern was?«

»Wir sollten uns seine Wohnung ansehen.«

»Mit welcher Begründung?«

»Er könnte durchaus der Mörder von Brüggemann gewesen sein. Außerdem brauchen wir keine Begründung. Wir sind hier das Gesetz, und in seiner Wohnung wartet nur ein mürrischer Diener, der uns keine Schwierigkeiten bereiten wird.«

Das klang vernünftig. Ohnehin musste der Tote in seine Wohnung verfrachtet und vor Ort geklärt werden, wer für die Beisetzung aufkam. Doch das hatte noch ein paar Minuten Zeit.

Valten bedeckte den Toten mit dessen nassem Umhang, dann ging er mit seinem Freund in das Wohnzimmer, wo die anderen immer noch beim Frühstück saßen. Sie setzten sich dazu und hätten gern über etwas anderes gesprochen, doch das ließ die Neugier von Walther und Heinrich nicht zu. Sie bedrängten den Vater mit Fragen. Morde gab es selten in Danzig, das war also ungeheuer spannend, am liebsten wären sie gar nicht in die Schule gegangen, sondern hätten den Vater bei seiner Untersuchung begleitet. Doch Marie und Valten hatten kein Einsehen. Lernt erst einmal etwas. Später könnt ihr euch dann so viele Leichen anschauen, wie ihr wollt.

Eine Stunde später pochte Jan Dreyer an die Tür zu Glowinskis Wohnung. Eine Weile tat sich gar nichts. Er hämmerte stärker.

»Wenn keiner da ist, schlagen wir die Tür ein«, sagte er.

Der Diener hatte wohl hinter der Tür gelauscht, er öffnete sofort. »Mein Herr ist nicht da«, sagte er.

»Wir bringen ihn gerade«, antwortete Dreyer.

»Bringen?« Der Diener spähte am Richter und am Doktor vorbei. Da war sonst niemand.

»Der Herr ist tot«, gab Dreyer Auskunft. »Meine Leute schaffen ihn gleich herauf. Wir wollten ihn nicht vor der Tür ablegen.« Dreyer ging vor das Haus und gab dem Kutscher und den Bütteln ein Zeichen. Valten musterte derweil den Diener. Er war zusammengezuckt bei Dreyers lakonischer Auskunft, doch trug er es mit Fassung.

»Tot?«, fragte er. »Wie? Warum?«

»Erstochen. Er scheint nicht sehr überrascht zu sein.«

»Es steht mir nicht zu, mit Gottes Ratschluss zu rechten.«

Gott war es wohl nicht, der ihn erstochen hat, dachte Valten, doch das behielt er für sich. Mit diesem unsympathischen Menschen wollte er so wenig wie möglich sprechen. Er fragte ihn nicht einmal, wer sich um die Beisetzung kümmern würde. Das überließ er Dreyer, als der Tote in seinem Schlafzimmer auf dem Bett lag, das genauso karg war, wie Valten es sich vorgestellt hatte.

Die Familie und die Freunde, gab der Diener Auskunft. Nein, verheiratet war der Herr nicht, doch hatte er einen Bruder. Und eben viele Freunde. Er selber werde sofort alles Nötige veranlassen.

»Da muss er sich aber beeilen. Bei dem Wetter wird der Herr stinken, wenn er in Krakau ankommt.«

»In Warschau«, korrigierte der Diener.

»Ist auch nicht näher«, brummte Dreyer. »Dann mach er sich an die Arbeit. Wir sehen uns hier derweil um.«

»Wie meint der Herr das?«, fragte der Mürrische wachsam.

»Wie ich es gesagt habe. Wir durchsuchen die Wohnung.«

»Warum?«

»Von Amts wegen.«

»Das kann ich nicht zulassen.«

»Will er Schwierigkeiten machen?«

»Ja, das will ich«, sagte der Diener und richtete sich auf. Auf einmal wirkte er gar nicht mehr so duckmäuserisch. Eher wie ein Mann, der bei Bedarf zuschlagen kann. Dreyer wandte sich um. Seine Gerichtsdiener standen hinter ihm.

»Mein Herr ist das Opfer eines Verbrechens«, sagte der Diener. »Welchen Grund sollte es dafür geben, seine vertraulichen Schriftstücke einzusehen?«

»Vielleicht gibt es einen Hinweis auf den Mörder«, sagte Dreyer.

»Mein Herr kannte solches Gelichter nicht. Ich protestiere entschieden im Namen der Familie meines Herren und seines Geschäftshauses.«

»Nun hör er auf zu schwätzen«, fuhr ihn Valten an. »Es steht ihm nicht zu, mit Gottes Ratschluss zu rechten.«

»Sie sind nicht Gott, Herr Doktor«, sagte der Diener beleidigt.

»Es steht ihm auch nicht zu, mit der Gerichtsbarkeit zu rechten.«

Der Diener gab erst Ruhe, als sich die Büttel neben ihm postierten. Der Arzt und der Richter durchsuchten das Arbeitszimmer; dort, falls überhaupt, würden sie etwas finden. Dreyer nahm sich den Sekretär vor, Valten den Rest des kargen Zimmers. Die Auswahl der Bücher im Regal ließ ihn den Kopf schütteln. Nichts davon hatte er bei einem Kaufmann erwartet. »Geistliche Übungen« von Ignatius von Loyola. »Der Bericht des Pilgers« und »Die Exerzitien« vom gleichen Autor. War das nicht der Begründer des Jesuitenordens? Daneben »De rege et regis institutione« von Juan de Mariana. Nach dem Mord an König Henri IV. hatte das Parlament in Paris die Schrift des jesuitischen Historikers als aufrührerisch gekennzeichnet und ins Feuer geworfen, weil er darin den Mord an tyrannischen Fürsten rechtfertigte und so als geistiger Urheber des Verbrechens am König galt, hatte Valten von Henri gehört und es behalten, weil es ihm so sonderbar vorkam. Ein Buch sollte schuld sein? Und gerade dieses? Hielten nicht viele die Beseitigung von Tyrannen für gerechtfertigt? Luther, in allem das Gegenteil eines Jesuiten, hatte dasselbe gesagt. Doch merkwürdig war es schon, dass sich ein Kaufmann auf die Lektüre jesuitischer Schriften verlegt hatte, dass er sie mitnahm an einen Ort, an dem er nur gelegentlich weilte. Die Namen der anderen Autoren sagten Valten nichts. Sie klangen italienisch oder spanisch, den Titeln nach zu urteilen hatten sie mit Religion zu tun. Hineinblicken konnte er nicht mehr, denn Dreyer, der in Papieren wühlte, war schon fündig geworden. Er reichte Valten einen spanisch geschriebenen Brief zur Übersetzung; seine Spanischkenntnisse waren nur rudimentär, er verstand mit Mühe, worum es ging. Valten überflog das Schreiben und übersetzte es dann. Der Brief, gerichtet an einen geschätzten Cavaliere, war undatiert und nicht vollendet, die Unterschrift fehlte. Glowinski hatte ihn offenbar am Vortag geschrieben, denn Valtens Besuch wurde darin erwähnt: Ein Arzt, der sich als Richter gebärde, habe ihm Fragen nach dem Tod des Brüggemann gestellt. Der Mann ist ungefährlich, lautete die Einschätzung, er kann und versteht nichts. Auch einige Herren des Rates wurden knapp porträtiert, stets in abschätziger Weise. Verbohrte Menschen mit niedrigem Horizont, nur am Geschäft interessiert. In der bewussten Frage gebe es keine Bewegung. Hanssen wurde erwähnt, ein gefährlicher Mann, der offen für die schwedische Sache warb. Den müsse man im Auge behalten. Recht zwielichtig sei auch der Mann aus Amsterdam, ein gewisser Pelzart oder Pelsaert, wie er sich schreibe. Vorgeblich von der V. O. C., doch kümmere er sich wenig um die Geschäfte.

»Ich halte ihn für einen …«, übersetzte Valten, stockte dann. »Das Wort verstehe ich nicht. Hier steht ›espia‹.«

»Espia?«, überlegte Dreyer. »Das könnte das italienische ›spione‹ meinen. Wir sprechen das, glaube ich, Spion aus.«

»Ich weiß immer noch nicht, was das ist.«

»Wundert mich nicht. Warum übernehmen wir denn ein italienisches Wort? Weil es bei uns so etwas früher nicht gegeben hat.«

»Und jetzt gibt es das bei uns? Was denn?«

»Ein Spion ist jemand, der unerkannt unter seinen Gegnern weilt, so tut, als würde er dazugehören, und dann alles an seine Auftraggeber verrät.«

»Also genau das, was Glowinski hier macht?« Valten wedelte mit dem Brief.

»Ja. Er war ein Spion. Lies weiter.«

»Viel kommt nicht mehr. Dem Provincial möge seine bescheidene Meinung kundgetan werden, ›dass man sich vermehrt um die Hanse kümmern soll, die immer noch mächtiger ist als so manches Fürstentum und hier vertreten durch den lübischen Kaufmann Notke, einen protestantischen Fanatiker, mit dem vernünftig zu reden unmöglich ist.‹ Das ist der letzte Satz. Was ist eigentlich ein Provincial?«

»Ein Kreisvorsteher der Jesuiten. Das sind die wichtigsten Leute im Orden nach dem General.«

»Ich glaube, die Bücher da drüben stammen auch alle von Jesuiten. Das heißt, Glowinski war ein Jesuit!«

»Nein«, antwortete Dreyer. »Wie oft soll ich es noch wiederholen: Er war wirklich Kaufmann. Seine anderen Schriften betreffen Bilanzen und Abrechnungen. Aber ich denke, er war ein Affiliierter.«

»Das erklärt natürlich alles«, sagte Valten ironisch.

»Ein Beigestellter«, erläuterte Dreyer. »Ein unsichtbarer Jesuit. Vom Orden ausgebildet, um für ihn in seinem bürgerlichen Beruf zu, äh, spionieren. Sicher hat Glowinski ein Jesuitenkolleg besucht, aber er hat kein geistliches Gelübde abgelegt.«

»Woher weißt du eigentlich so viel über die Jesuiten?«

»Ich halte sie für gefährlich. Und Gefahr ist mein Beruf.«

»Was wirst du mit dem Brief machen?«

»Ich denke, der geht den Rat etwas an. Ich gebe ihn dem Bürgermeister. Jedenfalls nicht dem Empfänger.«

»Wer auch immer das sein mag.«

»Steht doch drauf. Geschätzter Cavaliere. Wie viele Cavalieres kennst du?«

»Caccianis. Der ist aber Jesuit, das hast du mir vor langer Zeit mal gesagt.«

»Ich hatte nur den Verdacht, und damals wusste ich noch nicht so viel wie heute. Ich denke, auch Caccianis ist nur ein Affiliierter. Aber ein ziemlich wichtiger, er ist neuerdings in Warschau in der Nähe des Königs anzutreffen, hat man mir gesagt. Ich wage eine Prophezeiung: Er wird in den nächsten Tagen bei uns aufkreuzen.«

»Wie ich sehe, kommst du ganz gut ohne mich klar«, sagte Valten.

»Ohne dich hätte ich dieses Zimmer nie betreten. Nichts da, Walther, du stehst auf meiner Lohnliste, und da bleibst du, bis wir den Mörder gefasst haben.«

9

Mit vollem Ton schlug die Uhr der Marienkirche, hinein mischte sich der feinere Klang der entfernteren Kirchturmuhren. Der alte Sielke rief die neunte Stunde aus, und einer zumindest hörte dessen dünne Stimme tatsächlich. Henri de Marcillac war auf dem Weg zum *Lachs*, in der Hoffnung, dort seinen neuen Freund Pelsaert zu treffen und gemeinsam mit ihm den Tag feucht und fröhlich ausklingen zu lassen. Im Hause Brüggemann mochte er nicht stören. Seine Schwester hatte sich vor einer Stunde mit ihrer besten Freundin in ihre Gemächer zurückgezogen. Wie es schien, hatten die beiden Frauen unendlich viel miteinander zu bereden. Maries Kinder schliefen schon oder wurden durch die Magd zu Bett geleitet, und Valten war sicher wieder außer Haus, um ergebnislos dem Mörder nachzuspüren.

Das war er tatsächlich; er saß in der Studierstube seines Freundes Dreyer. Sie erörterten die mageren Ergebnisse des Tages. Valten war anfangs nicht ganz bei der Sache. Marie war wieder einmal zu Madeleine gegangen. Er mochte sich nicht vorstellen, was die beiden miteinander trieben. Nicht daran zu denken war anstrengend und schmerzte, obwohl er auf keine der beiden Frauen wütend war. Die eigene liebte er stärker und bewusster als je zuvor, die andere mochte er, falls der Begriff stark genug für die Empfindung war, die er Madeleine entgegenbrachte. Von der ersten Begegnung an hatte er sie begehrt. Im Lauf der Jahre war das Wissen um sein Gefühl verschüttet worden. Jetzt trat es wieder ans Licht. Die beiden Frauen, die er von allen Menschen der Welt am meisten liebte, hintergingen ihn und schlossen ihn aus.

Zur gleichen Zeit, als Valten seine Gedanken auf die Morde zu konzentrieren suchte, saßen die beiden Frauen in einem großen hölzernen Zuber und entspannten. Das Wasser war angenehm warm. Rosenblüten trieben darin und verbreiteten ihren süßlich-schweren Duft. Sie sprachen über Valten. Er hat sich verändert, seit er von uns weiß, hatte Marie gesagt. Aber er hat dir nicht verboten, zu mir zu kommen, hatte Madeleine festgestellt.

»Das würde er nicht tun«, sagte Marie.

»Warum eigentlich nicht?«, fragte Madeleine. »Ich dachte, er ist härter.«

»Weil du es bist«, sagte Marie. »Bei jeder anderen wäre er nicht so ruhig, und bei jedem anderen hätte er zur Waffe gegriffen. Vielleicht auch nicht. Er verwirrt mich.«

»Und das nach fünfzehn Ehejahren! Wie hat er sich denn verändert?«

»Er ist immer unterwegs. Er flieht vor mir in seine Ermittlungen. Musstest du ihm unbedingt diesen Auftrag erteilen?«

»Was blieb mir übrig? Nach Brüggemanns Tod war ich die Hauptverdächtige für Dreyer. Ich brauchte Valten, um auf seinen Freund einzuwirken. Jetzt dürfte es aber ausgestanden sein, den polnischen Kaufmann wird mir niemand anhängen wollen. Ich kannte ihn ja nicht mal.«

»Aber Valten hört nicht auf«, sagte Marie. »Er hat sich festgebissen. Ich glaube, er vernachlässigt sogar seine Patienten. Vielleicht würde er aufhören, wenn er nichts von uns wüsste. Nun klammert er sich an seine Ermittlung, und das tut ihm nicht gut. Wenn er einen Mörder sucht, ist er ein anderer Mensch. Klug und gebildet ist er immer, aber er denkt nicht über das Leben nach. Er nimmt es an, so wie es kommt. Er achtet nicht auf Details, er ist nicht misstrauisch. Normalerweise. Nicht mal einen Tag hat er ermittelt, da wusste er schon Bescheid über uns. Zum ersten Mal in unserer Ehe hat er mit mir nicht wie mit seiner Frau, sondern wie mit einer Zeugin gesprochen. Zeugen können ihn nicht belügen, ohne dass er es merkt.«

»Seitdem geht er dir aus dem Weg?«

»Das kann man so nicht sagen. Im ersten Augenblick ist er sogar über mich hergefallen.«

»Wie?«

»Auf die angenehmste Weise.«

Madeleine teilte mit den Händen die Rosenblüten, schuf eine Bahn freien Wassers zu ihrer Freundin. »Erzähle«, sagte sie.

Marie rutschte, ohne sich zu erheben, am Rand des großen Holzzubers herum, bis sie neben Madeleine saß. Der Zuber war so groß, dass sich nicht mal ihre Zehenspitzen berührt hatten, als sie einander gegenübersaßen. Die Erzählung bedurfte größerer Intimität. Sie gab das Gespräch wieder, das sie mit Valten geführt hatte, sehr leise, die Köpfe waren direkt nebeneinander, die Schultern und Arme berührten sich. Als Marie die Antwort zitierte, die sie Valten auf die Frage gegeben hatte, was Madeleine habe und er nicht, lachte Madeleine laut los.

»Eine wundervoll geformte Brust«, wiederholte sie und streichelte die der Freundin. »Deine ist ebenso schön«, sagte sie.

»Ich weiß«, antwortete Marie. »Er hat mich gefragt, was ich sagen würde, wenn er mit dir schlafen würde.«

»Tatsächlich?«, fragte Madeleine erstaunt. »Was würdest du sagen?«

»Ich würde ihn fragen, was du hast, das ich nicht auch habe. Und ich wäre ein wenig eifersüchtig, glaube ich. Aber ich hätte nichts dagegen. Ich liebe euch doch beide.«

»Über so etwas sprichst du mit deinem Mann? Marie, er ist der Beste. Halt ihn fest.«

»Das will ich.«

Als Marie am Ende ihrer Erzählung angelangt war, umarmten sich die Frauen. Dann rutschte Marie wieder auf die andere Seite des Zubers. Das Wasser war kalt geworden. Madeleine läutete nach ihrer Zofe. Die kam mit einem großen Kessel, ihr war der Grund des Läutens klar gewesen. Sie schüttete das heiße Wasser in die Mitte des Zubers, rührte mit der Hand ein wenig um und fragte nach weiteren Wünschen. Im Augenblick nicht, wurde ihr bedeutet. Ob sie nach Beendigung des Bades der Damen mit den anderen Mädchen die Wanne benutzen dürfe? Natürlich, wie immer, erfuhr sie, doch das könne noch eine Weile dauern. Die beiden Damen hatten sich viel zu erzählen.

Der Mann, über den sie sprachen, dachte inzwischen gar nicht mehr an seine Frau und ihre Freundin. Nicht einmal die Uhr hatte er schlagen hören, und die dünne Stimme des Nachtwächters hätte er nicht mal die Zehn verkünden hören, wenn der direkt unter dem Fenster gerufen hätte. Doch da lief der alte Sielke nur selten vorbei. Er zog sehr kleine Kreise um das Grüne Tor. Zwei Tote hatte er dort gefunden. Vielleicht trieb es den Mörder erneut an den verhängnisvollen Ort, und dann wollte er in der Nähe sein, um einzugreifen und das Schlimmste zu verhindern.

Der Richter und sein Helfer führten ihre Mörderjagd theoretischer. Sie besprachen die Ergebnisse des Tages. Jan Dreyer hatte nach dem Morgenbesuch in Glowinskis Wohnung wieder das Volk befragt. Über den polnischen Kaufmann bekam er nichts heraus, wohl aber über den deutschen Kaufmann, der als Erster gestorben war. Man hatte ihn mehrfach in der Vorstadt gesehen, wie er in ein Haus ging, in dem eine übel beleumdete Weibsperson wohnte, so hatte es die Marktfrau beschrieben. Dreyer hatte sich den Weg zum Haus weisen lassen, war hingegangen und hatte an die Tür gehämmert, bis man ihm öffnete. Die Weibsperson zum Reden zu bringen war ihm leicht gefallen. Seine bloße Gegenwart ließ sie zittern, es dauerte lange, bis sie begriff, dass er nicht vorhatte, ihr zu schaden oder sie ihres Gewerbes wegen zur Rechenschaft zu ziehen; das muss es auch geben, hatte er großzügig gesagt. Da plauderte sie drauflos über ihren besten Kunden, der nun leider nie wiederkommen würde. Mindestens alle zwei Wochen war Brüggemann bei ihr erschienen, meist am Tage, wenn man ihn im Kontor vermutete. Ein wirklich lieber Mensch, hatte sie gesagt, auch wenn er so grässlich verstümmelt war, und immer großzügig zu ihr. Die Weibsperson weinte über den Verlust. Verglichen mit Madeleine hatte sie ein reizloses Gesicht, sie neigte zur Fülle, war plump gewachsen und ziemlich ungebildet, man merkte ihr die vierzig Jahre deutlich an, die sie wahrscheinlich alt war. Vielleicht war sie auch jünger und sah nur verlebt aus. Diese käufliche Frau aus der Gosse hing offenkundig tiefer an Brüggemann als dessen gekaufte Gemahlin. Das gab Dreyer zu denken. Natürlich hatte er auch wissen wollen, was sie mit Brüggemann oder er mit ihr angestellt hatte, doch darüber mochte sie nicht reden. Auf dringende Nachfrage sagte sie nur, dass sie alles mitmacht, was der Gast wünscht. Dreyer hatte das Gefühl, sie würde ihm gern eine Probe davon liefern. Er bedrängte sie nicht weiter, fragte nur noch, wie lange das schon so gehe, fünf Jahre, danke, das war's, und fast fluchtartig brach er auf.

»Das Merkwürdige war«, gab Dreyer zu, nachdem er den dritten Becher Wein geleert hatte, »dass diese vulgäre, unschöne Person etwas an sich hatte, was sie sympathisch machte. Verstehst du, Walther, ich mochte sie, und ich konnte den armen Brüggemann irgendwie verstehen, dass er sie seiner Prinzessin Rührmichnichtan vorzog.«

Valten lenkte seine Gedanken von verdächtigen Prinzessinnen

und sympathischen Weibspersonen zurück auf die Herren, mit denen er sich tagsüber befasst hatte. Da war zunächst der Schwede Hanssen, ein kaltschnäuziger, abweisender Mann. Brüggemann und Glowinski kannte er seit Jahren, mit beiden hatte er Geschäfte gemacht, ja, auch mit Glowinski. Dass Schweden und Polen sich gerade bekriegen, bedeute doch nicht, nun auf einmal langjährige Kontakte abzubrechen. Ja, als Schwede und Protestant stehe er innerlich eher auf der schwedischen Seite, aber er sei weder Politiker noch Kriegsmann, nur ein Handel treibender Kapitän. Die Kriege und Eroberungen kommen und vergehen, der Handel aber bleibt, und er sorgt dafür, dass das Leben währenddessen und danach weitergeht. Ein unergiebiges Gespräch, schätzte Valten ein. Der Mann war nicht zu fassen. Ein Aal. Ein Politiker. Ein Advokat. Nichts für ungut, Jan.

Viel besser war auch das zweite Gespräch nicht gelaufen. Der fette Kaufmann Scholler war ein Duckmäuser. Zumindest gab er sich so. Er hatte überhaupt keine politische Meinung. Ja, ja, vor Jahren, als er noch jung war, hatte er sich lautstark über die Jesuiten erregt, so ist die Jugend nun einmal, unbesonnen und erregt. Inzwischen hatte er mit genügend Katholiken Handel getrieben, um zu wissen, dass auch deren Geld nicht stinkt. Brüggemann und Glowinski kannte er nur aus den Runden im Artushof, Geschäfte hatten sie nie miteinander gemacht, seine wichtigsten Partner waren der junge Dreyer – »dein Bruder, Jan« –, zwei weitere Danziger Handelshäuser und die Fugger'sche Niederlassung. Er sprach leise und ohne Nachdruck, saft- und kraftlos. »Ich erinnere mich noch, wie er damals gegen den Cavaliere gewettert hat«, sagte Valten. »Heute scheint er ein ganz anderer Mensch zu sein. Oder er spielte ihn mir vor.«

»Ach ja, der Cavaliere«, sagte Dreyer. »Er ist heute am späten Nachmittag in Danzig eingetroffen. Da ihn die Nachricht vom Tod seines Mitstreiters noch nicht erreicht haben kann in Warschau, war er also schon unterwegs.«

»Das wird langsam unheimlich«, sagte Valten. »Was wollen die alle hier? Warum gerade jetzt? Gestern hat Glowinski ihm einen Brief geschrieben, den er sicher heute beenden und abschicken wollte. Er hat ihn also in Warschau vermutet, sonst hätte er ja warten können, bis er eintrifft, und ihm alles erzählen, was er beobachtet hatte. Ich sage dir, hier geht etwas vor, das absolut nichts mit Brüggemanns Potenzproblemen zu tun hat.«

»Kann schon sein«, meinte Dreyer nachdenklich. »Obwohl ich es nicht so unheimlich finde, wenn uns Leute besuchen, die schon seit vielen Jahren regelmäßig kommen. Hanssen und Scholler sind dir suspekt. Und was ist mit deinem alten Bekannten Notke?«

»Alter Bekannter? Wir stammen beide aus Lübeck, doch damit erschöpfen sich die Gemeinsamkeiten schon. Danzig mag ein Stück größer und mächtiger sein, aber so klein und elend ist Lübeck nun auch nicht. Die Stadt dominiert die Hanse nicht ohne Grund, und Notke ist ein ziemlich wichtiger Mann in der Hanse, glaube ich. Der konnte sich an den armen Studenten, der ich damals war, nicht erinnern, er tat nicht mal so, als würde er mich kennen.«

»Wenn Notke wirklich so wichtig ist, weshalb kommt er dann so oft nach Danzig?«, fragte Dreyer. »Wer wirklich wichtig ist, reist nicht, er lässt reisen.«

»Das ist wahr«, stimmte Valten ohne Zögern zu. »Der Kerl ist mir genauso verdächtig wie alle anderen. Er redet trocken und langweilig, so als ob er seine Bilanzen vorlegt. Hier ist die Hanse, ein seit Jahrhunderten bewährter Handelsbund, dort die Konkurrenz. Um sich dagegen zu behaupten, müssen die Hansestädte wieder enger zusammenrücken. Es geht nicht an, dass die eine Stadt einen Handelspartner ächtet, die andere hingegen ihn einlädt und mit ihm Geschäfte macht, die letztlich gegen den Bund gerichtet sind. Das bringt für den Augenblick vielleicht Vorteile, doch auf Dauer wirkt sich die Schwächung der Hanse natürlich auf alle aus. Wir betätigen uns nicht politisch, sondern handelspolitisch. Es ist unser Bund, der uns stark gemacht hat, und es ist unser Bund, den wir stärken müssen, gerade jetzt, da es in einigen deutschen Ländern Krieg gibt. So ging das noch einige Zeit weiter. Er erklärte mir die Hanse, ich wäre fast eingeschlafen. Ich brachte ihn auf Brüggemann. Den kannte er, ein guter Freund und Partner sei er gewesen, ein entsetzlicher Verlust für die Stadt und auch für die Hanse. Das kam schnell und trocken und klang doch unecht. Ich traue ihm nicht. Ich traue keinem! Das sind alles – jetzt habe ich das Wort schon wieder vergessen ...«

»Affiliierte«, half Jan.

»Das andere Wort ... Ich hab's: Spione. Alles Spione!«

»Aber Notke doch nicht!«

»Traue keinem, Jan! Traue keinem!«

»Hast du schon wieder zu viel getrunken?«

»Nicht mehr als du.«

»Dann war es zu viel.«

Die Uhr der Marienkirche schlug elf.

Der alte Sielke lauschte stumm den Schlägen. Nicht einmal die Kerze in seiner Laterne brannte. Seine Wege fand er auch ohne Licht. Zudem waren die Wolken verschwunden, der Mond, fast noch voll, stand schräg über dem Langmarkt. Sielke presste sich in den Schatten des Grünen Tores und spähte nach beiden Seiten. Eine Laterne schwankte am Rathaus vorbei, zwei Männer näherten sich. Erkennen konnte er sie nicht, dazu waren sie zu fern, und ihre Gesichter lagen im Dunkel. Sie gingen auf eines der Häuser zu, einer der Männer verschwand darin, der Laternenträger kehrte um. Ein Diener, der einen Spätheimkehrer geleitet hatte. Keiner weiteren Beachtung wert.

Die Frauen im Hause Brüggemann hatten sich abgetrocknet und angekleidet. Madeleine sagte dem Mädchen Bescheid, dass es jetzt baden könne. Doch das Mädchen verzichtete. Fast alle im Hause schliefen schon, und allein machte es keinen Spaß. Wach war hingegen noch der Hausdiener Henryk, der Marie mit einer Laterne zu ihrem Hause geleiten sollte. Doch dann verplauschten die beiden Frauen sich erneut, und Henryk musste noch warten.

Valten widersprach seinem Freund heftig. Von drei Bechern

Wein war er keinesfalls betrunken. Die Gedanken waren frei und klar, behauptete er. Und wiederholte eine Frage, die er ihm schon am Morgen gestellt hatte, in Glowinskis Wohnung. Woher der Freund so gut über die Jesuiten Bescheid wisse – »und sage nicht wieder, dass Gefahr dein Beruf ist! Du sitzt die meiste Zeit hinter deinem Schreibtisch. Die größte Gefahr, die dir droht, ist, dass du vor dem Frühstück geweckt wirst!«

»Ja, es war ein Witz«, sagte Jan, »aber dass die S. J. gefährlich ist, das stimmt.«

»Die was?«

»Die Societas Jesu. Die Gesellschaft unseres Herrn Jesus. So nennen sie sich, doch was sie tun, hat wenig mit Jesus zu tun. Jesus hat die Nächstenliebe gepredigt. Die Jesuiten stacheln die Fürsten zum Krieg auf. Du erinnerst dich noch an die falschen Demetriusse in Russland? Wie viele Menschen sind dafür getötet worden, damit einer von denen Zar wird und die Reußen zum wahren Glauben konvertieren? Tausende Polen und Russen haben sich gegenseitig geschlachtet. Eine jesuitische Intrige. Und wer ist schuld am Krieg in Deutschland? Wer will die Reformation rückgängig machen? Weißt du eigentlich, wie viele Jesuiten es gibt?«

»Keine Ahnung. Zehntausend, zwanzigtausend?«

»Eben nicht! Gerade mal ein Zehntel davon. Eine kleine, schlagkräftige Truppe. Kaum mehr als eintausendfünfhundert! Und die sind überall auf der Welt tätig!«

»Dann ist die Aussicht aber nicht groß, mal einem zu begegnen.«

»Sie sind die Beichtväter der katholischen Fürsten. Wer berät unseren König Sigismund? Ein Jesuit! Wer berät den Kaiser Ferdinand? Ein Jesuit! Wer berät die Fürsten der katholischen Liga? Jesuiten!«

Valten nahm den großen Krug und füllte Wein in die Becher. »Du hast mir jetzt erzählt, wie gefährlich die Jesuiten sind. Das war nicht meine Frage. Ich wollte wissen, woher du sie so gut kennst. In Danzig gibt es ja schließlich keine Jesuiten. Nur ein paar affiliierte Spione. Aber ich glaube, ich kenne die Antwort schon. Das ist deine, äh, dein geheimer religiöser Bund.«

»Jetzt hättest du beinahe Sekte gesagt. Wir Rosenkreuzer sind keine Sekte. Wir verstehen uns beide so gut, und ich hätte es so gern gesehen, wenn du dich uns anschließen würdest. Ich weiß, dass du viele unserer Gedanken teilst. Du bist nur nicht religiös genug, um …«

»Was soll das heißen?«, fuhr Valten auf. »Natürlich bin ich religiös. Ich glaube an Gott, ich gehe jeden Sonntag in die Kirche, ich bete mit meiner Familie morgens und abends. Wir sind schon reformiert, Jan, und das ganz offen. Da brauche ich keinen Geheimbund!«

»Der Wein macht dich aggressiv, weißt du das?«

»Ach. Ist es aggressiv, wenn ich erzähle, dass ich bete?«

»Du lehnst den Bund ab, weil du nichts darüber weißt. Wir sind so etwas wie Gegen-Jesuiten. Die wollen die finstere Vergangenheit konservieren und alle Menschen knechten. Wir denken darüber nach, wie wir freier zu Gott finden können. Weg mit dem ganzen Mystizismus und dem orthodoxen Gebaren! In der Bibel steht nichts von Kirche und Papst, nichts von Heeren und Glaubenskämpfern. Jesus ist auf den staubigen Landstraßen herumgezogen, begleitet von Bauern, Fischern und Zöllnern, er hat zu den einfachen Menschen gesprochen, er war einfach gekleidet, und er war, obwohl Gottes Sohn, mehr Mensch als all die purpurgekleideten Kardinäle und Päpste!«

»Wir Lutheraner haben keinen Papst und keine Kardinäle. Dein Bund ist eher etwas für Katholiken.«

»Die Reformation war nur der Anfang des Weges. Ein guter Anfang. Sollen wir jetzt stehen bleiben? Und sollen wir die Katholiken vergessen? Sie brauchen auch ihre Reformation. In unserem Bund gibt es sowohl Katholiken als auch Protestanten. Oder noch genauer: Wir sind weder das eine noch das andere. Wir beobachten alle christlichen Konfessionen. Es gibt nur einen Gott, also sollte es auch nur einen Glauben geben.«

»Das sagen die Jesuiten auch.«

»Aber sie wollen nicht den Glauben, sondern den Papismus stärken. Das ist Verrat an Jesus, nach dem sie sich benannt haben. Sie wünschen nicht, dass es den Menschen, sondern dass es der Kirche gut geht. Wir hingegen denken darüber nach, wie es allen Menschen besser gehen kann. Die Wohlfahrt des Staates und des Einzelnen wollen wir befördern.«

»Geht es uns in Danzig nicht gut genug?«

»Es geht uns besser als den meisten, das ist wahr. Verglichen mit fast allen anderen Ländern sind wir eine Insel der Freiheit. Nicht ideal, aber auf dem richtigen Weg. Werden wir uns auf Dauer behaupten können, wenn ringsumher die finsterste Vergangenheit herrscht? Können nicht auch wir in die Kriege der anderen verwickelt werden? In die Streitereien um den wahren Glauben? In die Kämpfe gegen die Ketzerei? Hast du schon mal darüber nachgedacht, was ein Ketzer ist?«

»Ein Ungläubiger«, sagte Valten.

»Tatsächlich? Kann ein Jude oder Muselmann Ketzer sein? Niemals. Wir nennen sie Heiden. Manchmal führen wir Krieg gegen sie, aber wenn sie unter uns leben wie die Juden, verfolgen wir sie nicht, mal abgesehen von gelegentlichen Pogromen, nach denen aber immer viele übrig geblieben sind, die dann weiter unbehelligt unter uns leben. Ein Ketzer kann nur ein Christ sein. Ein Lutheraner ist für einen Katholiken ein Ketzer, ein Wiedertäufer für einen Kalvinisten. In einem Land kannst du als Ketzer verbrannt werden, im anderen bist du ein Märtyrer oder gar Heiliger. Ein Ketzer ist jemand, der die in seinem Land vorgeschriebene Form des Glaubens nicht anerkennt. Wer viel reist, so wie einige unserer Kaufleute, müsste unterwegs in fast jedem Land aus Vorsicht seinen Glauben wechseln, einen anderen vortäuschen, um nicht für einen Ketzer gehalten zu werden. Genau betrachtet nennen wir Ketzer diejenigen, die nicht mit unserer religiösen Meinung übereinstimmen. Wir Lutheraner sind da noch am tolerantesten, wenigstens verbrennen wir die Ketzer nicht, doch wenn es um Kriege geht, sind wir auch nicht zimperlich. Wer sich nicht bekehren lässt, wird erschlagen. Dabei steht es den Menschen nicht zu, über Gedanken zu richten. Luther hat geschrieben, das irdische Königtum hat Gewalt nur über den Körper. Gott will nicht, dass irdisches Recht auch über die Seelen gebietet. Jeder von uns hat seine Sache für sich selbst vor Gott zu führen.«

»Klingt vernünftig«, gab Valten zu. »Wie viele seid ihr?«

»Sicher nicht mehr als die Jesuiten.«

»Auch eine kleine Gruppe. Nur nicht so schlagkräftig. Von den Jesuiten hat jeder schon einmal gehört. Von den Rosenkreuzern habe ich nur erfahren, weil du mein Freund bist und mich dafür werben wolltest.«

»Was erwartest du? Die Jesuiten gibt es seit fünfundachtzig Jahren. Weißt du, seit wann es die wahren Rosenkreuzer gibt? Seit vier Jahren! 1622 wurde die Bruderschaft in Den Haag gegründet. Und für die kurze Zeit reichen die Verbindungen schon recht weit. Brüder gibt es in Amsterdam und in Mantua, in Nürnberg und in Hamburg, in Venedig und in Danzig. Vielleicht wird man dennoch nie von uns hören. Wir begehen keine spektakulären Fürstenmorde, wir führen und unterstützen keine Kriege. Stattdessen wirken wir auf das Denken der Menschen ein. Das ist ein langer Prozess, das kann Jahrzehnte und Jahrhunderte dauern. Aber die Menschheit wird sich geistig und zivilisatorisch weiterentwickeln, weil wir das Feld nicht den blindwütigen Fanatikern überlassen.«

»Ein schöner Traum«, sagte Valten, und er meinte es nicht abwertend.

»Mach bei uns mit. Innerlich gehörst du längst zu uns, das weiß ich.«

»Darüber muss ich in Ruhe nachdenken. Ich bin Arzt, kein Philosoph. Außerdem bin ich auch noch Ermittler. Zuerst müssen wir den Mörder finden, Jan. Auf deine Gesundheit!«

Die beiden Männer hoben ihre Becher und tranken. Das Gespräch war noch lange nicht beendet.

Der alte Sielke presste sich immer noch an die Mauer des Grünen Tores. Aus dem Hause Brüggemann kamen zwei Personen, eine Frau und ein Diener, der sie geleitete. Sicher die Frau Doktor, die der bedauernswerten Witwe Trost gespendet hatte. Sie verschwanden in einer Seitengasse. Nun lag der Langmarkt, auf dem tagsüber das Leben pulsierte, verlassen da. Auch auf der anderen Seite war es ruhig. Das Wasser konnte Sielke weder sehen noch hören. Die Vögel waren längst verstummt. Sielke lauschte einige Zeit. Schritte von der anderen Seite. Er fuhr herum. Wieder nur ein Spätheimkehrer, der in einem der Häuser am Markt verschwand. Nichts geschah. Wahrscheinlich war es doch keine so gute Idee, hier herumzustehen und zu warten. Nicht an jedem Abend wurde gemordet, und falls doch, dann gewiss nicht immer an derselben Stelle. Fast war er schon bereit, seinen Beobachtungsposten zu verlassen, da hörte er leise Schritte. Sielke presste sich enger an die Mauer, um unsichtbar zu bleiben. Der Mann war allein und trug keine Laterne. Und er kam über den Langmarkt. Vielleicht war er aus der Kürschnergasse gekommen und nah an Beischlägen im Schatten der Häuser gelaufen. Wollte er nicht gesehen werden? Sielke versuchte mit den Steinen in seinem Rücken zu verschmelzen.

Obwohl der Mann nah an Sielke vorüberging, bemerkte er den Nachtwächter nicht. Der hingegen konnte ihn deutlich sehen. Ein Mann um die fünfzig, mit einem wilden, dunklen Bart, der Kleidung nach besser gestellt. Sielke hatte ihn schon einmal gesehen, wusste jedoch nicht, wer das war. Kaufleute stellen sich den Nachtwächtern nicht vor. Ein Fremder also. Weshalb lief er so leise? Er trug Stiefel, doch waren seine Schritte kaum zu hören. War das der Mörder? Sielke löste sich von der Wand und folgte ihm.

Der Mann schritt durch das Grüne Tor und trat hinaus ins Freie. Auf einmal sprang aus dem Dunkel jemand auf ihn zu. Der Verdächtige wich zurück und fuhr mit der rechten Hand unter seinen Umhang. Der Degen schnellte heraus, doch ehe er ihn zur Abwehr nach vorn strecken konnte, traf ihn ein Stich in die Brust. Er taumelte zur Seite, dann schaffte er es, die Waffe zu heben und den zweiten Stich zu parieren.

Das war gar nicht der Mörder, begriff Sielke. Das war das nächste Opfer. Der Mörder hatte auf der anderen Seite des Tores gelauert, in Sielkes Nähe. Sie hatten sich nicht bemerkt, der Wächter und der Mörder. Sielke streckte die Hellebarde vor, um einzugreifen. Zusammen mit dem Opfer würde es ihm mühelos gelingen, den Mörder zu überwältigen.

»Halt da! Aufhören!«, rief Sielke. »Hier ist die Wache!« Und er stürmte unter den Bögen des breiten Tores hindurch auf die Mottlau zu.

Er kam zu spät. Der erste Stich hatte doch besser gesessen, als es geschienen hatte, der Vollbärtige hatte sich mit letzter Kraft verteidigt, sein Degen sank herunter, der Mörder durchbohrte ihm die Brust und wandte sich sofort dem Wachmann zu. Sielke stürmte vor, bereit, den Mörder mit seiner Hellebarde aufzuspießen. Doch der trat gewandt einen Schritt zur Seite, sodass die Spitze ihn verfehlte, riss ihm den Schaft aus den Händen, wofür er nur seine linke Hand benötigte. Mit dem Degen verpasste er dem Alten einen Stich in die Seite. Der Schmerz war unerträglich. Sielke schrie laut und fiel zu Boden. Jetzt war er unbewaffnet. Nur Flucht konnte ihn retten. Er versuchte, sich zu erheben. Blut spritzte aus seiner rechten Seite. Über ihm stand der Mörder, er konnte ihn nicht erkennen, eine schwarze Gestalt im Schatten des Tores, nur die Augen leuchteten hell aus der Silhouette, der Mörder sah ihn an, steckte seinen Degen weg und hob die Hellebarde. Sielke konnte sich nicht mehr bewegen. Er rutschte weg, lag auf dem Rücken und wusste, dass es aus war. Voller Wucht rammte ihm der Mörder die Hellebarde ins Herz.

Gefunden wurde er bei Sonnenaufgang von einer Magd, die aus der Niederstadt über die Grüne Brücke kam. Er lag neben dem Tor auf dem Rücken, der Schaft der Hellebarde ragte steil nach oben. Der Tote im Wasser wurde eine halbe Stunde später von der Wache entdeckt, die trotz des lauten Geschreis der Magd erst geholt werden musste.

Jan Dreyer murrte diesmal nicht. Langsam gewöhnte er sich an das vorzeitige Aufstehen. Er betrachtete die beiden Toten, die man nebeneinander auf das Pflaster gelegt hatte. Diesmal kam er nicht umhin, eine kleine Ansprache an das Volk zu halten, das sich zahlreich versammelte und ob der Morde erregte.

»Mit Gottes Hilfe werden wir den Täter fassen«, versprach er und versuchte, die Massen zu beruhigen. Da er immer noch nicht viel wusste, war sein Erfolg mäßig.

Als Valten eintraf, sagte er zu ihm: »Deine Verdächtigen werden langsam knapp. Kurz nachdem du mit ihnen gesprochen hast, werden sie abgestochen.« Er deutete auf den Leichnam neben Sielke. Es war der schwedische Kaufmann Hanssen.

10

Beim nächsten Mord gab es einen Zeugen. Ein Diener beobachtete, in der Finsternis der Wohnung hinter dem Fenster verborgen, zwei Männer. Den Anfang der Auseinandersetzung bekam er nicht mit, weil er in Richtung des Grünen Tores blickte. Erst als Waffen klirrten, schaute er nach links zur Seite des Krantores. Einer war verletzt und wehrte sich schwach, nach nicht einmal einer Minute fiel er um. Der andere warf ihn ins Wasser. Der Diener weckte das übrige Personal und seine Herrschaft. Vier Männer, nur notdürftig bekleidet und bewaffnet, stürmten auf die Straße. Der Mörder war längst verschwunden. Wenig später wurden sie durch zwei Nachtwächter verstärkt, die in der Nähe der Grünen Tores gewesen waren. Durch den Lärm und die Rufe erwachten auch andere. Je mehr Menschen auf der Straße waren, desto lauter wurde die Menge, und je lauter sie wurde, desto mehr Menschen kamen hinzu. Den Wächtern gelang es nicht, sie zur Ruhe zu bringen. Vielleicht hatte sich sogar der Mörder zu ihnen gesellt. Es ließ sich nicht feststellen, ob die Leute durch die Menge angelockt worden waren; auch verspätete Gäste aus den Wirtshäusern stießen hinzu. Am Morgen erfuhren Valten Went und Jan Dreyer, dass man in der Menge Henri de Marcillac, Xaver Habermann und Peter Scholler bemerkt hatte, nicht hingegen den Lübecker Klas Notke, dafür aber den Cavaliere Caccianis, den die beiden Ermittler für sehr verdächtig hielten, obwohl er zumindest den Mord an Brüggemann auf keinen Fall begangen haben konnte, weil er vor anderthalb Wochen noch gar nicht in Danzig gewesen war. Adriaan Pelsaert konnte nicht mehr in der Menge sein, er war das Opfer. Obwohl der Diener die Stelle genau beschreiben konnte, an der er in den toten Arm der Mottlau gestürzt worden war, fand man ihn erst bei Tagesanbruch. Auf dem üblichen Weg landete er auf Valtens Liege.

Da er vier Wunden hatte, dauerte die Untersuchung etwas länger. Die Mordwaffe war ein Degen, das war den Wunden anzusehen, und der Zeuge hatte, wenn auch sehr ungenau, bei beiden Männern Degen gesehen, die Gesichter hingegen nicht erkennen können. Nicht mal die Farbe der Kleidung konnte er beschreiben; in der Nacht sah alles schwarz aus. War der Täter dick, dünn, groß, klein? Der Zeuge wusste es nicht. Von normaler Größe, vielleicht war er dick, vielleicht auch dünn, die Gewänder mochten sich beim Kampf gebläht haben. Immerhin wusste er, dass sich die beiden gegenübergestanden hatten, also hatte Pelsaert den ersten Stich abbekommen, bevor der Zeuge den Kampf bemerkte. Die gefährlichste Wunde befand sich im Rücken. Wahrscheinlich hätte sie nach ein paar Stunden zum Tode geführt, doch der Täter wollte sichergehen und hatte von vorn dreimal zugestochen. Pelsaert hatte noch gelebt, als er in die Mottlau fiel, seine Lungen waren voller Wasser.

»Vielleicht ist es nicht nur ein Mörder«, sagte Valten. »Die Stiche in den anderen saßen präziser, und sie kamen ausschließlich von vorn. Selbst die Hellebarde saß von vorn präzise im Herzen des armen Sielke. Und nun sieh dir diese ausgefransten Wundränder an. Die reinste Stümperei. Das hat jemand getan, der Gefechte nicht gewöhnt ist. Wahrscheinlich hat er von hinten zugestochen, um einen Kampf zu vermeiden. Besonders kräftig war er auch nicht. Der Stich von hinten war lebensgefährlich, aber nicht tödlich. Vielleicht war es aber auch nur eine andere

Waffe. Ein Degen, der nicht richtig geschliffen und nicht spitz genug war. Hanssens Wunde sah allerdings nicht besser aus.«

»Jetzt haben wir schon zwei Mörder«, stöhnte Jan. »Und alle unsere Verdächtigen waren um elf noch auf. Bis auf Notke.«

»Der war sicher auch noch wach und hat sich bloß nicht sehen lassen«, unkte Valten.

»Was machen wir jetzt?«

»Ich weiß es nicht. Mir fällt nichts mehr ein. Hast du schon gefrühstückt?«

»Wann denn?«

Jan Dreyer beauftragte seine beiden Büttel, die wie immer vor der Tür gewartet hatten, jemanden von der Vereinigten Ostindischen Companie aufzutreiben, der sich um den toten Kommandeur kümmern mochte, dann folgte er Valten in dessen Wohnraum. Marie, die Kinder und die Magd saßen am Tisch. Heinrich und Walther wollten sofort wieder alles über den neuesten Mord wissen. Viel brauchte Valten nicht zu erzählen, ein Blick auf die Uhr zeigte ihm, dass es Zeit für sie war, zur Schule zu gehen.

Die Magd, nachdem sie noch etwas Wurst und Butter für die beiden ausgehungerten Männer herbeigeschafft hatte, verschwand in der Küche. Marie hingegen blieb sitzen. »Müssen die Leichen eigentlich immer zu uns gebracht werden?«, fragte sie.

»Wohin denn sonst!«, sagte Valten.

»Ins Spital oder in ihre Wohnung, was weiß ich. Das ist jetzt der fünfte Tote in zehn Tagen. Es wird langsam ein wenig unappetitlich, jeden Morgen neben Leichen zu frühstücken.«

»Das geht sicher nicht ewig so weiter, Marie«, sagte Jan. »Wir werden den Mörder schon finden. Derzeit gibt es keine andere Möglichkeit. Du weißt, dass Walther für die Gerichtsbarkeit arbeitet?«

»Ja, das weiß ich. Auch, dass er gut dafür bezahlt wird. Schön ist es trotzdem nicht.«

»Es war deine beste Freundin, die mich aufgefordert hat, den Mörder zu suchen«, sagte Valten.

»Brüggemann wurde schon gebracht, ehe du bei Madeleine warst«, erinnerte ihn Marie.

»Mea culpa«, sagte Jan. »Valten ist nun mal der beste Arzt in der Stadt, und er ist mein Freund.«

»Es gab schon öfter Tote in Danzig. Warum sind die nicht alle hergeschafft worden?«

»Da waren die Umstände anders«, sagte Valten. »Es waren einfache Leute, die Todesursache war fast immer klar, eine Wirtshausschlägerei oder auch mal ein Raubmord. Da konnte ich die Opfer am Ort des Geschehens oder in ihren Häusern begutachten. Bei Brüggemann war das ausgeschlossen, bei Hanssen und Pelsaert auch, denn die wohnten in Gasthäusern. Außerdem habe ich hier mehr Ruhe für eine gründliche Untersuchung.«

»Was nutzt die Untersuchung, wenn der Mörder immer noch frei herumläuft?«

»Es sind wahrscheinlich zwei Mörder«, rutschte Jan heraus.

»Zwei? Dann geht das jetzt immer so weiter? Jeden Tag ein Toter zum Frühstück?«

»Nicht so pessimistisch«, sagte Valten. »Wir werden sie schon fassen. Außerdem war es gar nicht jeden Tag. Der Mord an Hanssen geschah vor fünf Tagen.«

»Dafür, dass vier Tage nichts passiert ist, warst du aber ziemlich lange außer Haus.«

»Wir hatten zu arbeiten«, sagte Valten.

»Wenn du heimkommst, riechst du nicht nach Arbeit«, bemerkte Marie spitz.

»Warum nennt man Wein wohl ein geistiges Getränk?«, versuchte Jan zu vermitteln. »Weil er den Geist anregt«, gab er sich selbst zur Antwort.

»Dann solltet ihr viel mehr trinken, damit ihr noch besser denkt und den Mörder schneller findet«, bemerkte Marie sarkastisch.

»Vielleicht machen wir das auch«, sagte Valten und lachte. Das entspannte die Situation. »Ich weiß, dass es lächerlich klingt«, fügte er hinzu. »Der Fall ist eine Herausforderung, wie es sie wahrscheinlich noch nie gegeben hat. Du weißt, wie normalerweise Täter gefasst werden?«

»Nicht genau«, gab Marie zu.

»Es gibt nur drei Möglichkeiten«, sagte Valten und wandte sich seinem Freund zu: »Korrigiere mich, wenn ich etwas vergessen sollte, Jan. Also«, er blickte wieder Marie an, »entweder die Tat geschieht vor Zeugen bei einem Streit oder Ähnlichem, dann ist es einfach. Oder aus den Umständen ist klar, wer es getan haben kann, dann greift man sich den Verdächtigen, befragt ihn hochnotpeinlich, und wenn er gesteht, ist es auch klar. Oder er wird bei einer anderen Tat gefasst und gesteht, weil er nichts mehr zu verlieren hat, auch die erste.«

»Du hast nur eine Möglichkeit vergessen«, ergänzte Jan. »Die vierte ist: Er kommt davon. Das ist leider nicht selten der Fall. Und es liegt daran, dass wir Richter zwar eine Tat beurteilen und einen Verbrecher befragen und verurteilen können, aber wenn man ihn uns nicht liefert, sind wir machtlos. Seit Valten mich unterstützt, habe ich begriffen, wie wichtig es ist, Verbrechen durch jemanden untersuchen zu lassen, der etwas davon versteht. Valten nämlich versteht etwas davon. Er weiß, was für Fragen man den Zeugen stellen muss, er sieht die Spuren und erkennt ziemlich genau, was geschehen ist. Ich hatte bisher nur meine Büttel, von denen einer immer dümmer ist als der andere. Was wir bei diesem besonderen Verbrechen brauchen, sind Menschen wie Valten, die ermitteln können. Am besten eine ganze Truppe von Spezialisten, zehn oder zwanzig Leute, die den Beruf gelernt haben.«

»Wo sollen sie ihn denn lernen?«, fragte Valten.

»Auch wieder wahr«, sagte Jan. »Es ist ein Traum. Aber ich bin sicher, dass es so etwas eines Tages geben wird. Bis dahin müssen wir beide allein auskommen. Müssen gemeinsam nachdenken, jedes Detail immer wieder besprechen, Vermutungen überprüfen und dabei dann auch Wein trinken, sonst würden wir verrückt werden.«

»Und wie geht es weiter?«, fragte Marie friedlich. Natürlich wusste sie, dass die Freunde nicht feierten, sondern den Fall zu lösen versuchten, doch wurde sie das Gefühl nicht los, dass Valten den Fall benutzte, um ihr aus dem Weg zu gehen. Wahrscheinlich deshalb hatte sie so gereizt reagiert.

»Ich habe keine Ahnung«, gab Valten zu.

»Ich auch nicht«, schloss sich Dreyer an.

Jemand klopfte laut an die Tür. Sie hörten, wie die Magd öffnete und mit einem Mann sprach. Wenig später kam sie ins Wohnzimmer.

»Holt die V. O. C. den Toten ab?«, fragte Valten.

»Nein«, antwortete die Magd. »Es ist ein Bote vom Rat mit einer wichtigen Nachricht, sagt er.«

»Für mich?«

»Für Sie und für den Herrn Richter.«

»Wer weiß denn, dass ich hier bin?«

»Der Rat weiß alles«, scherzte Marie. »Soll reinkommen«, sagte sie zur Magd.

Der Bote blieb in der Tür stehen, setzte seinen Hut ab und drehte ihn in den Händen. »Ich störe nur ungern, doch der Herr Bürgermeister hat gesagt, dass die beiden Herren dringend zu ihm ins Rathaus kommen sollen.«

»Sofort?«, fragte Dreyer.

»Um zehn Uhr«, antwortete der Bote.

»War das alles?«

»Ja.«

»Dann kann er gehen und dem Bürgermeister sagen, wir werden pünktlich bei ihm sein.«

Der Bote verbeugte sich, wandte sich um und wurde von der Magd zur Tür geleitet.

»Wieso ich?«, fragte Valten, als die Tür zugefallen war. »Ich bin kein Angestellter des Rates.«

»Natürlich bist du das«, sagte Jan. »Ich habe die Urkunde zwar unterzeichnet, aber durchaus mit dem Wissen des Rates. Sonst müsste ich dich ja aus eigener Tasche bezahlen. Die Justiz ist die

Justiz der Stadt, du arbeitest für die Justiz, also arbeitest du für die Stadt und für den Rat.«

»O Gott! Und ich dachte, ich bin ein freier Arzt.«

»Das bist du erst wieder, wenn wir dem Mörder das Haupt abgeschlagen haben.«

Sie hatten noch zwei Stunden Zeit. Erst einmal beendeten sie das Frühstück. Dann brach Dreyer auf. Das Gespräch mit dem Bürgermeister würde unangenehm werden, da wollte er wenigstens bestens gekleidet erscheinen, und er empfahl Valten, sich ebenfalls in seinen Sonntagsstaat zu werfen. »Wenn wir schon nichts Gescheites zu sagen haben, sollten wir wenigstens vernünftig aussehen.«

11

Valten kleidete sich tatsächlich um, und weil er nicht anderthalb Stunden in der Wohnung sitzen und warten mochte, begleitete er Marie und die Magd beim Einkauf. Mehr als zwei Dutzend Stände waren auf dem Langmarkt aufgebaut, einfach gezimmerte Tische, die meisten von bunten Planen an Pfosten überspannt, damit die Ware in der Sonne nicht ausbleichte, welkte oder verdarb. Frisches Gemüse wurde angeboten, an einem Stand Fleisch vom Schwein, frisch und geräuchert, daneben gab es Käse, ein paar Schritte weiter wurden Tücher feilgeboten. Fast nur Frauen liefen zwischen den Ständen hindurch, Mägde und Herrschaften, der Haushalt war Frauensache. Männer sah man selbst hinter den Ständen nicht viele. Einige Diener und Köche prüften die Ware, während die besseren Herren sich meist achtlos vorbeidrängten und allenfalls den jüngeren Damen aufmerksame Blicke zuwarfen. Valten trottete hinter Marie und der Magd her und war froh, einmal gar nicht nachdenken zu müssen.

Sehr lange konnte er nicht abschalten. Als er am Neptunbrunnen stand, dicht beim Artushof, in dem alles begonnen hatte, sah er den Cavaliere Caccianis aus dem Portal des Rathauses kommen. Er blieb oben auf der Treppe stehen, stützte sich auf die Balustrade und schaute nach links über den Langmarkt. Als er Valten erblickte, lief er schnell die Treppe hinunter und kam auf ihn zu.

»Herr Doktor Went«, sagte er, »einen schönen guten Morgen wünsche ich. Ich bin der Cavaliere Caccianis, wie Sie sicher wissen. Wir haben uns bereits gesehen, wurden uns aber leider noch nicht vorgestellt.«

»Guten Morgen«, antwortete Valten verblüfft.

»Sie entschuldigen, dass ich Sie so einfach anspreche, doch wie ich weiß, haben Sie noch eine Stunde Zeit, bis Sie beim Bürgermeister vorstellig werden. Zu wenig, sich mit wichtigen Dingen zu befassen, genug, um sich von mir auf eine Tasse Schokolade einladen zu lassen.«

»Schokolade?«, fragte Valten.

»Das neueste Getränk, das die Spanier aus Südamerika mitgebracht haben«, erklärte Caccianis. »Gibt es seit kurzem im *Lachs*. Eine seltene Köstlichkeit.«

»Ich weiß, was Schokolade ist«, sagte Valten.

»Dann meint Ihre Rückfrage wohl, weshalb Sie die ausgerechnet mit mir trinken sollten? Nun, der Grund ist einfach. Mal abgesehen davon, dass ich viel über Sie gehört habe und Sie schon lange kennen lernen wollte, haben wir gemeinsame Interessen.«

»Haben wir das?«

»Allerdings. Sie untersuchen die grässlichen Morde, wie mir gesagt wurde.«

»Sie auch?«

»Nicht direkt, ich bin in Danzig ja nicht befugt, dies zu tun, doch ist mein Interesse und übrigens auch das unseres Königs groß, den Mörder des Junkers Brüggemann und den des Kaufmannes Glowinski auf dem Richtblock zu sehen.«

Valten verkniff sich die Bemerkung, dass die Danziger Rechtsprechung den König Sigismund nichts angeht. Es konnte nicht verkehrt sein, mit Caccianis zu reden, und wenn der sich selber zu einer Unterredung anbot, musste er sich später nicht darum bemühen. Er wollte gerade zusagen, als Marie neben ihn trat.

»Ich wusste nicht, dass Sie nicht allein sind«, sagte der Italiener.

»Darf ich vorstellen«, sagte Valten, »der Cavaliere Caccianis – meine Frau.«

Caccianis nahm mit der linken Hand seinen Hut ab, griff gleichzeitig mit der Rechten nach Maries Hand, hob sie an, während er sich leicht nach vorn beugte, hauchte einen Kuss auf die Hand, ließ los, richtete sich auf und setzte den Hut wieder auf. Die Bewegungen wirkten flüssig und elegant. »Sehr angenehm, Ihre Bekanntschaft zu machen, Frau Went.«

Marie, nicht gewöhnt, wie ein adliges Fräulein behandelt zu werden, errötete leicht. »Guten Tag«, sagte sie.

»Diese Ähnlichkeit«, charmierte der Cavaliere. »Sie müssen die Schwester der Frau Brüggemann sein.«

»Fast«, sagte Marie.

»Nun, wenn es ein andermal günstiger ist …«, wandte er sich an Valten.

»Es geht schon«, sagte Valten und erklärte Marie kurz, dass er mit dem Cavaliere einiges zu bereden habe. Sie nickte Gewährung, und nach einer Verabschiedung, bei der sie dem erneuten Handkuss des Italieners nicht entkam, ging sie mit der Magd über den Markt zurück.

Nach fünf Minuten, in denen sie über Belanglosigkeiten plauderten, erreichten sie den *Lachs*. Abgesehen von zwei Fremden, die vermutlich im Hause wohnten und ausgiebig gefrühstückt hatten, war der geräumige Gastraum leer. Vermöllen, der Wirt, eilte herbei und begrüßte beide als vertraute Gäste. Schokolade? Aber gern.

Sofort überfiel der Cavaliere Valten mit einem Redeschwall. Soeben hatte er den Rat vom besonderen Interesse des Königs an den Morden in Kenntnis gesetzt. Junker Brüggemann genoss hohes Ansehen bis in die polnische Königsstadt, und Herr Glowinski verkehrte gar bei Hofe und war vom König mehrfach in handelspolitischen Fragen konsultiert worden. Leider sei der Rat noch nicht mit den Einzelheiten der Untersuchung vertraut, weshalb er, Caccianis, nun die günstige Gelegenheit der zufälligen Begegnung ergreife, sich bei dem Mann kundig zu machen, der die Untersuchung leitet …

»Das ist der Richter Dreyer«, stellte Valten klar. »Ich berate ihn lediglich.«

»Aber Sie wissen, was er weiß!«, vermutete der Cavaliere.

»Das meiste«, gab Valten zu. »Doch zum gegenwärtigen Zeitpunkt darf ich nicht einfach mit jedem darüber sprechen, das werden Sie sicher verstehen.«

Der Cavaliere holte ein Blatt Papier aus einer seiner Taschen, entfaltete es und legte es vor Valten auf den Tisch. »Ich bin nicht irgendwer«, sagte er.

Valten nahm das Papier. Es trug das königliche Wappen, war mit rotem Wachs gesiegelt gewesen, und es enthielt nur wenige Worte. »Jeden, den es betrifft: Der Inhaber dieses Schreibens, der Cavaliere Ruggero di Caccianis, ist in Unserem Auftrag tätig und soll nach Kräften dabei unterstützt werden. Sigismund.«

»Der König schreibt deutsch?«, bemerkte Valten erstaunt.

»Fließend und fehlerlos, wie Sie sehen, Herr Doktor.« Caccianis nahm das Blatt zurück, faltete es und ließ es wieder in der Tasche verschwinden. »Der Entfernung wegen weiß er bis jetzt nur von den Morden an Brüggemann und Glowinski, doch bin ich sicher, dass er auch an der Sühne für die anderen Verbrechen interessiert sein wird. Umso eher, als es sich um denselben Täter handelt. Es handelt sich doch um denselben Täter?«

»Das wissen wir nicht«, wich Valten aus. »Einiges spricht dafür, vor allem die Art des Verbrechens und der immer gleiche Tatort, einiges spricht dagegen, insbesondere die Art der Wunden, die mindestens auf die Verwendung unterschiedlicher Waffen deutet. Ich weiß nicht, wie vertraut Sie mit solchen Untersuchungen sind, Herr di Caccianis, vermutlich gar nicht, denn so etwas ist unüblich …«, und er erläuterte zum zweiten Mal an diesem Morgen, wie ein Mordfall normalerweise geklärt wurde und weshalb das hier nicht möglich war.

»Ich begreife Ihre Schwierigkeiten«, sagte der Cavaliere, »und mir ist auch klar, weshalb Sie zu neuartigen Methoden greifen müssen. Dennoch frage ich mich und nun auch Sie, ob es notwendig war, die Papiere eines der Opfer, nämlich des armen Glowinski, zu durchwühlen.«

Jetzt kommt er auf den Punkt, dachte Valten. »Wir versprachen uns Aufschluss über den Grund des Mordes«, sagte er. »Das Verbrechen muss gesühnt werden, darin weiß ich mich mit Ihnen und auch dem König einig. Wie soll das aber geschehen, wenn niemand den Täter gesehen hat? Wir durften die Möglichkeit nicht versäumen, die sich uns in der Wohnung des Herrn Glowinski bot.«

»Hat Ihnen das Stöbern in seinen Papieren geholfen?«

»Leider nicht.«

»Also war es unnötig«, konstatierte der Cavaliere.

Der Wirt brachte zwei große Tassen mit einer braunen, leicht schäumenden Flüssigkeit. »Bitte sehr, die Herren, Ihre Schokolade. Haben Sie weitere Wünsche?«

»Im Augenblick nicht, danke.« Der Wirt zog sich zurück.

»Das kann man so nicht sagen«, widersprach Valten. »Wüsste man vorher, dass nichts bei dem herauskommt, was man tut, könnte man alles bleiben lassen, weil es sinnlos wäre. Ich hielt es für eine Möglichkeit, die zu verpassen unverzeihlich gewesen wäre.«

Valten kostete von der Schokolade. Sie war heiß und schmeckte bitter. Der Cavaliere kostete ebenfalls, hob dann einen Arm, winkte den Wirt herbei und forderte etwas Zucker. Vermöllen schaffte ihn herbei. Caccianis süßte das Getränk in beiden Tassen und forderte Valten auf, es noch einmal zu probieren.

»Nicht schlecht«, sagte Valten. »Woher kommt das Getränk?«

»Von irgendwelchen Indianern. Ist sehr populär in Spanien. Aber lassen Sie uns noch einmal auf die Papiere zurückkommen, Herr Doktor. Haben Sie etwas aus der Wohnung entfernt?«

»Selbstverständlich nicht«, log Valten. »Vermissen Sie denn etwas?«, fügte er dreist hinzu.

»Allerdings«, sagte der Cavaliere ebenso dreist. »Wie mich Juan informierte, das ist Glowinskis Diener, schrieb der Herr einen Brief an mich, den er noch nicht abgeschickt hatte. Diesen Brief konnte er nach dem Besuch der Herren Richter und Arzt nicht mehr auffinden.«

»Stimmt«, sagte Valten. »Den haben wir allerdings mitgenommen. Er schien uns recht aufschlussreich.«

»Das geben Sie so einfach zu?«

»Sie wissen es doch ohnehin. Und Sie haben überhört, dass er aufschlussreich war.«

»Im Hinblick auf die Morde?«

»Vielleicht auch das. Der Brief belegt, dass der Herr Glowinski nicht nur ein einfacher Kaufmann war, sondern ein Spion, als Italiener werden Sie das Wort kennen, spione heißt es in Ihrer Sprache.«

»Für wen denn?«, stellte sich Caccianis verwundert.

»Das war der zweite Aufschluss, den der Brief uns lieferte. Für die Jesuiten. Wir glauben, dass Herr Glowinski ein Affiliierter war. Und Sie sind das ebenfalls.«

»Nun, das Wort Spion kenne ich tatsächlich. Das andere kann ich nicht mal aussprechen. Was soll ich sein?«

»Ein Affiliierter. Das ist jemand, der von den Jesuiten geschult wurde und für sie tätig ist, ohne direkt zum Orden zu gehören. Er ist in seinem bürgerlichen oder adligen Beruf tätig und kann den Orden mit Erkenntnissen versorgen, an die die Brüder nur schwer herankommen.«

Der Cavaliere lachte. »Lassen Sie sich bei Ihrer Untersuchung nicht von Vorurteilen leiten, lieber Doktor«, sagte er. »Das sind Märchen. Es gibt keine Affinitäten …«

»Affiliierten«, korrigierte Valten.

»Wie auch immer. Welchem Beruf gehe ich denn nach?«

»Das weiß ich nicht. Verraten Sie es mir?«

»Aber gern. Ich gehe keinem Beruf nach. Ich bin im Besitz eines Vermögens, das es mir erlaubt, meine Neigungen zu leben. In jüngeren Jahren bin ich viel gereist. Ich war in Spanien, in Frankreich, in vielen deutschen Ländern und sogar drei Jahre in der Neuen Welt, in Santo Domingo, in Santa Ana de Coriana und in Santiago de León de Caracas, falls Sie die Namen schon mal gehört haben.«

Allerdings, dachte Valten. In seiner Jugend war er bereits unterwegs gewesen nach Südamerika, dann aber doch nur bis vor Hamburg gelangt und schließlich in Danzig gelandet.

»Dadurch besitze ich eine gewisse Welterfahrenheit. Meine Ratschläge werden geschätzt, und dies umso mehr, als ich materiell nicht interessiert bin, sie also uneigennützig gebe. König Sigismund hat mir ein Ministeramt angeboten. Das ist nichts für mich. Ich schätze meine Unabhängigkeit. Meinen Rat kann er auch haben, ohne dass ich von ihm bezahlt werde. Und ich schätze die Frauen. Ihre Gattin ist übrigens eine außerordentliche Schönheit. Sie verzeihen mir die höfische Begrüßung, ich war hingerissen. Und so stellen Sie sich einen Zögling der Jesuiten, nein, noch schlimmer, einen Affiliierten vor? Als jemanden, der planlos die Welt bereist, den Damen nachstellt und keiner Beschäftigung nachgeht? Ich wusste gar nicht, dass Ihr Bild von den Jesuiten so positiv ist!«

»Positiv würde ich es nicht nennen«, widersprach Valten. »Vor allem glaube ich nicht, dass sie wirklich fromm sind. Sie sind nicht am Glauben interessiert, sondern am alten Ritus. Vor allem sind sie an der Macht interessiert. Ich denke, sie hätten durchaus Verwendung für einen finanziell unabhängigen Aristokraten, der in der Welt herumgekommen ist. Zudem war das Schreiben nicht misszuverstehen. Er bat Sie, den Provincial zu unterrichten, dass ... Was ein Provincial ist, werden Sie ja wissen!«

»Allerdings, und ich kenne ihn tatsächlich. Ein guter Mann. Da ich bei Hofe verkehre, kenne ich auch den Beichtvater Seiner Majestät. Der ist ebenfalls Jesuit. Ich wurde, da muss ich Ihnen widersprechen, an keiner Klosterschule erzogen, ich hatte natürlich Privatlehrer. Ich war nie Jesuit und habe auch nie für sie gearbeitet. Was daran liegt, dass ich überhaupt nicht arbeite. Allerdings kenne ich viele Jesuiten, im Unterschied zu Ihnen, wie ich annehme. Ich habe sie vor allem in der Neuen Welt schätzen gelernt – als sehr glaubensstarke Männer, die das Evangelium ernst nahmen und sich aufopfernd für die Bekehrung der Heiden und für die Linderung des Leids der Ureinwohner einsetzten, eines Leids, das die Eroberung eines so zurückgebliebenen Landes nun einmal verursacht. Ich kann die populären Vorurteile gegen die Gesellschaft Jesu nicht teilen, weil ich die Brüder kenne. Das sind zumeist kluge, gebildete Männer, es sind Wissenschaftler unter ihnen, Historiker, Entdecker, Pädagogen. Sie sind keinesfalls rückwärts gewandt. Und wären sie wirklich die Fürstenmörder, als die sie sogar im katholischen Frankreich gern hingestellt werden, dann würden wohl nicht so viele Fürsten ausgerechnet Jesuiten zu ihren Beichtvätern wählen. Meine Lebenserfahrung besagt, dass es keine Schande ist, mit einem Jesuiten zu sprechen. Worüber sollte ich den Provincial denn informieren?

»Tut mir Leid, habe ich vergessen.«

»Aber Herr Doktor!«

»Der Brief war, ich kann es nicht anders ausdrücken, ziemlich unchristlich formuliert, er enthielt abwertende Bemerkungen über die Danziger Kaufmannschaft und einige ihrer Gäste. Welche der ungezählten Gehässigkeiten nun speziell dem Provincial berichtet werden sollte, ist mir nicht erinnerlich. Wenn Sie wollen, melden Sie einfach weiter, dass es in Danzig nach Einschätzung des Mannes, der den König in handelspolitischen Fragen berät, nur fanatische, verblendete protestantische Idioten gibt. Ich denke, damit ist das Spektrum des Briefes ziemlich präzise ausgeschöpft.«

Das hatte gesessen. Caccianis wusste einen Augenblick nicht, was er erwidern sollte. Er trank von seiner Schokolade, tupfte den Mund mit einem Spitzentuch ab und sagte dann: »Ich hätte den Brief dennoch gern wieder.«

»Soweit es auf mich ankommt, können Sie ihn nach Abschluss der Untersuchung haben.«

»Warum nicht sofort?«

»Uns ist noch nicht klar, ob er nicht doch einen wesentlichen Hinweis auf den Mörder enthält und wir ihn zur Anklageerhebung brauchen werden. Ich möchte das Urteil eines Mannes, der das Ohr des Königs besaß, nicht geringschätzen. Vielleicht war es ja einer der vertrottelten Fanatiker, der ihn abgestochen hat.«

Caccianis schluckte. Offenbar war er wirklich nicht auf einer Jesuitenschule, dachte Valten. Dort lernte man, nach allem, was er wusste, wie man sich aus jeder rhetorischen Schlinge herauswinden kann.

»Wenn ich Sie richtig verstanden habe«, wechselte Valten das Thema, »werden Sie im Rahmen Ihrer Möglichkeiten doch ein paar Leuten Fragen stellen und nach dem Mörder suchen.«

»Darf ich das nicht?«, fragte Caccianis.

»Im Gegenteil!« Valten lächelte ihn an. »Wenn Sie dabei etwas herausbekommen, das uns entgangen sein sollte, teilen Sie es mir bitte mit. Wir sind für jede Unterstützung dankbar. Ich nehme an, Sie wissen, wo Sie mich finden können.« Er blickte auf seine Uhr. »Es hat mich wirklich gefreut, Ihre Bekanntschaft zu machen, Herr di Caccianis. Die Schokolade war wundervoll. Etwas gewöhnungsbedürftig, aber letztlich ein exzellentes Getränk. Leider muss ich Sie jetzt verlassen, wie Sie wissen. Ich habe den Morgen mit Ihnen genossen und hoffe, dass wir unser interessantes Gespräch bald fortsetzen können. Ich bedanke mich für die Einladung.«

12

In guter Laune eilte Valten zum Rathaus. Soeben hatte er sich keinen Freund gemacht. Das freute ihn. Doch dann verflog das Triumphgefühl. Das Gespräch beim Rat würde unangenehmer werden, stand zu befürchten.

Jan Dreyer erwartete ihn am Neptunbrunnen. »Noch zehn Minuten«, sagte er. »Pünktlichkeit ist die Höflichkeit der Könige. Gehen wir hinein.«

Ein Diener geleitete sie durch die Diele zur prachtvoll geschnitzten Wendeltreppe. Sie stiegen empor und wurden in den Roten Saal geführt, die Sommerratsstube, wie er genannt wurde. Der Bürgermeister erwartete sie dort in Gesellschaft dreier Ratsherren. Einer davon war Jans Bruder Philipp. Die beiden anderen waren die Herren Bremer und Pawest.

Man bat die beiden, Platz zu nehmen. Ohne Umschweife kam der Bürgermeister zur Sache. »Meine Herren«, sagte er. »Es ist unruhig geworden in unserer Stadt Danzig. Heute Nacht streiften mehrere hundert Menschen durch die dunklen Straßen, suchten nach einem Mörder, weckten und schreckten die anderen, die sich nicht hinauswagten. Unser geschätzter Junker Brüggemann ist tot. Unser geschätzter Handelspartner Glowinski ist tot. Unser geschätzter Partner Hanssen ist tot. Unser neuer Partner Pelsaert ist tot. Der König schickt uns seinen Vertrauten Caccianis, weil er besorgt ist. Nun, das sind wir auch, und mehr als der König. Weshalb ist unsere Stadt nicht mehr sicher? Wer ersticht die geachteten Bürger? Wir brauchen Ergebnisse, und dies sofort. Berichten Sie, meine Herren.«

Jan Dreyer räusperte sich. »Es ist ungewöhnlich schwierig«, begann er. »Ein solcher Fall ist mir noch nie begegnet, und ich habe auch nichts Vergleichbares in der Fachliteratur gefunden. Es gibt keine Zeugen, und wenn es doch welche gibt, wie heute Nacht, dann haben sie nichts gesehen. Deshalb habe ich, mit Ihrem Einverständnis, einen wissenschaftlich gebildeten Mann hinzugezogen, den …«

»Das wissen wir«, unterbrach ihn der Bürgermeister. »Ich weiß auch, dass die Suche nach dem Täter schwerer ist als üblich. Wir möchten nichts über Ihre Probleme hören, sondern die Ergebnisse sehen.«

Philipp Dreyer und die beiden anderen Ratsmänner nickten.

»Wenn wir Ergebnisse hätten, wären Sie die Ersten, die es erfahren«, sagte Jan Dreyer.

»Wollen Sie sagen, dass Sie noch gar nichts wissen?«

Ehe Jan dazu kam, dies trübe zu bestätigen, wie zu befürchten war, ergriff Valten das Wort. »Nein, das wollte er nicht sagen. Den Täter haben wir leider noch nicht gefunden, doch wissen wir, in welcher Richtung wir ihn suchen müssen. Ich werde Sie jetzt nicht mit den Details unserer Überlegungen langweilen. Aus gewissen Umständen haben wir geschlossen, dass den Mord an Herrn Brüggemann jemand begangen hat, der am Abend seines Todes in der Artusrunde saß.«

»Was?«, fragte der Bürgermeister entgeistert.

»Selbstverständlich keiner der hier anwesenden Herren. Nicht nur deshalb, weil keinem von Ihnen eine solche Tat zuzutrauen wäre, sondern auch deshalb, weil Sie zum Zeitpunkt des Mordes noch beisammen saßen. Es muss jemand gewesen sein, der früher ging.« Der Vollständigkeit halber erwähnte er die vier einheimischen Kaufleute, die er auf Grund seiner Menschenkenntnis von jedem Verdacht freizusprechen sich erlaube. Dann nannte er die Namen der anderen: Glowinski, Hanssen, Pelsaert, Notke, Scholler, Habermann und de Marcillac. »Wie Ihnen nicht entgangen ist, sind drei der Verdächtigen bereits tot. Wäre ich zynisch, würde ich sagen, warten wir noch ein paar Morde ab. Wer übrig bleibt, ist der Mörder.«

»Das klingt ungeheuerlich!«, sagte der Bürgermeister.

»Ich weiß.« Valten lächelte die Herren an. »Da Sie nun die Liste der Verdächtigen kennen, wird Ihnen auch klar sein, dass man auf keinen von ihnen zugehen und ihn einfach festnehmen und die Wahrheit aus ihm herausfoltern kann. Jeder von ihnen könnte es sein, jeder von ihnen kann aber auch unschuldig sein.

Eine willkürliche Verdächtigung würde unter Umständen zu mehr Problemen führen als ein weiterer Mord. Alles, was ich gesagt habe, gilt für den Mord an Hans Brüggemann. Es ist nach Lage der Dinge nicht auszuschließen, dass mindestens der Mord an Adriaan Pelsaert von einem anderen Täter begangen wurde. Und ich möchte die Aufmerksamkeit des Rates auf einen weiteren Verdächtigen lenken, mit dem zu sprechen ich soeben das Vergnügen hatte, gleich nachdem er von einem Gespräch mit Ihnen kam. Ich meine den Cavaliere Ruggero di Caccianis.«

»Wieso das? Ich bitte Sie«, sagte der Bürgermeister entgeistert. »Das ist ein Vertrauter des Königs!«

»Das mag sein. Zuerst und vor allem ist er ein Affiliierter der Jesuiten. Ein Spion. Jemand, der uns beobachtet und alles seinen Auftraggebern meldet. Vielleicht auch dem König, vor allem aber den Jesuiten. Ich sehe Ihnen an, dass Sie mir nicht glauben wollen. Beherrscht einer der Herren die spanische Sprache?«

»Ich«, meldete sich Philipp Dreyer.

Valten nickte Jan Dreyer zu. Der holte aus seiner Tasche Glowinskis Brief und schob ihn seinem Bruder über den Tisch zu. »Übersetze ihn den Herren«, sagte er. »Wir fanden ihn unter Glowinskis Papieren.«

»Gerichtet ist er an den Cavaliere, der ihn übrigens heute von mir zurückforderte. Der Brief schien ihm sehr wichtig zu sein. Wenn Sie ihn gelesen haben, werden Sie verstehen, dass wir ihn behalten.«

Philipp übersetzte den Brief. Über die Charakterisierung des Arztes, der sich als Richter gebärde, musste der Bürgermeister noch schmunzeln, doch dann wurde er selbst erwähnt, desgleichen Dreyer und Pawest sowie einige der abwesenden Ratsmänner. Am Ende herrschte betretenes Schweigen. Philipp Dreyer, der ohnehin die ganze Zeit gesprochen hatte, fing sich als Erster. »Wir sind allesamt verbohrte Menschen mit niedrigem Horizont«, wiederholte er. »Das hätte mir Glowinski mal ins Gesicht sagen sollen! So ein falscher Hund!«

»Glowinski kann uns nicht mehr schaden«, sagte Valten. »Er

war nur ein kleiner Spion, und er ist tot. Caccianis hat seinen Platz eingenommen. Bei der, wie Glowinski schreibt, bewussten Frage, in der es keine Bewegung gibt, handelt es sich unserer Einschätzung nach darum, ob Danzig in den schwedisch-polnischen Krieg eingreift, und falls ja, dann auf welcher Seite. Gibt es darüber eigentlich Klarheit? Ich kenne die Auffassung des Herrn Gottlieb Dreyer. Es wäre hilfreich zu erfahren, ob der Rat seine Meinung teilt.«

»Das tut er«, sagte der Bürgermeister. »Wir führen keinen Krieg. In dieser Frage wird es auch künftig keinerlei Bewegung geben.«

»Hat jemand der Herren, die ich vorhin als Verdächtige erwähnte, einmal versucht, Sie zu beeinflussen?«

»Allerdings«, sagte der Bürgermeister. »Das tun die meisten sogar ganz offen. Sie werben für ihre Sache. Der Einzige, der es niemals versucht hat, ist der Bruder von Frau Brüggemann. Ich denke, den können wir ausschließen. Und natürlich auch Klas Notke, unseren hansischen Partner seit zwei Jahrzehnten. Ein protestantischer Fanatiker! Ha! Aber die anderen ... Es ist schon möglich, dass sie, wie sagten Sie, Spione sind. Bleiben doch eigentlich nur Scholler und Habermann übrig. Ist es denn so schwer, sich zwischen den beiden zu entscheiden und einen von ihnen festzunehmen?«

»Mit wem sollen wir anfangen?«

»Mit Scholler. Hinter dem steht die geringste Macht.«

»Ich muss doch sehr bitten!«, protestierte Bremer. »Meine Geschäfte mit Brandenburg sind recht beträchtlich. Zudem glaube ich, dass Brandenburg eines Tages eine Großmacht werden wird.«

»Also doch lieber mit Habermann?«, fragte Valten ironisch.

»Natürlich nicht«, protestierte der Bürgermeister. »Die Geschäfte mit den Fuggern gedeihen trotz der kriegerischen Auseinandersetzungen in fernen deutschen Ländern. Wir können nicht einfach einen ihrer besten Leute auf einen bloßen Verdacht hin festnehmen und foltern.«

»Das war es, was ich Ihnen klar machen wollte, meine Herren«, sagte Valten.

»Dann vielleicht doch de Marcillac?«, schlug der Bürgermeister vor. »Vielleicht ist er ja auch ein Spion. Nur ein wenig geschickter als die anderen. Unauffälliger.«

»Ich soll ihn nehmen, weil er am wenigsten verdächtig ist?«, erkundigte sich Valten.

»Langsam begreife ich Ihr Problem«, sagte der Bürgermeister. »Unser Problem«, fügte er hinzu.

»Die beiden übrigen Herren nicht zu vergessen«, sagte Valten. »Klas Notke aus meiner Geburtsstadt ist seit zwei Jahrzehnten Ihr hansischer Partner. Welche Politik verfolgt eigentlich die Hanse? Welche Politik verfolgt Lübeck? Hat Herr Notke etwa nicht versucht, Sie zu beeinflussen?«

»Doch, das hat er«, gab der Bürgermeister zu.

»In gewisser Weise ist er also auch ein Spion. Zumindest der Beauftragte einer auswärtigen Macht. Sollen wir vielleicht mit ihm anfangen? Natürlich nicht«, gab er sich selbst die Antwort. »Wenn er unschuldig ist, verderben wir es uns ohne Not mit der Hanse. Und dann ist da noch Caccianis, der für den Mord an Brüggemann nicht in Frage kommt, dem ich ansonsten aber alles zutraue, so wie, nehme ich an, nach der Lektüre des Briefes auch Sie. Sollen wir ihn uns greifen und die Wahrheit aus ihm herauspressen?«

»Nur wenn er auf frischer Tat gefasst wird. Selbst ein begründeter Verdacht reicht dafür nicht aus.«

»Wir würden den König gegen uns aufbringen«, stimmte Valten dem Bürgermeister zu. »Jede Festnahme wäre in dieser Zeit immer auch ein politisches Bekenntnis, das ist Ihnen inzwischen klar. Die Morde beunruhigen die Bürger, sie beunruhigen den Rat, und sie beunruhigen den Richter und mich. Damit können wir leben. Der Schaden, den wir mit einer Festnahme auf bloßen Verdacht hin anrichten könnten, wäre größer als der, den weitere Morde auslösen werden.«

»Sie sind ein politischer Kopf, Doktor Went«, sagte der Bürgermeister anerkennend. »Haben Sie schon mal an ein politisches Amt gedacht?«

»Nicht nur gedacht. Ich gehöre, wie Sie sicher wissen, zu den Hundertmännern.«

»Ach ja. Da sind Sie mir aber noch nicht so aufgefallen wie heute.«

»Verbrechen fordern mich eben stärker heraus. Eines muss ich der Vollständigkeit halber noch erwähnen. Alle genannten Herren können auch unschuldig sein. Leider können wir nicht mit Gewissheit ausschließen, dass ein Unbekannter die Morde begeht. Ein Wahnsinniger, der aus Freude tötet. Es ist unwahrscheinlich, aber nicht unmöglich. Doch wer es auch getan hat, wir werden ihn finden.«

»Wie gehen Sie vor?«, fragte der Bürgermeister.

Valten gab Jan Dreyer unmerklich ein Zeichen mit den Augen, dass er endlich auch etwas sagen sollte. Schließlich leitete der Richter die Untersuchung, und es war keinesfalls Valtens Absicht gewesen, sich in den Vordergrund zu spielen.

»Wir haben bisher weit über hundert Menschen befragt«, begann Jan. »Seit dem Tod des alten Sielke, das war der Nachtwächter, machen die Wachen einen Bogen um das Grüne Tor. Wir haben sie daraufhin verstärkt, sie laufen jetzt zu zweit und sollen besonderes Augenmerk auf die Straße an der Mottlau richten. An zwei Abenden sind Doktor Went und ich von zehn Uhr bis Mitternacht dort patrouilliert, bewaffnet mit Degen und auf alles gefasst. An beiden Abenden geschah nichts. Wir haben die Bewohner in den Häusern zwischen Grünem Tor und Krantor aufgefordert, nachts die Straße zu beobachten. Einige lassen jetzt ihre Diener zum Fenster hinausschauen, und einer hat gestern Abend dann ja auch den Mord mit angesehen. Es war zu dunkel, den Täter zu erkennen, sonst hätten wir ihn schon. Aber wir wissen jetzt, dass es wirklich ein Mord war, kein Zweikampf. Der Täter kam von hinten und hat Pelsaert feige erstochen. Wir werden weiter durch die Stadt gehen und unbequeme Fragen stellen. Und wir werden den Wachen ...«

Er verstummte, weil ein Mann den Raum betrat. Es war der Ratsdiener, der den Richter und den Arzt ins Rote Zimmer geführt hatte.

»Was gibt es?«, fragte der Bürgermeister, der sich denken konnte, dass der Mann nicht grundlos in eine wichtige Beratung stürmen würde.

»Ein dringendes Schreiben von Junker Heiners«, sagte der Diener.

»Wirklich dringend?«

»Sehr dringend«, sagte der Diener und übergab den Brief. Er war offen, wahrscheinlich deshalb wusste er, was darin stand.

Der Bürgermeister las und lief rot an. »Krieg!«, rief er. »Wir sind im Krieg!«

»Was? Mit wem?«, rief Philipp Dreyer.

»Mit Schweden!«, antwortete der Bürgermeister. »Meine Herren«, wandte er sich an Valten und Jan Dreyer, »wir können uns der Angelegenheit nicht länger widmen, doch wissen wir sie in guten Händen. Ich danke Ihnen für den Bericht und wünsche uns allen Erfolg. Sie können gehen.«

»Krieg?«, erlaubte sich Valten zu fragen.

»Die schwedische Flotte liegt vor der Reede von Glettkau und blockiert unsere Schiffe«, erklärte der Bürgermeister.

»Was!«, schrie der Ratsmann Bremer.

»Mir ist klar, dass es sich um eine Ratsangelegenheit handelt, bei der wir beide nichts zu suchen haben«, sagte Valten, »aber da es für unsere Untersuchung von Bedeutung ist, möchte ich doch noch eine Frage stellen. Sie haben gesagt, dass wir Krieg mit Schweden haben. Dann ist die Entscheidung in der bewussten Angelegenheit also gefallen? Das protestantische Danzig wird an der Seite des katholischen Polen gegen das protestantische Schweden kämpfen?«

»Es ist wirklich eine Ratsangelegenheit«, sagte der Bürgermeister. »Das heißt vor allem«, wandte er sich an den Diener, »dass wir unverzüglich den gesamten Rat einberufen müssen. Die Herren sollen auf der Stelle kommen.«

»Jawohl.« Der Diener enteilte.

»Der Sachverhalt ist folgender«, wandte er sich an die Ratsherren und auch an Valten und Jan. »Heiners ist gestern Morgen mit zweien seiner Schiffe ausgelaufen. Gegen Mittag sichtete er fünf Schiffe. Ausweichen war unmöglich. Sie stoppten ihn und teilten ihm mit, da Danzig eine polnische Stadt sei und Schweden im Krieg gegen Polen befindlich, und da Danzig den Seehandel nicht nur auf eigene Rechnung betreibe, sondern zur Hälfte für Polen, könne diese Unterstützung des Feindes nicht länger toleriert werden. Man beabsichtige keine Gewalt gegen die Glaubensbrüder, doch sehe man sich gezwungen, den polnischen Handel zu unterbinden. Das hieß im Klartext, der Schwede beschlagnahmte als Wegzoll, wie er es nannte, die polnische Hälfte der Ladung. Aus beiden Schiffen. Es war ein dreister Raubüberfall.«

»Um Gottes willen!«, sagte Philipp Dreyer. »Heute früh sind zwei meiner Schiffe ausgelaufen!«

»Und eines von meinen«, ergänzte Pawest.

»Das wird teuer«, sagte Valten.

»Ich kann es noch gar nicht fassen.« Das Gesicht des Bürgermeisters war immer noch rot vor Erregung. »Wir vertagen uns, bis der Rat vollzählig versammelt ist.«

Nur Valten und Jan erhoben sich. Die Ratsherren blieben sitzen und diskutierten erregt miteinander.

»Du warst großartig«, sagte Jan, als die beiden neben dem Rathaus am Neptunbrunnen standen. »Ich dachte, sie machen uns fertig. Aber dir haben sie aus der Hand gefressen. Obwohl wir überhaupt nichts vorzuweisen haben, denken sie jetzt, dass wir erfolgreich sind. Sie haben es sogar abgesegnet, dass wir gar nichts unternehmen können, solange wir nicht mehr wissen. Und du hast mit den Herren gesprochen, als ob sie deinesgleichen wären. Ohne jede Angst, völlig freimütig. Wer hat dich das gelehrt?«

»Das Leben«, antwortete Valten Went.

13

Wenig änderte sich in den nächsten Tagen in Danzig. Von einem Krieg war nichts zu bemerken. Die meisten der Bürger bekamen nicht einmal mit, dass die schwedische Flotte vor der Reede von Glettkau lag und die Schifffahrt blockierte. Von der Stadt aus war das nicht zu sehen, und direkt betroffen waren zunächst nur die Patrizier, deren Gewinn verkleinert wurde, wobei sich selbst das erst in Monaten auswirken würde. Da sie so undramatisch und einstweilen ziemlich unblutig verlief, sprach sich die Blockade auch nur langsam herum.

In seiner Eigenschaft als Bürgervertreter nahm Valten Went im großen Weißen Saal des Rathauses an einer gemeinsamen Beratung der Hundertmänner mit dem Rat teil, bei der das weitere Vorgehen festgelegt wurde. Solange die Schweden vor der Weichselmündung lagen, konnten keine Schiffe auslaufen. Es sei denn, es wären so viele, dass sie den Schweden überlegen wären. Zwar gab es Dutzende von Fischerbooten, doch damit konnte man kein Kriegsschiff angreifen. Das war selbst mit den sechs Hulken nicht anzuraten, die dem Nahhandel im Küstenbereich dienten und von denen die Hälfte gerade überholt wurde und nicht einsatzbereit war. Derzeit lagen nur vier Schiffe in den Gewässern der Stadt, die es mit denen der Schweden aufnehmen konnten. Eines davon war ein Kraweel, etwas größer als der berühmte »Peter von Danzig«, mit dem Admiral Beneke vor hundertfünfzig Jahren seine erfolgreichen Kaperfahrten unternommen hatte. Er gehörte der Familie Dreyer. Wesentlich größer war die Galeone spanischer Bauart, die dem Junker Brüggemann gehört hatte und nun im Besitz seiner Witwe war. Madeleine nahm nicht an der Sitzung teil, hatte dem Rat aber bei vorheriger Anfrage mitgeteilt, dass dieses Schiff selbstverständlich der Verteidigung der Stadt zur Verfügung gestellt werde und sie sich auch an den Kosten stärkerer Bewaffnung beteiligen werde. Etwas kleiner und wendiger waren die Galeonen englischer Bauart, die Galionen, wie sie im Ursprungsland genannt wurden. Tüchtige Schiffe allesamt. Allerdings gehörten die Galionen nicht Danziger Kaufleuten oder Reedern. Mit der einen war Adriaan Pelsaert gekommen, mit der anderen Klas Notke. Es verbot sich, die Schiffe einfach zu beschlagnahmen. Den Kraweel des Gustav Hanssen hingegen hätte man ohne Zögern in die Gewalt der Stadt gebracht, wenn er noch da gewesen wäre. Er war jedoch mit der Leiche des Kapitäns und Eigners zwei Tage nach dessen Tod ausgelaufen. Inzwischen schien sich der neue Kapitän der schwedischen Flotte angeschlossen zu haben; Fischer hatten ein sechstes Schiff vor Glettkau entdeckt.

Die Kaufleute und Reeder waren der Verzweiflung nahe. Nicht nur sie lebten vom Handel, sondern letztlich, wie auch den Bürgervertretern klar war, die gesamte Stadt. Zumindest der Seehandel war derzeit nicht mehr möglich. Es wäre aussichtslos gewesen, die Belagerung mit nur zwei Schiffen sprengen zu wollen, und selbst mit den Galionen der Gäste und den einsatzbereiten Hulken wären sie immer noch hoffnungslos unterlegen. Die Schweden hatten den günstigsten Zeitpunkt für ihre Seeblockade gewählt. Im Sommer war die stattliche Danziger Flotte auf Fernreise. Allerdings wurden, sofern die Winde günstig standen, noch in dieser Woche zwei Schiffe aus Reval erwartet, und zwei weitere Schiffe, die nach Yarmouth in England gefahren waren, hätten schon längst zurückgekehrt sein sollen. Mit sechs, oder, wenn die Gäste sich beteiligten, acht wohl bewaffneten großen Kauffahrern konnte man die Blockade beenden. Zudem war nicht auszuschließen, dass auch andere Fernhändler zurückkehren würden in den nächsten Tagen und Wochen. Man möge also übereinkommen, die Verteidigung der Stadt zu organisieren, die Schiffe zu bewaffnen und auf den Kampf vorzubereiten.

Hier meldete sich Valten Went zu Wort und hielt zum ersten Mal vor dieser Versammlung eine längere Rede. Selbstverständlich müssen wir die Stadt verteidigen, erklärte er. »Dass wir uns freiwillig den Schweden unterwerfen und anschließen, halte ich für indiskutabel. Sie wollen unser Geld haben und uns die Freiheit nehmen. Beides werden sie nicht bekommen.«

Zustimmendes Gemurmel von allen Seiten.

»Vor der sofortigen und gar noch offenen Bewaffnung der Schiffe muss ich die Stadt indes warnen. Wie einige der Ratsmänner und der Bürgermeister bereits wissen und wie ich jetzt der Versammlung bekannt gebe, halten sich Spione ausländischer Mächte in unserer Stadt auf.« Da das Wort, wie vor ein paar Tagen auch ihm, den meisten unbekannt war, erklärte er es knapp und fuhr dann fort: »Gustav Hanssen war ein schwedischer Spion. Er ist tot, sein Schiff mit all seinen Leuten ist ausgelaufen, doch ich bin sicher, dass er nicht der Einzige war, der für Schweden spionierte. Wenn wir unsere Schiffe jetzt schon bewaffnen, werden das die Schweden erfahren. Und dann lassen sie unsere auswärtigen Schiffe nicht zurückkehren. Der Plan des Rates, den ich für den einzig möglichen halte, kalkuliert die Geldgier der Schweden ein. Wenn sie Danzig erobern wollten, hätten sie ein Heer oder eine größere Flotte geschickt. Also geht es ihnen um etwas anderes. Auf lange Sicht um unsere freiwillige Unterwerfung. Vor allem aber um unseren Reichtum. Wer Krieg führt, braucht Geld. Das holen sie sich von uns. Wenn hier keine Schiffe mehr aus- oder einlaufen, machen sie keine Beute, und die Belagerung kostet mehr, als sie einbringt. Also werden sie, nehme ich wie der Rat an, unsere zurückkehrenden Schiffe passieren lassen, nachdem sie einen Teil der Ladung, die polnische Hälfte, wie sie es nennen, an sich gebracht haben. Wenn ihnen jedoch klar ist, dass wir uns für einen Kampf rüsten, werden sie ihre Taktik ändern, werden die gesamte Ladung an sich bringen, die Schiffe versenken und auf die nächsten warten. Ich schlage daher vor, dass wir überhaupt nichts tun. Es wäre gefährlich, und es ist auch nicht nötig. Als die Schweden vor ein paar Monaten Polen angriffen und wir nicht wussten, ob das auch uns gilt, haben wir die Stadt für die Verteidigung vorbereitet. Wir haben die Mauern und die Bastionen stärker befestigt, die Wachen verdoppelt und Söldner geworben. An

Menschen, die kämpfen können, fehlt es also so wenig wie an Waffen. Wie lange dauert es, ein Schiff für den Kampf vorzubereiten, Kanonen und Musketen an Bord zu schaffen? Einen Tag vielleicht, sicher nicht länger. Denn es ist ja nicht erforderlich, die Schiffe für eine Überseefahrt zu verproviantieren. Sie werden nur ein paar Stunden unterwegs sein. Ich schlage vor, dass wir ratlos über die Belagerung jammern, aber nichts dagegen unternehmen, bis wir dafür stark genug sind. Ferner schlage ich vor, dass wir nichts von dieser Beratung nach außen tragen, dass wir unseren Frauen und Kindern, unseren Freunden und Nachbarn nichts davon erzählen. Wir können die Wachen an den Mauern und Toren weiter verstärken, als würden wir mit einem Angriff zu Lande rechnen, aber dass und wie wir die Seeblockade brechen wollen, dürfen wir niemandem mitteilen. Ich weiß, dass unsere Frauen vertrauenswürdig sind, desgleichen unsere Nachbarn, und dennoch könnte es ein Spion erfahren und verhindern, dass wir uns je wieder verteidigen können. Ich gehe noch einen Schritt weiter. Vielleicht erfährt trotz der Vorsichtsmaßnahmen, die ich vorschlage, ein Spion von unserem Vorhaben. Dann wird er versuchen, die Flotte zu benachrichtigen. Das geht nur mit einem Boot. Darum schlage ich vor, dass wir unsererseits die Schweden blockieren. Es darf niemand Kontakt mit ihnen aufnehmen. Wir erreichen es am einfachsten dadurch, dass in den nächsten Tagen überhaupt kein Boot ausläuft, jedenfalls nicht auf die Ostsee. Wir verbieten den Fischfang auf dem Meer. Will doch jemand auslaufen, muss er daran gehindert werden.«

Der Bürgermeister machte sich Valtens Vorschläge sofort zu Eigen, und die Versammlung stimmte zu. Ob sich wirklich alle an das Schweigegebot hielten, konnte Valten nicht überprüfen. Die Stadt wirkte ruhig und lebte ihren Alltag weiter, als wäre nichts geschehen. Zum Alltag gehörten inzwischen auch die Morde. Der erste war bereits vor der Versammlung geschehen, wurde allerdings erst danach entdeckt. Man hatte den Toten nicht in die Mottlau geworfen, sondern in die Radaune, den in einem Kanal die Stadt durchströmenden kleinen Nebenfluss der Mottlau, der die Räder der Großen Mühle antrieb, des größten Mühlenbaus der gesamten bekannten Welt. Das Gewand des Toten verfing sich in den Schaufeln. Wie oft die Leiche durch Wasser und Luft gewirbelt und gegen feste Gegenstände geschmettert wurde, ehe man sie entdeckte, konnte nicht mehr festgestellt werden. Zu oft, sagte Valten, als er den Mann auf seiner Liege betrachtete. Es war, kaum noch zu erkennen, Klas Notke.

Bereits in seinen Kleidern war der Anblick nicht erbaulich gewesen, die Nase war in das Innere des Schädels getrieben worden, ein Auge eingedrückt, beide Hände zerschlagen. Der nackte Tote bot einen Anblick, bei dem sich Dreyer abwandte. Valten brauchte geraume Zeit, den zertrümmerten Körper abzusuchen. Erst als er Notke auf den Bauch wälzen wollte, bemerkte er, dass der Freund ein paar Schritte zurückgetreten war.

»Was ist denn?«, fragte er.

»Wer hat ihn so zugerichtet?«

»Die Strömung der Radaune und das Mühlrad. Er hat nichts davon gespürt. Stich ins Herz, wie bei den anderen. Ob er sofort tot war, werden wir gleich wissen. Fass mal mit an.«

»Das schaffst du auch allein.«

»Nicht so empfindlich. Du hast doch schon Hinrichtungen gesehen.«

»Aus dieser Nähe nicht.«

»Und du hast die Folter angeordnet.«

»Die meisten schreien doch schon, wenn man ihnen den spanischen Stiefel nur zeigt. Und selbst wenn wir foltern mussten, war das längst nicht so blutig.«

»Notke blutet schon einen halben Tag nicht mehr.« Valten winkte ab und wälzte Notke allein auf den Bauch. Er untersuchte den Rücken mit seinem Vergrößerungsglas, machte auch den Test auf Wasser in den Lungen. Dann deckte er ihn mit einem Tuch und den Fetzen seiner Gewänder zu.

»Stimmt schon«, sagte er, »für die Verwandten kann man ihn nicht mehr ausstellen. Zum Glück hat er in Danzig keine.«

»War es derselbe Täter?«, fragte Dreyer.

»Wir wissen doch nicht mal, ob es für alle anderen Morde nur einen Täter gibt«, antwortete Valten. »Die Qualität der Waffe kann ich nicht beurteilen. Die Wunde ist nicht gut genug erhalten, das hast du ja mit einem Auge vielleicht mitbekommen. Auf jeden Fall gab es, soweit sich feststellen ließ, nur den einen Stich, es sei denn, die anderen sind durch die zahlreichen Quetschungen, Abschürfungen und Brüche verdeckt. Jedenfalls war er tot, als er ins Wasser fiel. Nur dass es diesmal nicht die Mottlau war. Unsere Vorsichtsmaßnahmen wirken also. Am Grünen Tor ist man wieder sicher.«

»Notke ist trotz unserer Vorsicht tot.«

»Wir können nicht jede Gasse der Stadt überwachen.«

»Und was unternehmen wir jetzt?«

»Das, was wir immer tun. Du lässt – ich weiß nicht wen, seine Schiffsleute, sein Kontor, seine Handelpartner verständigen, dass sie ihn haben können, dann gehst du zur Mühle und befragst das einfache Volk, während ich mir die noch lebenden Verdächtigen vornehme.«

Das taten sie. Von den Verdächtigen waren nur noch vier übrig. Habermann, Scholler und, nicht zu vergessen, Henri als die Verdächtigen der ersten Stunde, Caccianis als neuer Verdächtiger. Es war nicht leicht, die Herren aufzutreiben, sie hielten sich nicht in ihren Quartieren auf. Erfolg hatte Valten erst im Hause Brüggemann. Als er nach Henri fragte, wurde er vom Diener Henryk in das Arbeitszimmer des verstorbenen Junkers geführt. Dort saßen Madeleine, Marie, Henri und ein ihm fremder Mann und blätterten in Papieren. Marie ist schon wieder hier, dachte er. Alle schienen sich über sein Eintreffen zu freuen. Marie begrüßte ihn mit einem Kuss, Madeleine mit einer Umarmung, und Henri schüttelte ihm heftig die Hand. Selbst der Fremde quälte ein freundliches Lächeln auf sein Gesicht. Er war Brüggemanns Kontorist, erfuhr Valten als Erstes. Man sichtete gemeinsam die Brüggemann'sche Hinterlassenschaft, prüfte seine Geschäfte und Verbindungen, die Außenstände, die Immobilien, die Zahl, Ausrüstung und Ladung seiner Schiffe. Madeleine hatte sich noch nie darum gekümmert und bekam erst jetzt eine Ahnung davon, wie reich ihr Mann tatsächlich gewesen war. Henri bemühte sich, ihr zu helfen, doch als Soldat verstand er zu wenig vom Handel. Angesichts der Zahlen schwirrte ihm schnell der Kopf, es fiel ihm so schwer wie seiner Schwester, den Ausführungen des Kontoristen zu folgen. Nein, dass der Warenwert zwanzigtausend Gulden beträgt, bedeutet nicht, dass der Gewinn so groß ist. Zum einen mussten die Waren ja erst einmal gekauft werden, und das für fünftausend Gulden. Also fünfzehntausend Gewinn? Keinesfalls. Auch die Kosten des Schiffes müssen anteilig auf die Waren umgelegt werden. Wer muss umgelegt werden? Der Anschaffungspreis des Schiffes muss verrechnet werden. Nehmen wir an, es hat zwanzigtausend Gulden gekostet. Dann machen wir mit dem Verkauf fünftausend Gulden Verlust? Nein, so ein Schiff fährt ja nicht nur einmal aus. Es hält fünfzig Jahre oder länger. Nehmen wir für unser Beispiel die runde Summe von fünfzig Jahren mit je einer Ausfahrt. Dann müssen wir also die zwanzigtausend durch fünfzig teilen. Sind vierhundert Gulden Abzug. Also haben wir einen Gewinn von vierzehntausendsechshundert Gulden? Nein. Da sind ja noch die laufenden Kosten des Schiffes für den Kapitän, die Mannschaft, für ihre Verpflegung, für die Bewaffnung, für die Seile und Segel, die alle paar Jahre überholt oder ausgetauscht werden müssen …

Als große Hilfe erwies sich Marie, die als Einzige in der Lage war, den Erklärungen des Kontoristen ohne Mühe zu folgen und besonders komplizierte Sachverhalte in einfachen Worten zu erklären. Auf die Frage, wie groß der Brüggemann'sche Besitz nun tatsächlich war, wusste sie allerdings genauso wenig eine Antwort wie der Buchhalter.

Der Kontorist empfahl sich für kurze Zeit, er wollte aus seinem Büro noch ein paar Unterlagen herbeischaffen, nach denen er gefragt worden war. Madeleine und Henri, froh über die Unterbrechung, wollten natürlich wissen, was es Neues über die

Morde gab. Immer noch keinen Täter, dafür einen neuen Toten, gab Valten Auskunft.

»Wer?«, fragte Henri.

»Der Lübecker Kaufmann Notke.« Valten beobachtete Henri genau. Er schien tatsächlich überrascht zu sein. Die Reaktion wirkte ehrlich.

»Liegt er wieder bei uns?«, fragte Marie.

»Wird gleich abgeholt. Elsbeth weiß Bescheid.«

»Wieder am Grünen Tor?«, fragte Henri.

Valten berichtete knapp vom neuen Tat- und Fundort, ohne den Zustand der Leiche auszumalen.

»Ausgerechnet Notke!«, sagte Henri.

»Du kanntest ihn?«

»Allerdings. Wir haben einen Abend gemeinsam im *Lachs* gesessen und uns unterhalten. Ich hatte gedacht, er ist manisch auf die Hanse fixiert und kennt nichts als den Handel. Doch er war ganz entspannt und erzählte von seinen zahlreichen Reisen. Ich bin selbst weit herumgekommen, aber Notke war einfach schon überall in Europa.«

»Du triffst dich mit Kaufleuten?«, fragte Valten.

»Muss ich ja. Du bist schon seit zwei Wochen anderweitig beschäftigt.«

»Auch in deinem Auftrag, wie du weißt. Auf jeden Fall im Auftrag deiner Schwester.«

»Ich denke, dass ich jetzt außer Verdacht bin«, sagte Madeleine.

»Das bist du schon lange«, bestätigte Valten. »Willst du deinen Auftrag zurückziehen?«

»Hätte das Sinn? Du machst jetzt ohnehin weiter.«

»Ich stehe dicht vor der Lösung.«

»Wirklich?«, fragte Marie. »Das wäre schön.«

»In welcher Hinsicht?«

»In jeder«, sagte Marie. »Dann würde das Morden aufhören, und du wärst wieder öfter zu Hause.«

»Du bist ja auch nicht immer zu Hause.« Die Erwiderung

kam Valten unangemessen spitz vor, also sprach er schnell weiter. »Ob ich das Morden stoppen kann, weiß ich nicht. Je länger ich darüber nachdenke, desto rätselhafter wird es mir. Es gab eine Reihe von Verdächtigen. Doch einer nach dem anderen ist mir weggestorben.«

»Eine Reihe von Verdächtigen?«, überlegte Henri laut. »Alle weggestorben? Dann verdächtigst du die Gäste der Artusrunde an dem Abend, als Madeleines Mann starb?«

»Nicht nur«, wich Valten aus. »Das wäre nun wirklich zu einfach.«

»Was führt dich eigentlich zu uns?«, fragte Madeleine. »Wolltest du mir von den Fortschritten deiner Ermittlung berichten?«

»Das auch. Ich hatte eine Frage an Henri.«

»Dann stelle sie.«

»Unter vier Augen.«

Madeleine blickte Marie an und verdrehte die Augen. Die Männer und ihre Geheimnisse!

Die Herren entfernten sich in die Diele und ließen die Frauen allein.

»Du verdächtigst mich«, sagte Henri.

»Ich will dich nicht verdächtigen. Du bist mein Freund.«

»Danke. Aber du willst trotzdem wissen, wo ich gestern Abend war?«

»Wie kommst du darauf?«

»Ich weiß, wie du bei einer Ermittlung denkst.«

»Wo warst du?«

»Hier. Ich weiß nicht, wann der arme Notke umgebracht wurde.«

»Ich auch nicht. Zwischen zehn Uhr und Mitternacht, wie die anderen, denke ich.«

»Bis zehn saßen wir gestern in derselben Runde wie eben und prüften die Bücher. Dann gingen Marie und der Tintenkleckser. Ich sprach noch eine Weile mit Madeleine über ihre Märchenschätze. Kurz nach elf sind wir schlafen gegangen. Das heißt, für die letzte halbe Stunde habe ich mal wieder keine Zeugen.«

»Ich denke nicht, dass du es warst.« Valten meinte es ehrlich, auch wenn es wie eine Floskel klang. Henri sprach die Wahrheit, das spürte er. Warum sollte er auch … »Warum solltest du auch«, sagte er laut, »ausgerechnet deinen Freund Notke abstechen?«

»Ein Freund war er nicht. Es gab nur das eine Gespräch. Davor ein paar Zufallsbegegnungen.«

»Weshalb hast du dich denn mit ihm verabredet?«

»Habe ich gar nicht. Ich ging allein in den *Lachs*, in der Hoffnung, dort dich und Jan zu treffen. Oder sonst jemanden, den ich kenne. Notke kam auch allein, weil er vernünftig speisen wollte. Wir trafen uns an der Tür, und weil nicht mehr viel frei war um diese Zeit, setzten wir uns zusammen. Ich habe es nicht bereut, ich fand ihn unterhaltsam. Er mich auch, glaube ich. Tut mir wirklich Leid um ihn.«

Unterhaltsam?, dachte Valten. Er hatte Notke als trockenen Langweiler kennen gelernt. Nun, vielleicht entkrampfte er sich ja abends beim Wein.

»Die Verdächtigen gehen mir nicht aus dem Kopf«, sagte Henri. »Wirklich alle Gäste des Artushofes?«

»Wir verfolgen auch noch eine andere Spur«, sagte Valten.

»Aber die Gäste sind besonders verdächtig?«

»Nicht besonders, nur verdächtig. Und nicht die Ratsherren, die sind ja nach Brüggemanns Abgang sitzen geblieben. Auch nicht die vier Danziger Kaufleute, die früher gingen. Das sind Weicheier.«

»Also Glowinski, Hanssen, Pelsaert, Notke, Habermann, Scholler und ich. Leben nur noch drei, und wer als Letzter übrig bleibt, der war es dann?«

»Ich hoffe, es kommt früher heraus.«

»Und ich hoffe, dass ich als Letzter übrig bleibe. Was, zum Teufel, macht ihr eigentlich die ganze Zeit? Ich meine dich und Jan! Wir sind ja nicht nur verdächtig, sondern offenbar auch potenzielle Mordopfer! Wenn ich mir auch überhaupt nicht vorstellen kann, aus welchem Grunde. An dem Abend ist nichts Besonderes vorgefallen, ich weiß nichts, ich bedrohe niemanden.

Trotzdem! Bist du nie auf die Idee gekommen, uns zu warnen? Wenigstens mich, deinen Freund? Aber auch die anderen? Selbst wenn Habermann der Mörder ist, oder Scholler: Du solltest sie warnen. Mindestens einer von ihnen ist unschuldig. Und wenn der andere der Mörder ist, dann weiß er, wie dicht du ihm auf den Fersen bist, und hört vielleicht endlich auf.«

»Henri, du hast Recht«, sagte Valten beschämt. »Ich habe immer nur an den Täter gedacht, nie an die Opfer. Dass ich so blöd sein konnte!« Er klopfte sich mit der Faust gegen die Schläfen. »Soll ich dir ein paar Soldaten schicken, die dich beschützen?«

Belustigt schüttelte Henri den Kopf. »Danke, ich kann mich selbst ganz gut schützen, wie du weißt. Da ich nun weiß, dass ich auf einer Todesliste stehe, werde ich nie mehr ohne Waffe aus dem Haus gehen.«

»Und meide nach zehn Uhr die dunklen Plätze. Es ist überall dunkel. Geh einfach nicht mehr raus.«

»Im Gegenteil. Ich werde mich absichtlich in die finstersten Ecken begeben. Der Kerl ist noch nicht geboren, der mich einfach so absticht. Und falls er doch schon lebt, hält er sich gewiss nicht gerade in Danzig auf. Marie hat erzählt, dass du mit Jan nachts auf Mörderpatrouille warst.«

»Nur zwei Abende. Da ist aber nichts passiert, und es kam uns auch nicht wirklich sinnvoll vor. Du hast uns beiden Fechtunterricht gegeben vor fünfzehn Jahren. Seitdem sind wir nicht besser geworden. Wenn wir den Mörder getroffen hätten, dann hätte er uns wahrscheinlich beide abgestochen wie den armen Sielke. Der ist früher immerhin Soldat gewesen und konnte dennoch nichts gegen ihn ausrichten.«

»Da hast du wahrscheinlich Recht. Ich fühle mich allein auch sicherer.«

»Ach, Henri, wir hätten uns öfter unterhalten sollen in den letzten zwei Wochen.«

»Jetzt tun wir es doch. Wollen wir in den *Lachs* gehen? Ich werde hier sowieso nicht wirklich gebraucht. Marie versteht mehr von den Zahlen als Madeleine und ich zusammen.«

»Unmöglich. Ich muss sofort Habermann und Scholler aufsuchen. Zum einen, weil sie verdächtig sind, zum anderen, um sie zu warnen. Henri, ich danke dir.«

»Dann muss ich jetzt weiter Zahlen prüfen?«

»Wenn alles vorbei ist, habe ich wieder Zeit für dich.«

Er ging ins Arbeitszimmer, verabschiedete sich von den Damen. Henri geleitete ihn zur Tür. »Was ist eigentlich mit Marie und dir?«, fragte er.

»Was soll sein?«

»Euer Tonfall hat sich verändert.«

»In welcher Weise?«

»Ihr stichelt gegeneinander.«

»Wirklich? Das wollte ich nicht. Wir haben ein kleines Problem, und im Augenblick mache ich wohl alles falsch. Aber dabei kannst du mir nicht helfen. Henri, sei vorsichtig. Ich wünsche mir auch, dass du am Ende übrig bleibst.«

14

Xaver Habermann saß wieder einsam in seinem überladenen Zimmer und trank Wein. Er war ausgesprochen guter Laune und stellte sofort einen Pokal für Valten bereit, den er trotz dessen Abwehr bis zum Rande füllte. Aus Höflichkeit nippte Valten, dann stellte er den Pokal ab und sah dem Augsburger direkt in die Augen.

»Fühlen Sie sich eigentlich sicher in Danzig?«

»Wegen des Mörders? Was sollte der denn von mir wollen!«

»Was wollte er von Klas Notke?«

»I hob's g'heat. Grauslich.«

»Und wie die Leiche erst aussah«, sagte Valten. »Die Nase war nach innen gedrückt, ein Auge hing heraus, alle Rippen, die Arme, die Beine waren gebrochen.«

»Ist er mit einem Dreschflegel erschlagen worden?«

»So sieht er aus, ja, aber er wurde erstochen wie die anderen.«

»Wos seids ihr hier für eine Justiz? In Augsburg hätten wir den Saubazi schon lang.«

»Wir stehen kurz vor der Lösung«, sagte Valten. »So kurz, dass ich jetzt etwas ausplaudern darf, was ich bei meinem vorigen Besuch noch verschweigen musste.«

»Warum kommen Sie damit zu mir?«

»Das werden Sie gleich hören. Es begann mit dem Mord an Brüggemann …« Valten erklärte kurz, wie er auf die Reihe der Verdächtigen gekommen war.

Es dauerte einen Moment, bis das alkoholumnebelte Gehirn des Bayern begriff, dass auch er verdächtigt wurde. Dann empörte er sich so lautstark und gewaltig, dass Valten einen Moment fürchtete, er werde ihm an die Gurgel springen. Doch schnell beruhigte er sich wieder, trank noch einen Schluck und entschuldigte sich sogar für seinen Ausbruch. Das Temperament sei mit ihm durchgegangen. Man wird nicht jeden Tag verdächtigt, ein Mörder zu sein. »Sie wärn ja ned allein gekommen, wann S' denken täten, dass i's wirklich war.«

O doch, dachte Valten. So unvorsichtig bin ich. »Da haben Sie Recht, Herr Habermann. Der Verdacht richtet sich gegen alle gleichermaßen, und wir können auch nicht ausschließen, dass es jemand ganz anderer war. Darauf komme ich gleich noch genauer. Jetzt erst einmal die Frage, was Sie gestern Abend getan haben.«

»Um welche Zeit?«

»Zwischen zehn Uhr und Mitternacht.«

»Da habe ich geschlafen.«

»Allein?«

»Meine Frau ist in Augsburg.«

»So meinte ich das nicht. Hat jemand Sie gesehen? Könnte es jemand bestätigen?«

»Das glaube ich kaum.«

»Und was haben Sie davor getan?«

»Getrunken. Was soll man in dieser trüben Stadt sonst tun.«

»Die Geschäfte laufen wohl nicht?«

»Ich wollte mit Brüggemann abschließen. Das geht ja nun nicht mehr.«

»Frau Brüggemann hat das Handelshaus geerbt.«

»Mit Frauen macht's man keine Gschäft. I hab auch schon eine Alternative. Noch nicht ganz spruchreif, aber bald. Stehe mit einigen Patriziern in Verhandlung. Aber natürlich nicht in der Nacht. Lassen wir die Gschäft beiseit. Sie wollten noch genauer werden.«

»Ja. Also mal angenommen, dass es keiner der Verdächtigen war, sondern jemand von außen, so scheint er ganz offensichtlich etwas gegen einen bestimmten Personenkreis zu haben. Denn er bringt einen nach dem anderen um. Sieben Verdächtige für den Mord an Brüggemann waren es. Jetzt sind nur noch drei übrig, und ich ...«

»Die Witwe!«, platzte Habermann heraus. »Sie rächt ihren Mann.«

»Das ist lächerlich«, sagte Valten.

»Dann eben ihr Bruder. Er will den Tod seines Schwagers rächen, kennt Ihre Verdächtigenliste, weiß aber nicht, wer es getan hat. Da sticht er einfach alle ab. Der Richtige wird schon dabei sein.«

»Blutrache?«, fragte Valten belustigt.

»Marcillac ist Franzose. Die sind so.«

»Nun ja«, sagte Valten, »meine Frau ist auch Französin und nicht so, aber wir ziehen den Gedanken in Erwägung. Eigentlich wollte ich Sie nicht zu Spekulationen anregen, sondern Sie warnen. Sie könnten der Nächste sein. Ich kann zwei Soldaten zu Ihrem Schutz abstellen.«

»Soldaten? Wie sieht denn dös aus? Soll ich sie mitnehmen, wenn ich mit dem Rat verhandle? Soll ich mit ihnen trinken? Schlafen sie in meinem Zimmer? Das ist lächerlich, wann i Sie mol zitieren derf. Ich war mal ein guter Fechter und bin immer noch ziemlich fit, ich glaube nicht, dass ich jemanden fürchten muss.«

Habermann ließ sich nicht dazu bewegen, sich schützen zu

lassen. Valten gab auf, verabschiedete sich und suchte Scholler auf. Der Brandenburger Kaufmann logierte in einem Gasthaus. Er war immer noch nicht eingetroffen, und niemand wusste, wo er zu finden war. Valten ging nach Hause und aß mit den Kindern und der Magd zu Abend. Marie war noch nicht zurückgekehrt. Sie half ihrer Freundin, das hatte er gesehen, ihre Hilfe war notwendig, das hatten alle gesagt, und Madeleine war ja auch seine Freundin. Als es Grund zur Eifersucht gab, hatte er nichts bemerkt und sich wohl gefühlt. Im Augenblick gab es sicher keinen Grund für Eifersucht, aber sie war da und wollte einfach nicht weichen.

Er nahm sich viel Zeit für die Kinder, sprach und scherzte mit ihnen und fühlte sich dabei besser. Die Jungen wollten alles über den jüngsten Mord wissen. Sie hatten am Nachmittag gesehen, wie der Tote von Seeleuten abgeholt wurde. Der Anblick von Notkes Körper war ihnen erspart geblieben, und Valten sagte auch nichts darüber. Er blieb, bis sie zu Bett gingen. Um neun brach er auf, um seinen Freund Dreyer zu besuchen. Als er durch das Krantor in die Straße am Hafen bog, sah er zwei große Schiffe, die am Morgen noch nicht dort gelegen hatten. Sie wurden trotz der späten Stunde entladen. Ist das nicht zu auffällig? Ach was, der Spion wird denken, es handelt sich um eilige oder gar verderbliche Fracht. Noch zwei weitere Schiffe, dann geht es gegen die schwedische Flotte.

Jan hatte das Übliche zu berichten. Niemand hatte etwas gesehen oder gehört. Selbst den Platz des Mordes hatte er nicht entdecken können. Die Radaune hatte den Körper mit sich gerissen, es konnte sonstwo geschehen sein, an der Mühle oder weit davon entfernt. Eher in der Nähe der Mühle, vermutete Valten, so stark ist die Strömung mitten im Sommer nun auch wieder nicht, als dass sie Leichen meilenweit mitreißen könnte.

Mit Geistesblitzen konnte Valten nicht dienen, zumindest nicht mit eigenen. Henris Aufforderung, die potenziellen Opfer zu warnen, brachte auch den Richter dazu, sich vor Scham über die eigene Dummheit an den Kopf zu schlagen.

Wo Scholler war, wusste er auch nicht, er war ihm nicht begegnet. Vielleicht hat es ihn ja auch schon erwischt, unkte Valten finster.

»Dann bleibt ja nur noch Habermann als Täter«, sagte Jan.

»Ich weiß es nicht. Ich weiß gar nichts mehr. Er ist unecht, das dachte ich schon nach der ersten Begegnung. Er hat sich mörderisch aufgeregt über meinen Verdacht und sich dann mühelos binnen Sekunden beruhigt. Er will gemütlich wirken und sprenkelt seine Rede mit Dialektausdrücken, doch meist spricht er so hochdeutsch wie du und ich. Er kann es also. Es gehört zu seiner Rolle. Er trinkt viel, das sieht man seiner Nase an, aber er verträgt auch viel. Er verstellt sich und lügt. Trotzdem bin ich nicht sicher, ob er es war. Ich dachte, wenn ich mit dem Mörder spreche, sehe oder merke ich es ihm an. Ich habe mit allen gesprochen, die in Frage kommen. Falls der Mörder dabei war, habe ich nichts bemerkt. Meine Menschenkenntnis hat mir nichts eingebracht, und mit meiner Logik bin ich am Ende. Die Mordserie ergibt keinen Sinn. Warum sollte jemand alle Gäste der Artusrunde beseitigen? Haben sie etwas gesehen oder gehört, das nicht bekannt werden soll? Alle bestreiten es, auch die Ratsmänner. Es war ein ganz normaler Abend.«

»Vielleicht wurde etwas gesagt, von dem sie noch nicht wissen, dass es eines Tages gefährlich werden könnte. Etwas, das sie erst verstehen, wenn das Ereignis eintritt.«

»Was sollte das denn sein? Das Schlimmste, was uns derzeit zustoßen kann, ist bereits eingetreten. Die Schweden blockieren den Hafen. Trotzdem schlägt sich niemand gegen den Schädel und schreit: Ach so! Wissen allein kann nicht so gefährlich sein.«

»Ich weiß auch nicht weiter«, sagte Jan. »Lass uns wieder auf die Straße gehen. Vielleicht läuft er uns in die Arme!«

»Warum sollte er? Und falls doch, könnte die Begegnung für uns übler ausgehen als für ihn. Ich muss wahnsinnig gewesen sein, dass ich mich überhaupt darauf eingelassen habe. Das ist eher etwas für Henri.«

»Ich bin auch ein guter Fechter!«

»Ich nicht«, sagte Valten.

»Dann willst du gar nichts unternehmen?«

»Ich werde es überschlafen. Kann heute eh keinen vernünftigen Gedanken mehr fassen.«

Kurz nach zehn Uhr war er bereits zu Hause und ging sofort ins Bett. Als wenig später Marie kam, war er schon eingeschlafen. Sie legte sich neben ihn, er kuschelte sich an sie und schlief weiter. Als er am Morgen erwachte, lag ihr linker Arm auf seiner Brust und ihr Kopf auf seiner Schulter. Sie hatten die ganze Nacht geschlafen wie ein frisch verliebtes Paar. Er betrachtete sie, ohne sich zu rühren, doch unter seinem Blick erwachte sie und lächelte ihn an. Sie umarmten sich. Dass jemand an die Tür hämmerte, hörten sie nicht. Wenig später stand Elsbeth im Zimmer. Sie räusperte sich.

»Sie haben wieder einen gefunden«, sagte die Magd trocken und verließ das Zimmer.

»Muss das jetzt sein?«, fragte Valten.

»Wie viele sind denn noch übrig?«, fragte Marie.

»Es reicht nur noch für einen oder zwei Tage«, sagte Valten.

Sie küssten sich, dann stand er auf, kleidete sich an und folgte dem auf der Straße wartenden Wächter zum Tatort. Seltsamerweise führte er den Arzt weder zur Mottlau noch zur Radaune. Durch das Gewirr der menschenleeren Gassen näherten sie sich einem Gebäude, das er gestern erst aufgesucht hatte: der Filiale des Fugger'schen Bank- und Handelshauses. Diesmal lag der Tote auf der Straße, nicht weit von der Tür. Ein Diener hatte ihn beim Aufstehen vom Fenster aus bemerkt, war hinausgelaufen und hatte dann die Wachen alarmiert. Der Tote war Habermann. Da seine Kleidung trocken war, klebte das Blut daran, und Valten bemerkte auch ohne Untersuchung des nackten Körpers, dass es drei Einstiche waren. Der Tote lag auf dem Rücken, seine Augen standen offen, das Gesicht war verzerrt, die Zähne gebleckt. Er war mit Schmerzen gestorben. Seinen Degen hielt er in der verkrampften rechten Hand, die sich nur mit Mühe öffnen ließ, wobei die Finger laut knackten. Valten betrachtete die schartige Waffe. An der Spitze klebte getrocknetes Blut. Nur wenig, doch immerhin schien er seinen Mörder wenigstens geritzt zu haben.

Der Kaufmann, der die Filiale leitete, trat zu Valten, den Wachen und der Schar seiner Diener und Mitarbeiter. Er formulierte sein Entsetzen über die Bluttat und wollte den Leichnam ins Haus schaffen lassen, ehe die Stadt erwachte.

Valten stimmte unter der Voraussetzung zu, dass er den Toten im Hause untersuchen durfte. Das wurde ihm zugesichert. Wenigstens ein Toter, der nicht in meinem Arbeitszimmer landet, dachte Valten. Zwar hatte er seine Geräte nicht bei sich, auch musste er die Wunden erst einmal reinigen, um sie sehen zu können, doch der Augenschein reichte ihm. Es waren sogar vier Wunden, ein Riss über dem Bauch, zwei Stiche in die Brust, einer in den linken Arm. Die Waffe vermutlich ein Degen, schärfer und spitzer als der, mit dem Hanssen und Pelsaert erstochen worden waren, doch von ungeübter Hand geführt. Ein Mann wie Henri hätte für einen Habermann nur einen einzigen Stich benötigt, was immer der Bayer von seinen Fechtkünsten gefaselt hatte. Er hatte zu viel gegessen und vor allem getrunken und sich zu wenig bewegt, als dass er wirklich ein guter Kämpfer hätte sein können.

Jan Dreyer traf erst ein, als Valten die Untersuchung abgeschlossen hatte und die Dienerschaft der Filiale den toten Herren ankleidete.

»Ich bin einfach nicht in Tritt gekommen«, entschuldigte er sich. »Das war zu viel in den letzten vierzehn Tagen. Und? Weißt du schon was?«

Valten betrachtete den Freund genau. Der wirkte übernächtigt, hatte schwarze Ringe unter den Augen, sein Blick war unstet, er rieb sich die Hände und hielt die eine mit der anderen fest, damit ihr Zittern nicht auffiel.

»Ich weiß fast alles«, sagte Valten. »Ach, Jan! Musste das sein?«

»Wie meinst du das?«

»Du verstehst mich schon.«

»Was wirst du jetzt tun?«

»Nachdenken. Ich glaube, ich will mit dem ganzen Fall nichts mehr zu tun haben.«

»Das geht nicht!«

»Ich weiß. Ich brauche einen Tag Pause, um meine Gedanken zu ordnen. Du kannst nach Scholler suchen. Ehe er nicht da ist, können wir den Fall nicht abschließen. Es ist noch nicht zu Ende, Jan, egal, was du denkst oder was du getan hast. Habermann war es nicht. Zumindest hat er Brüggemann nicht getötet.«

»Sondern wer?« Dreyer erbleichte.

»Das sage ich dir, wenn ich mit Nachdenken fertig bin. Dir empfehle ich, ebenfalls nachzudenken. Was hast du denn zu befürchten? Ich verstehe dich nicht. Du bist der Richter. Du brauchst dich nicht zu verstecken. Du hast zum Wohl der Stadt gehandelt, so wie du es verstehst.«

»Sag nicht so etwas. Das klingt, als würdest du denken ...«

»Ach, Jan«, unterbrach ihn Valten. »Du kannst vielleicht dem Rat etwas vormachen, aber doch nicht mir!«

15

Valten unternahm, ohne etwas gegessen oder getrunken zu haben, eine allerdings nicht sonderlich weite Wanderung. Er bestieg den Bischofsberg und schaute über die Dächer. Danzig wirkte friedlich. In der Mitte lag, Garant der Glaubensstärke der Stadt und Symbol der Kraft ihrer Bürger, gigantisch die Marienkirche, deren hoher, breiter Turm die feineren Spitzen der anderen Kirchen überragte. Gleich daneben wohnte er, doch sein Haus war von mächtigeren Bauten verdeckt. Weit dahinter sah er eine große, hellblaue Fläche. Die Sicht war gut, kein Dunst hing über der Stadt oder dem Meer. Unter den Eichen und Buchen ging er über den Berg, bis er eine Stelle fand, von der er direkt nach Norden schauen konnte, über Glettkau hinaus auf die Ostsee. Mehrere Segel waren vor dem Horizont zu erkennen. Also konnte man die schwedische Flotte doch von der Stadt aus sehen. Man brauchte nur auf einen Berg zu steigen. Er zählte acht Schiffe. Hatten sie ihre Flotte weiter verstärkt? Nein, zwei Dreimaster näherten sich offenbar, zumindest wirkten sie größer als die anderen. Sicher die um die Polenhälfte erleichterten Kauffahrer aus Reval; die am Vortag waren aus Yarmouth gekommen. Die Schweden schienen sich sehr sicher zu fühlen, wenn sie sich auf Plünderungen beschränkten, und sie schienen noch auf viele Plünderungen zu hoffen, da sie die Schiffe passieren ließen. Die Kraweele aus Reval wurden jetzt sichtlich größer, der Wind stand auf das Land zu, in wenigen Stunden würden sie da sein, und man würde sie wie die anderen in mörderischem Tempo entladen. Das bedeutete, dass bereits übermorgen der Schlag zum Sprengen der Blockade erfolgen konnte. Und bis dahin würde er den Fall abschließen, wie auch immer. Er konnte sich nicht einfach zurückziehen, nur weil ihm nicht gefiel, was er herausbekommen hatte.

Langsam stieg er den Berg hinab und ging zurück in das Zentrum der Rechtsstadt. Sein Magen knurrte. Er kehrte in ein Gasthaus ein, das an seinem Weg lag, ließ sich Brot, Butter, Wurst und Milch bringen und stopfte alles in sich hinein. Die Gedanken rotierten in seinem Kopf. Es gelang ihm nicht, das Chaos zu ordnen. Also würde er weitermachen wie bisher. Vieles konnte er sich zusammenreimen, einige Details waren unklar. Während er danach suchte, würde ihm einfallen, wie er sich verhalten sollte.

Als Erstes suchte er das Fugger'sche Haus auf. Nach Präsentation seines amtlichen Schreibens und der Begründung, nach Anhaltspunkten über den Täter zu suchen, ließ man ihn in Habermanns Zimmer ein. Auf den ersten Blick waren überhaupt keine Papiere zu sehen. Habermann las nicht und war auch nicht der Typ, der Tagebuch führte. Das Tintenfass auf dem kleinen Tisch am Fenster war fest verschraubt, die trockene Feder lag noch immer daneben. Der Tisch hatte ein Schubfach. Darin lag auf den ersten Blick nur eine Bibel. Valten hob sie an und sah einen

Brief. Geschrieben in deutscher Sprache, unterzeichnet von Otto Heinrich von Fugger. Der Brotgeber Habermanns, dachte Valten, legte ihn zurück und suchte weiter. Da er nicht mehr Post im Zimmer fand, las er ihn schließlich doch. Verfasst worden war er dem Datum zufolge vor drei Wochen im Harz, einem deutschen Gebirge, von dessen genauer Lage Valten bestenfalls eine Ahnung hatte. Er vermutete es in Kursachsen oder Hessen. Auf jeden Fall war der Brief bei den weiten und unsicheren Transportwegen brandneu. Und es ging darin keinesfalls um kaufmännische Angelegenheiten, wie nach wenigen Sätzen klar wurde. Otto von Fugger war offensichtlich Soldat, mindestens Oberst, wenn nicht gar General, denn er beschrieb die Vorgänge um sich herum von oben, nicht von unten. Er hatte mit dem Kaiser gesprochen, der wiederum hatte, um der Katholischen Liga nicht allein die Initiative zu überlassen, ein Heer ausgerüstet und unter Führung des Grafen von Wallenstein zur Unterstützung des ligistischen Generals Graf von Tilly in Marsch gesetzt. Es ging gegen die Dänen, die unter ihrem König Christian in Norddeutschland eingefallen waren, um die Katholiken zu vertreiben. Und Otto von Fugger gehörte, wiewohl er aus Bayern stammte, nicht direkt zur Katholischen Liga des Herzogs Maximilian von Bayern, sondern zu Wallensteins Truppen, was kaum einen Unterschied machte, da Liga und Kaiser verbündet waren beim Kampf gegen die Seuche des Protestantismus. Angesichts der Stärke der kaiserlichen Truppen prophezeite Fugger dem Gegner eine vernichtende Niederlage. Dennoch wolle er die Protestanten nicht unterschätzen. Es werde auch künftig Auseinandersetzungen mit ihnen geben, bis ihnen das ketzerische Haupt vom sündigen Körper getrennt werde. Desto wichtiger sei es, Danzig endlich in den schwedisch-polnischen Krieg zu verwickeln, und zwar auf polnischer Seite. Es stehe nämlich zu befürchten, dass sich Gustav Adolf nach einem schnellen Erfolg in Polen zum Eingreifen in die deutschen Religionskriege entschließe, um als protestantischer Held in die Geschichte einzugehen. Wird er aber von Polen vernichtend geschlagen oder geschwächt, braucht er Jahre, bis er eine neue Macht um sich geschart hat. »Es ist also von existenzieller Bedeutung für unsere Sache, dass Danzig endlich auf polnischer Seite in den Krieg eingreift. Und keine Bedenken der Religion wegen – darum kümmern wir uns später.«

Valten steckte den Brief ein, um ihn zu einem geeigneten Zeitpunkt dem Rat präsentieren zu können. Da ihm die Kenntnis einiger Zusammenhänge fehlte, die der Schreiber bei Habermann voraussetzte, hatte er nicht alles verstanden. Der Augsburger arbeitete tatsächlich für das Haus derer von Fugger, doch für den militärischen Zweig der Familie. Er war eindeutig ein Spion. Für den Kaiser, für die Katholische Liga oder für beide. Um unsere Religion wollen sie sich später kümmern. Damit ließ sich die Friedenspolitik des Rates stützen. Nur ein starkes Danzig war auch künftig ein freies Danzig.

Nec temere – nec timide!

Habermanns Kleidung, die er selbst dem Toten ausgezogen hatte, lag auf dem Armstuhl, in dem der Bayer gesessen und einsam getrunken hatte. Sie durchstöberte er als Letztes. Er fand nur etwas Geld in den Taschen. Hier gab es nichts mehr zu entdecken. Er tauschte noch einige Höflichkeitsfloskeln mit dem Leiter der Handelsfiliale aus, nein, er habe leider nichts finden können, was Aufschluss über den tragischen Todesfall geben könne; er bedanke sich für die Kooperation, hoffe auf ein würdevolles Begräbnis fern der Heimat. Dann empfahl er sich und suchte das Gasthaus auf, in dem Scholler logierte.

Vom Wirt erfuhr er, dass der Herr Kaufmann in der Nacht nicht erschienen war und dass sich der Herr Richter bereits in dessen Zimmer aufhalte. Jan Dreyer war tatsächlich dort und stöberte in Papieren.

»Du machst also weiter?«, fragte er erfreut.

»Ich kann nicht anders, Gott helfe mir.«

»Amen.«

»Ich komme gerade aus Habermanns Wohnung. Warum hast du die eigentlich nicht durchsucht?«

»Brauche ich ja nicht mehr, wenn du schon dort warst. Hast du etwas gefunden?«

Valten gab ihm den Brief.

»Er war es! Ich sage dir, er war es!«, rief Dreyer erregt, als er ihn gelesen hatte.

»Er war es nicht«, erwiderte Valten. »Hast du schon etwas gefunden?«

»Viel Papier, wenig Inhalt. Fast alles betrifft irgendwelche kaufmännischen Dinge, die uns nicht interessieren.«

»Auf jeden Fall macht das Zimmer nicht den Eindruck, als ob er abgereist wäre. Es sieht hier so aus wie bei meinem ersten Besuch. Seine persönlichen Sachen scheinen noch da zu sein, abgesehen von dem, was er am Leibe trägt.«

Gemeinsam blätterten sie in den Papieren. Ein ähnlich aufschlussreiches Schreiben wie das von Fugger an Habermann war nicht darunter. Entweder Scholler war kein Spion, oder er war vorsichtiger als der Bayer und ließ nichts Belastendes liegen. Die beiden ließen sich auf die Stühle des karg eingerichteten Gastzimmers sinken und sahen sich an.

»Bist du ernsthaft verletzt?«, fragte Valten.

»Warum sollte ich verletzt sein?«

»Ich habe dir doch gesagt, dass du mir nichts vormachen kannst. Du hast heute Nacht Habermann erstochen. Vorhin warst du das personifizierte Schuldbewusstsein. Nicht in Tritt gekommen am Morgen! Gerade du, den ich als die Fleischwerdung des Pflichtbewusstseins kenne! Deine Hände haben gezittert, als du mich gesehen hast, du konntest mir kaum in die Augen schauen. Warum bist du so spät erschienen? Weil du die Nähe der Leiche gescheut hast. Du hältst dich für einen Wunder wie aufgeklärten Menschen, aber du glaubst an die Bahrprobe. Wenn der Mörder an die Bahre eines Toten tritt, dann bluten die Wunden. Das ist nichts als Aberglaube und Blödsinn. Ich habe, wie du weißt, einige Zeit unfreiwillig unter Piraten gelebt, die öfter mal einen abgestochen haben. Sie konnten hundert Mal an der Leiche vorbeigehen, ohne dass die Wunden bluteten. Wenn das Herz steht, hört das Blut zu fließen auf, das solltest du eigentlich wissen.«

»Dann hat mich die Bahrprobe doch verraten«, sagte Jan.

»Nicht nur dich.«

»Wie meinst du das?«

Valten beachtete die Frage nicht, weil er noch nicht bereit war, darüber zu sprechen. »Ich verstehe nur nicht«, sagte er stattdessen, »weshalb du dich so verhältst wie ein Mörder. Du bist der Richter, Habermann war ein Spion, du hast ihn im Zweikampf getötet, nicht ermordet, wie ich aus den Spuren gefolgert habe. Warum bekennst du dich nicht dazu?«

»Ich bin in Panik geraten. Es war mein erster Toter.«

»Du hast auch schon Todesurteile gesprochen.«

»Nur über Verbrecher. Und ich habe sie nicht eigenhändig vollstreckt.«

»Erzähle mir einfach, was passiert ist.«

Das tat Jan Dreyer, erleichtert, dass er darüber sprechen konnte. Am Abend hatte sich Valten in deprimierter Stimmung ungewöhnlich früh verabschiedet. Es hielt Jan nicht in seinem Zimmer, er wollte auf die Straße, in der Hoffnung, dem Mörder zu begegnen, und natürlich war er bewaffnet. Scholler war verschwunden, nur noch Habermann war übrig, also war die Wahrscheinlichkeit groß, dass der die Morde begangen hatte. Zunächst war er am Hafen vorbeigegangen, wo die Entladearbeiten gerade beendet wurden, entweder weil sie damit fertig waren oder weil es zu dunkel dafür war. Es liefen noch zu viele Menschen auf der Speicherinsel herum, also würde am Grünen Tor in der nächsten halben Stunde mit Sicherheit nichts passieren. So lief er weiter in Richtung Große Mühle, ermahnte die beiden Nachtwächter, denen er begegnete, zur Aufmerksamkeit und ging weiter. Dann änderte er seine Richtung und lief zum Fugger'schen Haus. »Es war, als ob mich das Verhängnis dorthin getrieben hat. Ich sah eine dunkle Gestalt, die das Haus verließ, und wusste, das ist Habermann, auch wenn ich ihn nicht erkennen konnte. Was wollte der so spät noch draußen? Inzwischen war es fast schon elf Uhr! Er bemerkte mich erst, als ich direkt hinter ihm stand und ihn ansprach. Wohin so spät, Habermann?, fragte ich. Er fuhr herum und zog sofort seinen Degen. Ich hatte meinen schon in der Hand, aus Vorsicht. Ich weiß nicht, ob er mich erkannte, wir hatten ja noch nie näher miteinander zu tun, und es war dunkel. Es blieb keine Zeit zum Reden. Wir schlugen aufeinander ein. Er war ziemlich langsam, ich hatte ihn schon zweimal getroffen und hoffte, dass er aufgibt oder dass ich ihm den Degen aus der Hand schlage, da traf er mich. Eher im Reflex als mit Absicht stieß ich zu, er fiel um und war tot. Und ich geriet in Panik. Ich wollte ihn festnehmen und hätte ihn dann peinlich befragt und zum Geständnis gezwungen. Nun konnte er gar nichts mehr sagen. Wie sollte ich beweisen, dass er der Mörder war? Könnte man nicht vielleicht sogar denken, dass ich der Mörder bin? Ich hätte einen kühlen Kopf behalten sollen. Du hast Recht, ich bin der Richter, er ist nur ein gewöhnlicher Spion, der sich der Befragung durch die Justiz widersetzt hatte. Das war mir heute Morgen auch klar. Aber nicht heute Nacht! Ich rannte weg, ehe mich jemand sah. Und nun kann ich zwar erklären, weshalb ich ihn getötet habe, aber nicht, weshalb ich weggerannt bin. Ich habe mich wie ein Mörder verhalten. Und das Schlimmste ist, wie mir auch erst hinterher einfiel, dass er vielleicht deshalb sofort die Waffe gezogen hat, weil er glaubte, ich bin der Mörder. Du hattest ihn ja gewarnt. In dem Fall wäre er tatsächlich unschuldig!«

»Wärst du bloß nicht weggelaufen!«

»Hast du schon mal einen Menschen getötet?«

»Mit eigenen Händen? Natürlich nicht. Ich bin Arzt, ich rette Leben. Wenn ich kann.«

»Dann weißt du nicht, wie das ist. Die Soldaten tun es alle Tage, für sie ist es sicher normal. Für mich nicht. Ich wünsche mir, dass er der Mörder war.«

»Irgendjemanden hat er sicher umgebracht«, tröstete ihn Valten. »Und nun zeig mir deine Wunde.«

»Ist nicht schlimm«, sagte Jan, legte aber seinen Überrock ab, öffnete die Kugelknöpfe seines Hemdes, streifte es ab und präsentierte seine nackte, leicht behaarte Brust.

Valten beugte sich über ihn. »Ist tatsächlich nicht schlimm. Kann sich aber noch entzünden. Ich habe nichts dabei, doch wir sind in einem Gasthaus. Hier gibt es sicher einen Klaren.«

»Mir ist nicht nach trinken.«

»Vertrau mir, ich bin dein Arzt.«

Valten ging hinab in den Gastraum und ließ sich einen Kornbranntwein einschenken. Das Glas nahm er mit auf Schollers Zimmer. Er zog ein sauberes Spitzentaschentuch aus einer seiner Taschen, tunkte es in den Schnaps und reinigte damit die Wundränder und die Wunde. Dann betrachtete er sie noch einmal. »Wir gehen zu mir«, entschied er. »Was ich für Schorf gehalten habe, ist der Beginn einer Entzündung. Ohne Salbe kann das böse enden.«

Jan zog sich wieder an. »Es hat doch schon böse geendet. Ich habe jemanden erstochen und bin weggerannt.«

»Mir fällt schon was ein.«

Nachdem Valten in seiner Studierstube eine Salbe aufgetragen hatte, von deren Wirksamkeit er überzeugt war, und dem Freund einen Verband um die Brust gelegt hatte, damit seine Kleidung nicht durchfettete und auch nicht an der Wunde schaben konnte, gingen sie ins Wohnzimmer. Es war Mittag geworden, die Kinder kamen aus der Schule, Elsbeth trug das Essen auf und hatte so reichlich gekocht, dass es auch für Jan Dreyer reichte. Marie äußerte sich erfreut, dass ihr die neueste Leiche erspart geblieben war. Wir stehen kurz vor der Lösung, verriet ihr Valten. »Ich denke mal, es ist vorbei. Einer wird allerdings noch vermisst. Ich weiß nicht, in welchem Zustand wir ihn finden werden.«

»Und dann ist Schluss?«

»Dann haben wir wieder Zeit für uns.«

»Und für uns«, sagte Heinrich.

»Habe ich euch so vernachlässigt?«, fragte Valten seine Söhne. »Ich bin doch zwischendurch oft hier.«

»Viel seltener als sonst«, sagte Walther.

»Ihr seid schon groß. Bald müsst ihr ganz alleine zurechtkommen. Aber ich werde mich bessern«, versprach Valten.

»Und jetzt musst du wieder los«, maulte Heinrich.

»Allerdings. Du hast doch gehört, dass ein Mann vermisst wird.«

»Weshalb musst gerade du ihn finden?«

»Weil ich für die Justiz arbeite.«

Dass nach Scholler gesucht wurde, hatte Dreyer schon am Morgen veranlasst. Seine Büttel streiften durch die Stadt und befragten die Leute. Natürlich nur das Personal, die Händler, die Verkäufer auf dem Markt. Jan und Valten machten eine Runde bei den Kaufleuten und in den Kontoren. Niemand wusste etwas. Am Morgen des Vortages hatte er das Gasthaus verlassen. Keiner der Kaufleute hatte eine Verabredung mit ihm, in keinem Kontor hatte er vorgesprochen. Am Abend erfuhren die beiden von den Bütteln, dass Scholler wie ein Geist durch die Stadt gewandelt sein musste, nämlich absolut unsichtbar. Ein dicker Mann, an den sich niemand erinnerte. Es gab viele, die aussahen wie er. An Scholler war nichts Einprägsames. Die Büttel konnten nach Hause gehen, der Richter und der Arzt zogen ein weiteres Mal durch die Stadt. Diesmal streiften sie durch alle Gasthäuser, sprachen mit den Wirten und dem Personal. Scholler war allen unbekannt. Sofern er nicht eingeladen war, hatte er offenbar ausschließlich in dem Gasthaus gespeist, in dem er wohnte.

Als sie um zehn Uhr am Hafen vorbeikamen, wurde dort beim Schein vieler Laternen immer noch gearbeitet. Valten klärte den Freund, der sich darüber wunderte, über den Grund dafür auf. Jetzt waren die erwarteten Schiffe im Hafen, also konnten die Schweden ruhig von den Danziger Vorbereitungen erfahren. Wenn sie vor Furcht kampflos abzogen, war die Blockade ja auch gebrochen. Valten schätzte, dass man noch einen Tag brauchte, um die Mannschaft zu versammeln und die Schiffe stärker zu bewaffnen. Jan war erstaunt, dass nichts von der gemeinsamen Sitzung des Rates und der Hundertmänner bis zu ihm gedrungen war. Die Geheimhaltung hatte funktioniert, und als er erfuhr, dass sie auf Valtens Vorschlag zurückging, sagte er ihm eine Zukunft als Ratsherr voraus: »Vielleicht wirst du eines Tages sogar Bürgermeister!«

»Davor bewahre mich Gott!«

Das letzte Gasthaus auf ihrer Runde war der *Lachs*. Da war Scholler zwar auch unbekannt, zumindest waren sie ihm in ihrem Stammlokal nie begegnet, aber es gab Danziger Goldwasser, mit dem man den schalen Geschmack des Tages wegspülen konnte. Als die Turmuhr der Marienkirche elfmal schlug, trennten sie sich. Jeder ging allein zu seiner Wohnung. Diesmal lag Marie schon im Bett und schlief. Valten legte sich dazu. Sie murmelte etwas und legte ihren Kopf auf seine Brust. Obwohl Valten übermüdet war, konnte er nicht einschlafen. Er wusste, wer Brüggemann ermordet hatte, doch wie sollte er es beweisen? Vor allem war er nicht sicher, ob er es überhaupt beweisen wollte.

Als es kurz nach Mitternacht an seine Tür hämmerte, lag er noch immer wach. Da die Magd Elsbeth einen festen Schlaf hatte, zog er seinen Arm vorsichtig unter Maries Kopf hervor, erhob sich, zog sich eine Hose an, warf sich den Überrock über, entzündete eine Kerze und öffnete selber. Vor der Tür stand Henri.

»Ich habe eben den Mörder erstochen«, sagte er.

»Was? Wen?«

»Den Mörder. Zieh dich richtig an und komm mit.«

»Es ist nach Mitternacht.«

»Dafür sind die Leichen noch frisch.«

»Leichen?«

»Er wollte gerade ein Opfer beseitigen. Nun zieh dich endlich an, ich erzähle es dir unterwegs.«

Marie kam in die Diele. Sie hatte sich ein Nachthemd übergezogen und fragte, was los sei. Ehe jemand antworten konnte, kam aus einer anderen Tür Walther, rieb sich die Augen und fragte ebenfalls, was passiert sei. Hinter ihm schaute Heinrich in die Diele. Vielleicht war es auch Walther, und Heinrich rieb sich die Augen, beim Flackern nur einer Kerze konnte selbst der Vater die Zwillinge nicht wirklich voneinander unterscheiden.

»Fehlt nur noch Elsbeth«, sagte Valten. Doch die Magd hörte nichts, und so konnte Valten seiner Familie erklären, dass Henri offenbar soeben den Mörder auf frischer Tat erwischt hatte, und alle wieder zu Bett schicken.

Er kleidete sich an und folgte dem Freund durch die Nacht. Eine Laterne nahm er mit, es gab ja nun keinen Grund mehr zum Herumschleichen.

»Ich bin«, erzählte Henri, »gestern und heute durch die Gassen gegangen, um den Mörder zu treffen. Besser, ich finde ihn, als er mich. Gestern war ich erfolglos, er schlug woanders zu. Heute weitete ich meine Kreise bis in die Altstadt aus. Um halb zwölf, ich wollte gerade aufgeben, sah ich zwei Männer, die einen dritten trugen. Das kam mir verdächtig vor, also folgte ich ihnen leise. Sie gingen in Richtung Mottlau, weit war es nicht, und ehe sie den Toten hineinwerfen konnten, rannte ich los, um sie daran zu hindern. Meine Stiefel knallten zu laut auf das Pflaster, sie hörten mich, einer ließ sofort die Füße los und rannte weg, ehe ich ihn erkennen konnte, der andere ließ den Kopf auf die Steine klatschen. Ich war schon zu nah, er konnte nicht mehr wegrennen, also zog er seine Waffe. Ich auch, und da ich nicht wusste, ob der andere zurückkehrt, musste ich ihn schnell überwältigen. Auf einmal war er tot. Eigentlich wollte ich ihn nur überwältigen und ihn euch ausliefern.«

»Das höre ich in letzter Zeit öfter.«

»Wie meinst du das?«

»Egal. Wer ist es?«

»Das ist das Merkwürdige. Ich habe den Mann noch nie gesehen. Ein vollkommen fremder Mensch. Die Nachtwächter – es kamen Nachtwächter vorbei, die jetzt die Toten bewachen –, die Nachtwächter kennen ihn auch nicht. Aber das will nicht viel bedeuten, sie kannten ja nicht mal den anderen.«

»Scholler«, vermutete Valten.

»Richtig. Woher weißt du?«

»Nur er ist noch übrig. War noch übrig.«

»Und ich«, sagte Henri.

»Dich sehe ich ja, also kannst du nicht tot sein.«

»Klingt logisch. Aber jedenfalls war der Mörder nicht einer von deiner Liste. Und er war nicht allein.«

»Es wird sich alles klären«, sagte Valten.

Von weitem schon war der Lichtschein zu sehen. Fünf Nachtwächter hatten sich dort eingefunden, jeder mit einer Laterne, und entlang des Bassins der alten Mottlau näherte sich eine weitere Laterne. Einer der Wächter hatte den Richter aus dem Schlaf gehämmert. Jan Dreyer und Valten Went trafen fast gleichzeitig ein. Die Wächter richteten ihre Laternen auf die Toten, und die beiden Ermittler beugten sich über sie. Der eine war Scholler, der andere Juan, Glowinskis Diener.

»Jetzt verstehe ich gar nichts mehr«, sagte Dreyer. »Der Wächter sagt, Henri hat den Mörder gestellt und erstochen. Dann war es also Scholler? Warum hat er den Diener umgebracht?«

»Umgekehrt«, sagte Valten. »Scholler ist das Opfer, Juan der Täter. Und er hatte einen Verbündeten. Darum musste Henri ihn erstechen. Der andere hätte ihm in den Rücken fallen können. Ist er aber nicht. Er hat es vorgezogen, unerkannt zu verschwinden.«

»Zwei Leute, die nicht auf unserer Liste standen«, sagte Dreyer. »Dann sind wir die ganze Zeit in die Irre gegangen!«

Valten antwortete nicht.

Der Richter wandte sich an Henri. »Du hast es geschafft«, sagte er. »Wir suchen zwei Wochen lang, du gehst nur zwei Abende auf die Straße und findest den Verbrecher.«

»Reiner Zufall«, wehrte Henri bescheiden ab.

»Schade, dass wir ihn nicht vernehmen und hinrichten können, aber der Rat wird sich trotzdem freuen. Endlich können wir etwas vorweisen.«

»Einer läuft noch frei herum«, dämpfte Valten die Euphorie.

»Stimmt, sie waren zu zweit. Darum die unterschiedlichen Wunden. Mal hat der eine zugestoßen, mal der andere, mal beide. Wer ist es?«

»Keine Ahnung«, sagte Valten. »Er ist geflohen. Vielleicht verschwindet er ja aus der Stadt. Die Todesliste ist abgearbeitet. Was soll er noch hier?«

»Ich stand vermutlich auch darauf«, meldete sich Henri.

»Um dich brauchen wir keine Angst zu haben«, sagte Jan. »Wenn er sich an dich heranwagt, wirst du ihn auch erledigen.«

Sie besprachen, was mit den Toten geschehen sollte. Mussten sie überhaupt noch untersucht werden, jetzt, wo klar war, wer sie getötet hatte? Valten bestand darauf. Er wolle eine Vermutung überprüfen. Doch Jan musste nicht dabei sein. Dank der Laternen war es hell genug, das Gesicht des Richters zu erkennen. Er sah so aus, als ob er gleich umkippen würde. Kein Wunder, er hatte zwei Wochen hindurch zu wenig und in der vergangenen Nacht gar nicht geschlafen. Valten schickte ihn zu Bett. Da sie sich leise verhalten hatten, war der Andrang von Schaulustigen diesmal ausgeblieben. Es gab also keinen Grund, auf allzu viel Pietät zu achten. Die Wächter konnten sie in seine Wohnung tragen, das würden sie wohl schaffen. Es war niemand dabei, der so alt und klapprig war wie Sielke. Zwei übernahmen die Hellebarden und Laternen, die anderen vier nahmen, jeweils zu zweit, die Toten auf. Henri wollte sich ebenfalls verabschieden, doch Valten bat ihn um seine Begleitung; vielleicht ergäben sich bei der Untersuchung Fragen, die der Freund an Ort und Stelle beantworten könne.

Die beiden gingen voraus, die Wächter folgten ihnen. Schweigend liefen sie durch die Gassen, die umso dunkler schienen, da ihre eigenen Laternen sie blendeten. Was, wenn sich der untergetauchte Mörder an sie heranschlich? Henri zog seinen Degen und spähte aufmerksam in das Schwarz und in die an den Hauswänden tanzenden Schatten der Gruppe. Ob jemand sie beobachtete, konnten sie nicht erkennen, die Fenster lagen außerhalb des Scheins.

Zehn Minuten später, vor seiner Tür, ermahnte Valten die Nachtwächter zu absoluter Ruhe, um seine Familie nicht zu wecken. Sie sollten die Toten nur in seinem Arbeitszimmer ablegen und sich dann leise entfernen. Und natürlich weiterhin wachsam bleiben, ein Mörder war ja entkommen.

Ob sie es wirklich schafften, niemanden zu wecken, wusste Valten nicht. Immerhin ließ sich niemand blicken. Die Wächter entfernten sich fast geräuschlos, nur einer stieß gegen einen Stuhl, der ihm im Wege stand. Valten nickte ihnen freundlich zu und geleitete sie hinaus.

Henri saß auf einem Stuhl und starrte Valten müde an. »Warum muss ich dabei sein? Mehr, als ich erzählt habe, weiß ich nicht. Und warum machst du das nicht morgen?«

»Du hast selbst gesagt, die Leichen sind noch frisch. Bei Juan ist es klar, doch Scholler ist schon vor anderthalb Tagen verschwunden und fühlt sich immer noch warm an. Hilf mir mal, ihn zu entkleiden.«

Erst einmal machte er mehr Licht. Er entzündete zwei Öllampen und sämtliche Kerzen, die er finden konnte. Abgesehen vom Flackern war es kaum dunkler als am Tage. Gemeinsam mit Henri zog er dem Kaufmann aus Berlin die Gewänder herunter. Dann nahm er sein Vergrößerungsglas und untersuchte die Haut.

»Siehst du das?«, fragte er.

Henri nickte. »Erstochen«, sagte er. »Genau ins Herz.«

»Das meine ich nicht. Diese kleinen Einstiche hier. Nadelstiche, würde ich sagen. Ein Fingernagel fehlt. Der Daumen ist blauschwarz.«

»Was bedeutet das?«

»Scholler wurde gefoltert. Und sie wollten nicht, dass wir es entdecken. Vielleicht hätte ich auch nichts gesehen, wenn er über Nacht im Wasser gelegen hätte. Mit Nadeln gestochen! Das tut weh, hinterlässt aber kaum Spuren. Vielleicht hat es nicht weh genug getan. Da rissen sie ihm einen Fingernagel aus und zerquetschten seinen Daumen. Dann hat er wahrscheinlich geredet, doch es half ihm nicht. Sie stachen ihn ab und wollten die Leiche entsorgen. Das hast du verhindert.«

Mit Henris Hilfe wälzte er den dicken Kaufmann auf den Bauch und bewunderte die Nachtwächter, die dieses Gewicht klaglos durch die halbe Innenstadt getragen hatten. Auch den Rücken hatten die Folterer nicht verschont. Da gab es sogar eine größere Wunde. Sie hatten mit einem Messer ein Stück Haut abgezogen und dann Salz und Pfeffer in die Wunde gestreut. Da sie es nicht bis zur Mottlau geschafft hatten, waren die Spuren deutlich zu erkennen.

Sie legten ihn auf den Boden und hoben Juan auf die Liege, der entschieden leichter war. Ein muskulöser, durchtrainierter Körper, sah Valten, als Juan nackt war. Er hatte den trotz seiner Jugend schon gebeugten Diener nur gespielt. Viel zu sehen gab es nicht. Henri hatte die Wahrheit gesagt. Es gab nur einen Einstich, und der hatte sofort zum Tode geführt.

Valten untersuchte auch noch die Kleidung. Scholler hatte nichts in den Taschen. Wahrscheinlich hatten ihn bereits die Mörder gefilzt. Juans Taschen waren ebenfalls leer, doch befanden sich im Futter seines schlichten grauen Umhangs zwei verborgene Taschen, in denen große, scharfe Messer steckten. Als Letztes betrachtete Valten Juans Degen. Schartig und ungepflegt wie der von Habermann.

»Der Kerl muss Soldat gewesen sein«, sagte Valten. »Die Waffe hat schon viele Kämpfe gesehen.«

»Vielleicht hat er sie gefunden oder gestohlen«, sagte Henri. »Ein guter Fechter war er jedenfalls nicht.«

»Wer kann es schon mit dir aufnehmen!«

»Jedenfalls ist jetzt alles klar.« Henri setzte sich wieder auf einen Stuhl, während Valten die Leichen bedeckte. »Der Mörder ist gerichtet, und seinen Komplizen wirst du schon finden.«

»Nichts ist klar«, sagte Valten. »Juan war auf jeden Fall ein Mörder, doch Brüggemann hat er nicht getötet. Das warst du!«

»Wie kommst du darauf?«, fragte Henri.

»Ich wünschte mir nicht, dass du es getan hast, doch der Verdacht gegen dich wollte einfach nicht weichen. Ich habe eine Theorie entwickelt, mit wem Brüggemann nach der Artusrunde mitgehen würde zur Mottlau. So kam die Verdächtigenliste zustande, die dann zur Todesliste wurde, wenn auch aus ganz anderen Gründen, als ich ursprünglich vermutete. Brüggemann entschuldigte sich mit Kopfschmerzen. Hatte er sie eigentlich wirklich?«

»Ja.«

»Und du?«

»Ich auch. Bei mir lag es am Trinken, bei ihm am Wetter, glaube ich.«

»Mit wem vertritt sich ein von Kopfschmerzen geplagter Kaufmann nachts noch die Beine? Mit anderen Kaufleuten? Am wahrscheinlichsten doch mit seinem Schwager, dessen Kopf ebenfalls dröhnt. Frische Luft wirkt da manchmal Wunder, und gemeinsames Leid schmiedet zusammen. Aber das war nur ein Verdacht. Dass du es warst, weiß ich seit heute Morgen, seit gestern Morgen, es ist ja schon zwei Uhr. Da beobachtete ich jemanden, der versuchte, einer Leiche nicht nahe zu kommen, und ich wusste, er hat ihn erstochen. Die Bahrprobe, fiel mir ein. In dem Augenblick wusste ich, dass du es warst. Denn als wir Brüggemann auf diese Liege legten«, er nickte mit dem Kopf in die Richtung, in der jetzt Juan lag, »hast du dich unauffällig mit den Bütteln entfernt und zu Marie ins Zimmer gesetzt. Irgendwas gemurmelt wie, das musst du jetzt nicht sehen, ich habe es kaum verstanden und trotzdem behalten. Es ist ja richtig, du brauchtest das wirklich nicht zu sehen, aber es war kein sonderlich erschreckender Anblick, als Soldat hast du vermutlich Dinge gesehen oder sogar getan, vor denen sogar ich mich abwenden würde, und heute hattest du selbstverständlich gar keine Bedenken, an den Leichen herumzuhantieren. Woher also die plötzliche Empfindlichkeit? Erst heute begriff ich, dass dir der Aberglauben ein Bein gestellt hat. Du scheutest die Bahrprobe. Meinst du wirklich, Brüggemann hätte zu bluten angefangen oder sich aufgerichtet und mit dem Finger auf dich gedeutet? Hat schon jemals einer von denen geblutet, die du im Kampf erschlagen hast, wenn du hinterher an ihnen vorbeigelaufen bist?«

»Nein, aber das waren ehrliche Zweikämpfe. Mit Brüggemann habe ich nicht gekämpft.«

»Du gibst es also zu? Einfach so?«

»Würdest du mir glauben, wenn ich es leugne?«

»Nein. Ich habe auch Brüggemanns Schlüssel nicht vergessen, der auf einmal im Haus an einem falschen Ort gefunden wurde. Brüggemann saß ein- bis zweimal die Woche im Artushof. Der hat seinen Schlüssel einfach nicht vergessen. Also ist jemand anders damit ins Haus gekommen, der nicht wusste, wo er normalerweise hing. Und schließlich sind da noch die Wunden. Ein sauberer Stich bei Brüggemann, ein sauberer Stich bei Juan. Allerdings nicht mit der gleichen Waffe. Brüggemanns Einstich war etwas kleiner. Ein Messer, nehme ich an. Bei einigen der anderen Toten gab es auch saubere Einstiche, doch keiner hat so präzise zugestoßen wie du. Es war auch dein Können, das dich verraten hat.«

»Danke. Aber du sitzt hier und redest mit mir. Unseren Freund Jan hast du zu Bett geschickt, er weiß offensichtlich nichts davon, dass ich Brüggemann getötet habe. Du hingegen weißt es schon den ganzen Tag. Willst du mich nicht ausliefern?«

»Frag mich etwas Leichteres!«

»Ist dir in den Sinn gekommen, dass ich dich niederstoßen könnte und dann aus der Stadt fliehen? Bis Frankreich verfolgt mich sicherlich niemand.«

»Nein, das ist mir nicht in den Sinn gekommen. Du bist mein Freund, das würdest du nicht tun. Es wundert mich nur, dass es dir überhaupt eingefallen ist.«

»Natürlich würde ich es nicht tun«, sagte Henri. »Aber ich wollte auch Brüggemann nicht töten und habe es doch getan.«

»Erzähle es mir einfach.« Heute schon der zweite Freund, der mir einen Mord gesteht, dachte Valten. Was ist bloß los mit meinen Freunden?

»Jetzt könnte ich eine Zigarre gebrauchen«, sagte Henri.

»Die gibt es in meinem Haushalt nicht, und nach meiner ersten Erfahrung damit wird es sie auch nie geben. Etwas zu trinken wird aber da sein.«

Henri hielt es für einen guten Einfall. Valten schlich in die Küche und holte eine Flasche und zwei gläserne Pokale. Mit einem Korkbohrer entfernte er den spanischen Korken und schenkte den Wein ein. Beide tranken, Valten, wie gewohnt, mäßig, Henri stürzte den gesamten Inhalt des Pokals mit großen Schlucken hinunter und schenkte sich sofort nach. Bei seiner Erzählung nahm er gelegentlich einen Schluck, doch eher in Valtens Maß. Er hatte nur die Grundlage für das Reden schaffen wollen.

»Ich muss etwas weiter ausholen«, begann er. »Da ist zum einen Madeleine. Aus ihren Briefen wusste ich, dass sie mit Brüggemann nicht glücklich war. Wie schlimm es tatsächlich war, begriff ich erst, als ich hier war. Die Sache mit der Religion hast du ja schon vor zwei Wochen herausbekommen. Brüggemann hatte den Kaufpreis für Madeleine entrichtet, das Gut trug sich trotzdem nicht, es war zu klein. Zur Armee konnte ich nicht gehen als Hugenotte, zumindest nicht zur regulären. Von den hugenottischen Hochburgen in Béarn oder La Rochelle wohnte ich zu weit entfernt, die Abenteuer des Herzogs von Rohan erschienen mir aussichtslos. Also bin ich konvertiert, und von da an ging es aufwärts. Das Gut verkaufte ich dem Nachbarn und wurde Offizier. Von Gefechten verstehe ich etwas, bald war ich Hauptmann. Unser erster Minister, der Kardinal Richelieu, betreibt eine merkwürdige Politik. Im eigenen Land verfolgt er die Hugenotten, im Ausland unterstützt er die Protestanten. Ich denke, er benutzt sie, um die habsburgische Vorherrschaft in Europa zu brechen. Das könnte mir egal sein, ich bin Soldat, nicht Politiker. Doch irgendwie hat Richelieu erfahren, dass ich Verwandtschaft in Danzig habe. Er selbst war es, der mir den Auftrag gab. Ein Jahr Urlaub, de Marcillac. Besuchen Sie Ihre Schwester. Reden Sie mit den Leuten. Beobachten Sie die Stimmung, berichten Sie mir darüber. Und wenn Sie können, dann bewegen Sie Ihren Schwager und die anderen Patrizier dazu, dass sie das katholische Polen verlassen. Sie sind Protestanten. Sie gehören dort nicht hin. Schweden entwickelt sich gerade zur wichtigsten Macht an der baltischen See. Mit Schweden fahren sie besser als mit Polen. Diesem Sigismund ist doch nicht zu trauen. Wir haben die Jesuiten aus Frankreich vertrieben, er macht sie zu seinen Beratern. Was heißt: Er macht! Ein Werkzeug der Jesuiten ist er, ein unfähiger, größenwahnsinniger Abenteurer. Erklären Sie das den Danzigern, wenn sie es nicht von allein merken, de Marcillac! Er hat natürlich viel länger geredet, ein paar Stunden sogar, die Sache war ihm wichtig. Ich sollte für ihn spionieren. Widerspruch war nicht möglich, den duldet der Kardinal nicht. Ich reiste also nach Danzig und war froh, meine Schwester wiederzusehen. Auch dich und Jan, die Freunde aus der Jugendzeit. Das war wirklich schön in den beiden ersten Wochen. Mit dir, mit Jan, auch mit Madeleine, sogar mit Marie, die uns oft besuchte. Es dauerte nur zwei Tage, bis ich mitbekam, dass Madeleine Brüggemann verabscheute. Sie sprachen kaum noch miteinander, ohne Marie wäre Madeleine wahrscheinlich verrückt geworden in dieser lieblosen Atmosphäre, die beiden, äh … Jedenfalls erzählte mir Madeleine endlich von ihrer Ehe …«

»Ich weiß, dass Marie ein Verhältnis mit deiner Schwester hat. Du brauchst nicht darum herumzureden«, sagte Valten.

»Ich weiß, dass du es weißt, aber ich wollte nicht taktlos sein.«

»Erzähl weiter.«

»Brüggemann hatte den ganzen Tag nur Sex im Kopf, obwohl er unfähig dazu war.«

»Weil«, korrigierte Valten.

Henri überhörte es. »Weißt du, was er von ihr verlangte?«

»Das will ich gar nicht wissen. Leider kann ich es mir vorstellen.«

»Sie ekelte sich vor ihm, und irgendwann hatte Brüggemann genug von ihrer Abwehr und ging zu Huren.«

»Aber deshalb hast du ihn nicht umgebracht.«

»Nein. Vielleicht doch. Ich weiß es nicht. Lass es mich der Reihe nach erzählen, so, wie es passiert ist. Meinen Auftrag hatte ich nicht vergessen. Ich sollte für Richelieu spionieren und die Ratsleute beeinflussen. Dazu bin ich absolut ungeeignet. Als ich hier eintraf, merkte ich natürlich, dass Richelieu in seiner Weitsicht Recht gehabt hatte. Gustav Adolf war in Polen eingefallen, und vor Danzig stand genau die Frage, über die ich etwas herausfinden sollte: Bleiben wir neutral, stehen wir zu Polen oder schließen wir uns den Schweden an, ehe sie uns erobern? Brüggemann behandelte mich fast so gleichgültig, wie er mit seiner Frau umging. Weshalb er mich in den Artushof mitnahm, weiß ich nicht. Vielleicht wollte er sich mit mir schmücken wie einst mit Madeleine. Ich bin von Adel und Hauptmann, also einigermaßen präsentabel. Dort kümmerte er sich allerdings nicht um mich, und ich sprach den ganzen Abend fast nur mit unserem alten Bekannten Pelsaert, anstatt den Ratsherren zuzuhören, obwohl sie genau über das Thema sprachen, das Richelieu interessiert. Dass ich früher ging, hatte wirklich mit den Kopfschmerzen zu tun. Ich hatte mich schon aufs Bett gelegt, doch sie wurden nicht besser. Ich glaube, es war meine Unfähigkeit als Spion, die mir Kopfschmerzen bereitete. Ich musste einfach mit Brüggemann sprechen. Auch wenn ich ihn für ein Arschloch hielt und nicht leiden konnte, er war mein Schwager. Bei ihm konnte ich mal auf den Busch klopfen. Ich stand wieder auf und ging hinaus. Nicht durch eine von den Seitentüren, ganz normal zum vorderen Portal hinaus. Ich wollte noch einmal in den Artushof gehen, um mit Brüggemann die paar Schritte zu seinem Haus laufen und ein Gespräch anfangen zu können, das wir dann in aller Ruhe bei einem Wein im Wohnzimmer führen konnten. So der Plan. Ich wusste nicht, dass die offizielle Runde längst beendet war und man mich wahrscheinlich nicht mal eingelassen hätte. Trotzdem kam mir der Einfall dumm vor, als ich vor der Tür stand. Ich wollte umkehren, doch sie war verschlossen. Von innen ließ sie sich aufklinken, von außen nicht. Eine Stunde vorher hatte ich auch schon klopfen müssen, doch da war Henryk noch auf. Ich musste also die Dienerschaft wach klopfen oder vor der Tür auf Brüggemann warten. Also ging ich dann doch die paar Schritte zum Artushof. Brüggemann kam gerade heraus, ohne Laterne, unbegleitet. Der Mond schien, ich erkannte ihn und er mich. Was soll's, dachte ich, jetzt oder nie. Ich sagte ihm, dass die frische Luft meinen Kopfschmerz lindert, und schlug ihm vor, mit mir ein paar Schritte zu laufen. Ich weiß nicht, warum er darauf einging, er konnte mich nicht besser leiden als ich ihn. Vielleicht tat ihm die frische Brise der Nacht gut nach der stickigen Hitze im Artushof. Wir gingen zur Mottlau, wo wir noch mehr Wind erwarteten. Hätte ich geschwiegen, dann wäre das alles nicht passiert. Doch ich nahm mich zusammen und begann ihn auszufragen. Dabei stellte ich mich unbeschreiblich blöd an. Nach ein paar Sätzen schon bekam er heraus, dass ich Richelieus Spion bin. Auf einmal wurde er ziemlich bösartig. ›Dich hat jemand geschickt‹, sagte er. ›Du sollst uns aushorchen und vielleicht sogar ins Lager der Schweden treiben. Das ist ja widerlich!‹ Das war nur der Anfang. Dann kamen Beleidigungen gegen Madeleine. Ich sei so ekelhaft wie meine Schwester. Außen schön anzusehen, innen verdorben. Sie würde mit der Frau Doktor ficken, ich sei sicher ein Urning und ficke meine Soldaten. Kalt und höhnisch war er, als er mich fertig machte. Nicht mal laut wurde er, man hätte uns in den Häusern selbst bei offenem Fenster nicht gehört. ›Die Ehre der welschen Sippschaft ist nichts wert. Jetzt kann ich euch endlich loswerden‹, sagte er. ›Loswerden?‹, fragte ich. Das war das einzige Mal, dass ich überhaupt zu Wort kam, seit sein Ausbruch begonnen hatte. Innerlich kochte ich. Das mit Madeleine und Marie hatte ich bis dahin bestenfalls geahnt, aber noch nicht gewusst, und wer lässt sich schon gern sagen, dass er der Sodomie verfallen ist? Nicht mal jemand, der es wirklich ist, glaube ich. Ich konnte kaum noch klar denken vor Wut, aber dass er uns loswerden wollte, hatte ich doch verstanden. ›Ich brauche keine Frau, die Weiber fickt und nicht ihren Mann‹, sagte er. ›Ich brauche keine Frau, deren Bruder mich im Auftrag seines Kardinals aushorchen soll und der die Stadt in wahnsinnige Abenteuer treiben will. Danke, dass du so dumm warst, mir alles zu erzählen. Man wird euch beide mit Schimpf und Schande aus der Stadt jagen!‹ Und da ist es passiert. Ohne nachzudenken, einfach aus dem Affekt heraus griff ich in mein Gewand, riss den Dolch heraus und steckte ihn in sein Herz. Er sah mich verwundert an und fiel um, ohne noch einen Laut von sich zu geben. Als er zu meinen Füßen lag, hörte das Rauschen im Kopf auf, ich konnte wieder klar denken. Ich geriet nicht in Panik, ich rannte nicht weg. Ich beschloss, ihn ins Wasser zu werfen. Darin fahren Schiffe, also hielt ich es für tiefer, und ich wusste auch nicht, dass man an der Brücke bis zum Grund sehen kann. Ich dachte, man findet ihn ein paar Tage oder Wochen nicht, er ist einfach verschwunden, und später lässt sich ein Zusammenhang zu mir nicht mehr feststellen. Ich musste nur noch ungesehen ins Haus zurückkommen. Dazu brauchte ich seinen Schlüssel. Den zog ich ihm aus seiner Tasche, dann kippte ich ihn in die Mottlau und ging schnell weg. Immer im Schatten der Häuser, damit mich niemand erkennt. Das gelang. Ich warf den Schlüssel in der Diele ab, schlich auf mein Zimmer. Das Jabot und das Hemd ließ ich später verschwinden, sie hatten ein paar Blutspritzer abbekommen. Wie es weiterging, weißt du. Mit den anderen Morden hatte ich nichts zu tun, das weißt du auch. Ich kann dir noch sagen, wie ich mich hinterher fühlte. Besser, als ich dachte, schlechter, als ich hoffte. Als Soldat habe ich schon viele Menschen getötet, doch noch nie einen unbewaffneten Mann. Ich merkte auf einmal, dass ich ein Gewissen besitze. Andererseits hatte Brüggemann es nicht besser verdient. Er wollte uns alle vernichten. Ich konnte mich dir gegenüber nicht mal erleichtern. Als wir uns danach zum ersten Mal sahen, hatte Madeleine dich gerade mit den Nachforschungen betraut, und beim nächsten Mal warst du sogar schon offiziell bei der Stadt als Berater der Justiz angestellt.«

Beide Gläser waren leer. Valten schenkte nach und nahm einen tiefen Zug. »Du hast Brüggemann getötet, um meine Ehre zu retten«, sagte er.

»Nicht nur deine. Die von Madeleine und mir auch, und die von Marie.«

»Und Madeleines Erbschaft.«

»Daran habe ich in dem Augenblick gar nicht gedacht. Ich konnte nicht denken. Nicht mal wirklich an unsere Ehre. Es kam über mich. Spontan, ohne jede Überlegung. Gedacht habe ich erst später. Auch an die Erbschaft. Sollen denn fünfzehn Jahre Ehehölle umsonst gewesen sein? Als Richelieus Spion bin ich ohne Zukunft, so wie ich hier versagt habe. Ich habe seitdem mit keinem der Ratsherren gesprochen und dem Minister noch nicht mal den ersten Bericht geschrieben. Vielleicht bin ich darum den Morden entgangen. Denn die anderen waren doch wohl alle Spione, oder? Mich hat man nicht dafür gehalten, weil ich nicht spioniert habe. Das einzige politische Gespräch überhaupt hatte ich mit dir und Pelsaert beim Goldwasser, und das dauerte zwei Minuten.«

»Ja«, sagte Valten, »die anderen waren allesamt Spione. Du hattest mit ihrem Tod nichts zu tun, doch der Mord an Brüggemann hat die anderen Morde ausgelöst. Alle hatten gesehen, wie intensiv Brüggemann an seinem letzten Abend mit Habermann und Glowinski gesprochen hatte. Habermann spionierte für die Katholische Liga und für den Kaiser, Glowinski für König Sigismund und die Jesuiten, Hanssen für die Schweden, Pelsaert für die Niederlande, Scholler für die Protestantische Union. Ich denke, die meisten wussten oder ahnten das voneinander. Ich kann mir vorstellen, dass Hanssen Glowinski ermordete und zum Ausgleich von Glowinskis Diener Juan abgestochen wurde, mit dem ich überhaupt nicht gerechnet hatte. Ob er seinen Herrn allein oder im Auftrag von Caccianis rächte, weiß ich noch nicht. Caccianis ist nämlich auch eine wichtige Figur für die Jesuiten, ein Affiliierter, wie es unser Freund Jan genannt hat, der sich mit Jesuiten auskennt. Ich weiß nicht mal genau, ob es wirklich Juan getan hat. Ich weiß nur, dass sich von da an die katholischen und die protestantischen Spione gegenseitig abschlachteten. Sie wussten, etwas ging vor in Danzig, sie belauerten sich gegenseitig, sie schlichen nachts aus den Häusern und sahen nach, was es am Grünen Tor so Wichtiges gab, dass ausgerechnet dort immer wieder einer von ihnen starb. Das Gesetz der Furcht setzte sie in Bewegung, sie liefen sich in die Arme, und wer schneller war oder von hinten kam, überlebte – bis er jemanden traf, der besser war. Im Augenblick weiß ich noch nicht genau, wer wen umgebracht hat. Das werde ich noch herausbekommen.«

»Bei den letzten drei Toten weißt du es«, sagte Henri. »Habermann wurde von Jan Dreyer getötet.«

»Wie kommst du darauf?«

»Du hast es vorhin angedeutet. Die andere verpatzte Bahrprobe. Wer sollte das gewesen sein, wenn nicht Jan?«

»Es war nicht mal ein Mord«, sagte Valten. »Jan wurde angegriffen und hat im Zweikampf gewonnen, und erst als er in Panik weggerannt war, fiel ihm ein, dass er der Richter ist und dass er im Recht war, doch da hatte er sich schon benommen wie ein Mörder, und nun fühlt er sich beschissen.«

»Ich auch.«

»Selbst ich, weil ich immer noch zu wenig weiß. Klar, Scholler, das war Juan. Ich nehme an, er hat ihn von der Straße weggefangen, wahrscheinlich mit seinem neuen Meister Caccianis. Sie haben ihn gefoltert, um herauszufinden, was er weiß und was die Protestantische Union vorhat, denke ich, dann haben sie ihn umgebracht. Wie kommt es eigentlich, dass du gerade im richtigen Moment in der Altstadt warst? Dort war bisher noch nichts passiert, wir hatten zwar, wie überall, die Nachtwachen verstärkt, uns ansonsten aber nicht darum gekümmert.«

»Ich bin dem Cavaliere gefolgt. Dem traue ich so wenig über den Weg wie du. Auf einmal war er weg. In eines der Häuser gegangen, in eine Seitengasse gebogen, ich konnte es nicht herausfinden. Das war am frühen Abend, die Sonne ging gerade unter. Ich streifte um die Häuserblocks und kehrte immer wieder zu der Stelle zurück, wo er verschwunden war. Ich hatte eine Ahnung, dass noch etwas passieren würde. Und dann sah ich die beiden dunklen Gestalten, die den dicken Scholler trugen. Du gehst davon aus, dass der zweite Mann Caccianis war. Das kann ich nicht bestätigen. Es war zu dunkel, ihn zu erkennen, ich war zu weit entfernt. Doch ich hatte ihn am Tag genau beobachtet. Er hatte so eine affektierte Art zu laufen. Ein gar zu feiner Herr. Der zweite Mann lief grobschlächtiger. Natürlich ist es schwer, Schollers Massen mit affektiertem Gang zu transportieren. Ich will nicht ausschließen, dass er es war, doch könnte es ebenso gut ein Fremder gewesen sein. Fremd für mich, meine ich.«

»Ich kriege ihn, wer es auch war«, sagte Valten.

»Und was machst du mit mir?«

»Frag mich etwas Leichteres.«

»Du wiederholst dich.«

»Was soll ich denn machen? Wenn ich dich festnehme, triumphiert Brüggemann noch im Tode. Was bedeutet mir Brüggemann? Du bedeutest mir etwas, du bist mein Freund. Madeleine bedeutet mir etwas. Sie ist meine Freundin. Ich habe den Auftrag überhaupt nur angenommen, um ihr zu helfen. Und Marie bedeutet mir etwas. Ich würde den Menschen, die ich liebe, schaden, und Brüggemann wird davon trotzdem nicht wieder lebendig. Ich werde mir etwas einfallen lassen, um dich herauszuhalten. Und Madeleine. Und Marie. Weiß Madeleine eigentlich, dass du es warst?«

Henri trank sein Glas leer und sagte nichts.

»Also ja«, stellte Valten fest.

Henri stellte das Glas ab. »Sie hat es noch nicht gewusst, als sie dich gebeten hat, den Mord zu untersuchen. Inzwischen habe ich es ihr erzählt.«

»Wie nimmt sie es auf?«

»Gelassen. Ach, Henri, hat sie gesagt. Und dann: Valten wird es herausbekommen.«

»Und Marie? Weiß sie es?«

»Nicht von mir.« Da Valten sehr unglücklich aussah, fügte Henri hinzu: »Ich glaube auch nicht, dass es Madeleine ihr erzählt hat.«

»Bei Frauen ist man nie sicher.«

»Du willst mich wirklich laufen lassen?«, wechselte Henri das Thema.

»Ganz ohne Strafe geht es nicht«, sagte Valten. »Ich erwarte von dir, dass du dich der Danziger Ausfahrt gegen die schwedische Blockade anschließt. Die Stadt kann einen Kämpfer wie dich gut gebrauchen. Und wenn du dabei Heldentaten vollbringst, desto besser. Einen Helden wird niemand verdächtigen.«

»Das wird Richelieu nicht gern sehen.«

»Du brauchst es ihm ja nicht zu schreiben.«

»Er bekommt alles heraus. Na ja, sonst wäre es ja keine Strafe. Ich wusste bis eben nichts von einer Ausfahrt. Im Hafen wurde nichts vorbereitet.«

»Ja, das sollten alle glauben. Vor allem die schwedischen Spione. Morgen werden die Schiffe bewaffnet und die Leute zusammengezogen, übermorgen geht es auf See.«

»Und du bleibst an Land.«

»Meinst du, dass ich auch Strafe verdient habe?«

»Du schützt einen Mörder.«

»Auch wahr. Übrigens wollte ich sowieso mitfahren. Ich kenne aus meiner Zeit bei den Piraten Gefechte auf See. Ich weiß, wie nötig man einen guten Wundarzt an Bord braucht. Außerdem stammt der Plan zum Teil von mir. Da gebietet es der Anstand, dass ich dabei bin.«

»Wenn du Jan auch noch überreden kannst, sind wir alle drei wieder zusammen wie damals.«

»Nein«, sagte Valten. »Bei einem Seegefecht kann sonst was passieren. Noch läuft ein Mörder frei herum, der nicht mal davor zurückschreckt, harmlose dicke Männer zu foltern. Jan wird an Land gebraucht. Einer muss übrig bleiben, um den Fall abzuschließen.«

17

Die *Phoenix*, so hieß die Brüggemann'sche Galeone, wurde von den drei Hulkschiffen flankiert. Das Kommando hatte wie selbstverständlich der Bruder der Besitzerin übernommen, Henri de Marcillac. Der Kapitän war froh, dass ihm ein erfahrener Offizier zur Seite stand, und dies umso mehr, als ihm Henri ausdrücklich zugesichert hatte, sich in Fragen der Schiffsführung nicht hineinzumengen. Er wollte lediglich die Truppen führen, wenn es zum Entern kam. Das waren immerhin weit über tausend Leute, die sich in den unteren Decks verbargen. Mehr als doppelt so viele, wie den Schätzungen der von den Schweden gefilzten Kauffahrer zufolge auf deren größtem Schiff in Bereitschaft lagen. Als Beauftragter der Eigentümerin hatte Henri an der Beratung teilgenommen, in der sich die Kapitäne, der Rat und einige Offiziere auf den endgültigen Plan geeinigt hatten. Die Schiffe der Gäste wurden nicht benötigt, man verzichtete darauf, die Lübecker und Niederländer anzusprechen oder zu informieren. Mit sechs großen Schiffen sowie den drei Hulken, die nur unwesentlich kleiner waren, wusste man sich den Belagerern überlegen. Die hatten derzeit nur fünf Schiffe im Einsatz, das sechste war, überladen mit der Beute, in Richtung Heimat davongesegelt. Es wurde festgelegt, dass als Erstes die Hulke und die Galeone auslaufen sollten. Ein kleiner Konvoi, der stark, aber nicht bedrohlich wirkte. Die Schweden würden sich darauf konzentrieren und ihnen den Weg verlegen. Eine Viertelstunde später sollten zwei Kraweele folgen. Sie sollten sich enger an der Küste halten und den Eindruck erwecken, an den durch die erste Welle abgelenkten Schweden vorbei die Blockade umgehen zu wollen. Es war anzunehmen, dass die Schweden das bemerkten. Sie würden die Hulke und die Galeone für ein Ablenkungsmanöver halten und mindestens zwei ihrer Schiffe in Richtung der Blockadebrecher schicken, bei denen sie die reichere Beute vermuten würden. Eine weitere Viertelstunde später sollten die beiden verbliebenen Kraweele absegeln und sich nach Osten wenden. Selbst wenn die Schweden annahmen, dass deren Ladung noch reicher war, konnten sie kein Schiff mehr abstellen. Für eine Flucht dürfte es inzwischen auch schon zu spät sein, selbst wenn sie den Angriff witterten. Auf einmal hatte Danzig die schwedische Flotte im Zangengriff. Vier Schiffe hielten direkt auf sie zu, zwei kamen aus Südosten, zwei aus Südwesten. Den Rest würden die Waffen und Menschen erledigen.

Die ersten vier Schiffe hatten keineswegs den gefährlichsten Teil der Aufgabe übernommen, versicherten die Strategen. Ehe sie überhaupt in Schussweite kamen, hatten sie nur noch drei Schiffe gegen sich, mit denen sie ihrer weit überlegenen Stärke wegen vermutlich sogar allein fertig werden würden. Und bereits nach zehn bis zwanzig Minuten wäre einer der ostwärts gefahrenen Kraweele zur Unterstützung da, während der zweite die beiden westwärts gefahrenen Kraweele unterstützen würde, die, da sie nur unwesentlich stärker bewaffnet und bemannt waren als die schwedischen Schiffe, einige Minuten lang den schwersten Kampf zu bestehen haben würden.

Valten befand sich an Bord der *Phoenix*. Er kannte den Plan. Dennoch war ihm nicht wohl. Die Wirklichkeit richtet sich nur selten nach Plänen. Welcher Teufel hatte ihn geritten, in eine Schlacht zu fahren? Niemand erwartete das von ihm. Gerade mal einer der Ratsherren beteiligte sich, Pawest, der es seinem Namen schuldig zu sein glaubte; einer seiner Vorfahren war ein berühmter Seeheld gewesen. Von den Hundertmännern waren auch nur drei an Bord, ehemalige Soldaten oder Offiziere. Valten war Zivilist. Nicht einmal richtig fechten konnte er, das hatte er seit dem Grundkurs bei Henri, im Unterschied zu Jan Dreyer, kaum noch geübt und noch nie im Ernst einsetzen müssen. Soldaten kämpfen gegen Soldaten. Was hatte er hier zu suchen? Marie hatte ihn traurig angesehen, als er es ihr mitgeteilt hatte. So traurig, dass er am liebsten daheim geblieben wäre. Er hatte versucht, sie zu beruhigen. An den Kämpfen wollte er sich nicht beteiligen, nur die Verwundeten verarzten, das war ungefährlich. Die schwedische Kanonenkugel fragt nicht danach, ob sie einen Arzt oder einen Soldaten trifft, hatte Marie erwidert. Was ist nur mit dir los, Valten? Mein Leben ist aus den Fugen, hatte er gesagt. Darauf sie: Das habe ich nicht gewollt. Sie hatte ihn umarmt und ihm gesagt, wie sehr sie ihn liebte, sie waren auf das Bett gesunken, hatten sich die Kleider vom Leib gerissen und sich nicht einmal stören lassen, als wieder einmal Elsbeth das Zimmer betrat und einen Augenblick verwundert zusah, ehe sie sich zurückzog. Wenn er jetzt sterben musste, dann wenigstens mit einer schönen Erinnerung, dachte Valten.

Um den Fall konnte er sich am Vortag nicht kümmern, die Vorbereitungen des Angriffs nahmen ihn in Anspruch. Jan Dreyer und seine Büttel stellten Nachforschungen über Juan an. Wer war er, woher kam er, mit wem hatte er Umgang? Vielleicht fanden sie den geheimnisvollen zweiten Mann ja auf diese Weise. Seine Erkenntnisse hatte Valten für sich behalten, Henris Geständnis nicht einmal erwähnt. Dafür war, falls es überhaupt notwendig war, nach der Schlacht noch Gelegenheit. Wenn er sie überlebte.

Valten stand am Heck und schaute zurück auf die Stadt. Die Ostsee hatten sie längst schon erreicht, doch kamen sie sehr langsam vorwärts. Der Wind blies von Nordosten, und die Kapitäne nutzten das aus, um nicht zu schnell zu werden. Ihre eigene Flotte brauchte die Zeit, sich zu formieren. In der Weichselmündung tauchten jetzt die ersten beiden Kraweele auf, und man konnte, das ließ sich nun einmal nicht verbergen, bereits die Mastspitzen der letzten beiden Schiffe erkennen. Vielleicht sahen die Schweden sie noch nicht, aus ihrem Blickwinkel mochten ihnen die Kronen der Bäume die Sicht nehmen.

Henri trat neben ihn und empfahl ihm, unter Deck zu gehen.

»Wenn sie merken, was wir vorhaben, werden sie uns mit Kugeln bepflastern. Das kann ungemütlich werden.«

»Kugeln durchschlagen auch Planken«, erwiderte Valten. »Ich habe mehr Erfahrung mit Seegefechten als du.«

»Und ich habe mehr Gefechte gesehen als du. Geh unter Deck.«

»Du bleibst ja auch hier!«

»Ich bin der Anführer.«

»Das ist skurril. Vor einem Monat solltest du Danzig für ein Bündnis mit Schweden werben, heute führst du die Danziger Flotte gegen Schweden.«

»Wenn das Richelieu erfährt ... Im Übrigen führe ich die Flotte nicht, wie du weißt. Das macht Pawest. Ich führe nicht mal dieses Schiff. Das macht der Kapitän. Aber du hast Recht. Es ist trotzdem, wie sagst du ...«

»Skurril.«

»Aber es war dein Einfall, nicht meiner.«

»Musst du dich nicht um deine Truppe kümmern?«

»Die haben ihre Befehle. Außerdem sind wir frühestens in einer Viertelstunde in Schussweite. Bei unserem Tempo eher noch später.«

Letzteres war ein Irrtum. Die Schweden setzten alle Segel und fuhren ihnen entgegen. Und da sie mit dem Wind fuhren, kamen sie schnell heran. Die Kapitäne der Galeone und der Hulke drehten die Segel so gegen den Wind, dass sie überhaupt keine Fahrt mehr machten, ja, sogar ein Stück zurückgetrieben wurden. Das half nur wenig. Die Schweden jagten heran, und sie dachten nicht daran, ihre Flotte zu trennen. Die anderen Schiffe beachteten sie einfach nicht. Wenn sie der Blockade entkamen, war das nicht zu ändern. Doch für das Täuschungsmanöver würden sie die Danziger bezahlen lassen. So viel zum Plan, dachte Valten und schaute wieder nach hinten. Die ersten beiden Kraweele segelten westwärts an der Küste entlang. Die beiden anderen verließen gerade die Weichselmündung und wandten sich ostwärts. Merken sie denn nicht, dass es bei uns gleich ernst wird?

Henri stand inzwischen neben dem Kapitän am Ruder. An Deck war außer ein paar Matrosen, die für die Segelmanöver gebraucht wurden, kaum jemand zu bemerken; das galt auch für die Hulke. Dass sich in ihren Rümpfen mehr als zweitausend Mann verbargen, war den vier Schiffen nicht anzusehen. Um Zeit zu gewinnen, versuchte der Kapitän ein Ausweichmanöver mit dem Wind, also in Richtung Westen. Die Hulke, die knapp hinter ihm segelten, folgten unverzüglich seinem Kurs. Ein Warnschuss landete vor dem Bug der Galeone im Wasser. Endlich drehten auch die fernen Kraweele bei und hielten auf die schwedische Flotte zu. Doch der Kampf würde beginnen, ehe sie heran waren. Ihr einziger Vorteil im Augenblick war, dass die Schweden noch nicht ahnten, was für ein Kampf ihnen bevorstand.

Dem Warnschuss folgte eine Salve aus den Rohren des vordersten der schwedischen Orlogschiffe. Sie zielten zu hoch und richteten keinen Schaden an. Der Kapitän warf das Ruder herum und hielt direkt auf die Flotte zu. Henri eilte unter Deck. Mit brennenden Lunten standen dort die Kanoniere an den Geschützen, neben ihnen die Richtmeister, und warteten auf seinen Befehl.

»Klappen öffnen!«

Die hölzernen Luken, mit denen die Kanonen vor Spritzwasser geschützt wurden, flogen auf, die Kanonen wurden nach vorn geschoben. »Tief zielen, wir sind größer!« Henri hob eine Hand. Er wartete auf das Signal von oben, dass die geeignete Position erreicht war. Die beiden führenden Schiffe hielten fast direkt aufeinander zu, die Kapitäne achteten darauf, dass sie nicht frontal zusammenstießen. Als sie dicht aneinander vorbeifuhren, kam das Zeichen. Henri riss den Arm nach vorn und brüllte: »Feuer!« Im gleichen Augenblick gab der Schwede denselben Befehl. Die Kugeln flogen über die Decks in die Masten und Segel, einige trafen die Bordwände, schlugen Löcher in die Planken und zerschmetterten die Menschen, die sich dahinter verbargen. »Nachladen!«, schrie Henri. Das wussten die Kanoniere auch ohne seinen Befehl. Es kam auf die Geschwindigkeit an. Sie mussten schneller sein als der Gegner, und wahrscheinlich waren sie das auch, weil der Angriff die Schweden unvorbereitet traf. »Steuerbord!«, brüllte jemand von oben. Sie passierten das zweite Schiff auf der anderen Seite, Henri erteilte den Feuerbefehl.

Valten hatte sich bei der ersten Salve auf die Planken geworfen. Der hintere Mast war getroffen und knickte ab. Valten rollte zur Seite, um nicht von den herabfallenden Rahen getroffen zu werden. Nach der zweiten Salve richtete er sich wieder auf. Die Schäden waren nicht so groß, wie er befürchtet hatte. Das galt allerdings auch für die Schweden. Die Hulke waren ebenfalls in Gefechte verwickelt, jeder gegen ein Orlogschiff. Der Kapitän der *Phoenix* ließ wenden, das Gleiche taten die Schweden. Sie würden zwei Schiffe gegen sich haben, und ihre Verstärkung war noch längst nicht in der Nähe. Doch jetzt füllte sich das Deck, zweihundert Leute stürmten die Stiegen empor, deckten die Planen von den leichten Feldgeschützen, die bisher den feindlichen Blicken verborgen gewesen waren. Die Falkonette ließen sich nach vorn drehen, damit konnten die feindlichen Schiffe auch schon beschossen werden, wenn sie nicht Bordwand an Bordwand lagen. Und das taten Henris Kanoniere, die schwedischen Masten splitterten, die Segel fielen herab, eine Kugel fuhr mitten in die Gruppe derer, die offenbar die Kommandos gaben. Henri selbst nahm eine Büchse und zielte auf den Rudergänger, doch er verfehlte ihn. Da die Verstärkung noch nicht heran war, blieb ihnen nur, bereits jetzt ihre zahlenmäßige Überlegenheit einzusetzen. Sie mussten die beiden Angreifer entern. Der erste war bereits manövrierunfähig, da nur noch der Achtermast stand. Sie hielten auf ihn zu, überstanden noch eine Salve, dann krachten die Bordwände aneinander, die Segel wurden gerefft, die Enterhaken flogen durch die Luft. Aus dem Bauch der *Phoenix* strömten Hunderte von Männern ans Deck und sprangen hinüber auf das Orlogschiff. Henri hatte das nutzlose Gewehr weggeworfen. Mit gezogenem Säbel stürmte er vorneweg.

Von der anderen Seite näherte sich das zweite schwedische Kriegsschiff. Merkte das keiner? Valten warf sich wieder auf die Planken. Eine volle Breitseite erwischte die *Phoenix*, die allerdings, der Schwede lag tiefer, an Deck keinen Schaden anrichtete. Dann flogen Enterhaken, und während die Danziger an Steuerbord die Schweden enterten, wurden sie von Backbord selbst geentert. Doch ein paar hundert Soldaten waren noch immer unter Deck; sie strömten aus allen Luken und stellten sich den Angreifern entgegen. Längst war Valten wieder auf den Beinen. Im Augenblick konnte er niemandem helfen, obwohl viele Männer auf beiden Seiten verwundet waren. Ein Schwede stürmte auf Valten ein. »Ich bin Arzt«, schrie Valten, doch der Schwede verstand kein Deutsch, oder es interessierte ihn nicht. Valten sprang zur Seite und zog seinen Degen. Die ersten drei Schläge konnte er abwehren, obwohl er sofort merkte, dass er gegen den kampferprobten Mann nichts ausrichten konnte. Beim vierten Schlag flog ihm der Degen aus der Hand. Der Schwede hob seine Waffe, wollte zustoßen. Zwei Kämpfer rempelten ihn an, er taumelte beiseite, Valten nahm seinen Degen auf, stach zu. Der Schwede wehrte ihn ab. Wieder wurde Valten der Degen aus der Hand geschlagen. Das war es, dachte er. Ach, Marie.

Der Schwede fiel um. Jemand hatte ihn mit einer Pistole erschossen. Im Getümmel erkannte Valten nicht einmal, wer ihn in letzter Sekunde gerettet hatte. Er bückte sich nach seinem nutzlosen Degen. Als er sich damit aufrichtete, traf ihn ein Stoß in die Seite. Der Schmerz war so groß, dass er den Degen wieder fallen ließ. Vor ihm stand ein riesiger Mann mit verwildertem Bart, der zum tödlichen Streich ausholte. Valten ließ sich zu Boden fallen. Im gleichen Augenblick wurde der Schwede von hinten durchbohrt.

Der Kampf war noch nicht vorbei, aber längst entschieden durch die Anzahl der Beteiligten. Denn nun waren auch die Kraweele heran und griffen in die Schlacht ein. Drei kümmerten sich um die Hulke, der vierte enterte ihren zweiten schwedischen Angreifer. Valten hatte genug gesehen. Er ging unter

Deck, verarztete seine eigene Wunde, die er trotz des ersten Schmerzes als geringfügig einschätzte. Nachdem er sie gereinigt hatte, ließ er sich einen Verband anlegen. Nach und nach trafen die ersten Verwundeten ein, sofern sie noch laufen konnten. Er kümmerte sich um sie. Deshalb war er schließlich an Bord gegangen. Bald schon spürte er den eigenen Schmerz nicht mehr. Andere hatte es weitaus schlimmer getroffen. Er reinigte und verband die Verletzungen, schiente gebrochene Arme, pulte eine Kugel aus einem Arm, nähte eine Stirnwunde, zog Holzsplitter aus verrußten Bauchwunden. Es war doch richtig gewesen, dass er mitgefahren war. Er wurde gebraucht.

Wie die Seeschlacht ausgegangen war, erzählte ihm Henri, als sie zurückfuhren und Valten erschöpft an Deck ging, alle waren versorgt. Nur zwei Amputationen hatte er noch nicht ausgeführt, damit wollte er warten, bis sie an Land waren. Zwei Schiffe hatten sie versenkt, zwei erobert, das letzte war allerdings entkommen, verfolgt von zwei Kraweelen unter Pawests Führung, der es noch zu erreichen hoffte. Falls er das nicht schaffte, wollte er es wenigstens aus den Danziger Gewässern vertreiben. Die eigenen Verluste waren geringer, als es angesichts der anfänglichen Übermacht zu erwarten gewesen war. Die Hulke hatten den schwersten Stand gehabt, sich dank ihrer Waffen und der starken Besatzung aber gut zu wehren gewusst; nur einer war so schwer beschädigt, dass eine Reparatur nicht mehr lohnte.

»Insgesamt nur dreiundvierzig Tote auf unserer Seite«, sagte Henri, »vielleicht sterben noch ein paar Schwerverwundete nach, doch auch fünfzig oder sechzig sind eine gute Bilanz. Wie viele Verletzte es gibt, wirst du besser wissen.«

»Hier an Bord so um die vierzig. Und die Schweden?«

»Sind komplett vernichtet. Die auf den versenkten Schiffen sind fast alle ertrunken, das Führungsschiff haben wir im Handstreich genommen und durch unsere Masse erdrückt, da sind nicht viele entkommen.«

»Haben wir denn keine Gefangenen gemacht?«, fragte Valten entsetzt.

»Natürlich haben wir das, als sie sich endlich ergaben. Mehrere hundert. Insgesamt, auf dem Führungsschiff sind wirklich nicht viele entkommen. Sie wähnten sich überlegen und haben einfach zu langsam begriffen, dass wir stärker sind. Ist das dein Blut?«

Valten blickte an sich herab. »Ja, aber es ist nicht schlimm.«

»Eine echte Wunde in einem Gefecht – dann bist du jetzt auch ein Kriegsheld!«

»Und du?«

»Nur ein Kratzer am Arm. Nicht der Rede wert.«

»Ich meine, ob du jetzt ein Held von Danzig bist.«

»Klar. Vor zwei Wochen habe ich einen erstochen, da war ich ein, du weißt schon, könnte jemand hören. Heute habe ich so um die dreißig erstochen, mit denen ich persönlich keinen Streit hatte und die mir nichts getan hatten. Ich bin ziemlich sicher, dass man durch so etwas zum Helden wird.«

18

An den drei folgenden Tagen konnte sich Valten nicht um die Mordfälle kümmern. Er versorgte, gemeinsam mit anderen Ärzten, die Wunden der Kämpfer für Danzig und auch die ihrer Gegner. Sofern es sich um deutsche, polnische oder litauische Söldner handelte, wurden die Gefangenen in den Dienst der Stadt übernommen. Ein Gefangenenlager mochte man nicht unterhalten, also wurden die Schweden aus der Stadt vertrieben, abgesehen von zwei Kapitänen und drei Offizieren, die wegen Piraterie nach kurzem, schnellem Verfahren unter dem Jubel der Bevölkerung öffentlich enthauptet wurden. Valtens eigene Wunde war so unbedeutend, dass Marie, nach anfänglichem Schreck, ihn eher mit freundlichem Spott als mit Anteilnahme wegen des Kratzers bedachte: Du musstest ja unbedingt den Helden spielen! Wird gewiss nie wieder vorkommen, beteuerte Valten.

Als echter Held galt Henri de Marcillac. Seine Soldaten berichteten Wunderdinge über dessen Erstürmung des schwedischen Leitschiffes, es klang mehr nach dem jungen Siegfried aus der Heldensage als nach einem wirklichen Menschen. Eigenhändig hatte er fünfzig, in späteren Erzählungen hundert, in noch späteren zweihundert Feinde überwunden. Der Rat lud ihn zur nächsten Artusrunde und sprach ihm seine Anerkennung aus.

Erst am vierten Morgen nach der Schlacht suchte Valten seinen Freund Jan Dreyer auf, diesmal im Justizgebäude in dessen Büro. Er erkundigte sich nach dessen Nachforschungen über den Diener. Juan blieb undurchschaubar. Den Namen hatte er von seinem spanischen Vater, die Mutter war Deutsche, aufgewachsen war er in Polen, erzogen an einem Jesuitenkolleg. Mehr war über seine Vergangenheit nicht zu erfahren gewesen. Noch dunkler war seine Gegenwart. Er schien tatsächlich Glowinskis Diener gewesen zu sein, zumindest hatte er die Einkäufe für ihn erledigt, sich dabei allerdings nie mit anderen Dienstboten gemein gemacht. Und während Glowinskis Abwesenheit, also fast das ganze Jahr hindurch, lebte er allein in der Wohnung wie ein Herr und ging keiner erkennbaren Beschäftigung nach. Er unternahm ausgedehnte Spaziergänge durch die Stadt, kehrte gelegentlich in Schenken ein, hörte den Reden der anderen zu, beteiligte sich selten. Man hielt ihn eher für unauffällig als für wunderlich. Er erhielt und machte keine Besuche. Das änderte sich erst nach Glowinskis Tod. Mehrere Male kam ein sehr feiner Herr vorbei, der Beschreibung nach der Cavaliere Caccianis.

»Da er sonst mit niemandem je geredet hat, wird wohl der Cavaliere der geheimnisvolle zweite Mann gewesen sein«, schloss Jan.

»Er war es auch«, sagte Valten. »Und wenn er es nicht war, hängen wir es ihm an. Warum hast du ihn noch nicht festgenommen?«

»Er besitzt einen Freibrief vom König. Der Verdacht gegen ihn ist stark, aber wir haben weder Zeugen noch Beweis.«

»Einen Zeugen finden wir. Henri hat Caccianis auf dem Weg zu Juan verfolgt, ihn vor dessen Haus aus den Augen verloren und in der Dunkelheit auch nicht erkannt, aber wer soll es denn sonst gewesen sein? Und die Beweise finden wir erst recht. Zeig Caccianis deine spanischen Stiefel, dann wird er alles gestehen, was du wünschst.«

»Wir sollen es ihm anhängen? Wie meinst du das?«

»Was ist daran nicht zu verstehen?«

»Deine Einstellung«, sagte Jan. »Ich muss sicher sein, dass er es war. Ich werde einem Unschuldigen niemals etwas anhängen. Der Schuldige soll für seine Taten büßen, der Unschuldige, auch wenn ich ihn nicht leiden kann und auch wenn er ein Spion der verdammten Jesuiten ist, wird durch mich nicht behelligt.«

In dem Fall werde ich nicht mal andeuten, wer Hans Brüggemann erstochen hat, dachte Valten. »Wir brauchen einen Schuldigen für den Rat«, sagte er. »Den sollten wir vor der Verhaftung von Caccianis nämlich konsultieren. Wenn wir den besten Mann des Königs antasten, sollte der Bürgermeister das vorher wissen. Vielleicht gibt es politische Bedenken dagegen.«

»Manchmal denkst du wie ein Jesuit.«

»Und du wie ein schwärmerischer Rosenkreuzer, der vor lauter Idealen die Wirklichkeit nicht sieht. Vergiss nicht, dass auch du die Bilanz der Toten vergrößert hast. Übrigens bin ich dafür, das dem Rat mitzuteilen. Richtig dargestellt wird daraus eine Heldentat. Und gerade weil wir nicht alles wissen, sollten wir so weit wie möglich bei der Wahrheit bleiben. Mach einen Termin beim Rat und lass mich reden.«

»Brüggemann kann er nicht ermordet haben.«

»Das könnte Juan gewesen sein. Aber ich glaube, ich habe noch einen besseren Kandidaten: Hanssen.«

»War er es wirklich?«

»Ich habe keine Ahnung«, bekannte Valten. »Wen interessiert das noch? Es war auf jeden Fall einer der Herren, die an den folgenden Tagen selbst ermordet wurden. Der Täter ist schon bestraft.«

Valten erklärte dem Freund, was er dem Rat erzählen wollte. Das klang so überzeugend, dass Jan es für die echte Lösung des Falles hielt und seinen Freund zum Genie erklärte.

»Nun«, sagte Valten, »wenn das vor dir Bestand hat, der du den Fall bis in jedes Detail kennst, dann wird es den Rat erst recht überzeugen.«

Bereits am Nachmittag stellte sich heraus, dass er Recht hatte. Der Bürgermeister und die Herren Dreyer und Bremer empfingen die beiden Vertreter ihrer Justiz und ließen sich Bericht erstatten. Pawest war nicht dabei, weil er erst gegen Mittag von der erfolglosen Jagd nach dem entkommenen schwedischen Orlogschiff zurückgekehrt war und Ruhe brauchte.

»Meine Herren«, sagte Valten, »wir wissen, wer es getan hat, und bedürfen Ihrer Zustimmung zum Handeln. Lassen Sie mich zunächst erst einmal darstellen, was geschehen ist, damit Sie Ihre Schlüsse ziehen können. Unsere Untersuchung war aus mehreren Gründen ungewöhnlich schwierig. Zum einen, weil es niemals Zeugen gab, der Täter also ungewöhnlich vorsichtig vorging. Und zum anderen, weil es nicht ein Täter war. Trotz der Ähnlichkeit der Morde waren nämlich verschiedene Mörder am Werk, die direkt nicht einmal miteinander zu tun hatten. Ich erspare Ihnen die Beschreibung der Wege, auf denen wir zu unseren Erkenntnissen gelangt sind. Sie können es sich denken, dass Jan Dreyer und ich und auch die Gerichtsbüttel mit vielen Menschen gesprochen haben, Sie wissen, dass wir Briefe und andere Dokumente beschlagnahmten und auswerteten, Sie wissen, dass wir die Wunden und die Spuren analysierten, und wahrscheinlich wissen Sie auch, dass wir an den letzten beiden Tagen tatkräftig durch unseren Freund Henri de Marcillac unterstützt wurden«, den Danziger Seehelden, dachte er, sprach es nicht aus, die Herren würden es selbst ergänzen. »Ich beginne mit dem Abend, an dem Brüggemann starb. Er unterhielt sich ausgiebig mit Habermann und Glowinski. In der großen Runde schwieg er. Sie redeten über die Haltung Danzigs zum schwedisch-polnischen Krieg. Das bekamen auch die mit, die nicht hörten, was sie sagten. Vor allem bekam es der schwedische Spion Hanssen mit. Was er sich über das Gespräch dachte, werden wir nie erfahren, er ist gestorben, ehe er es uns mitteilen konnte. Hielt er es für eine Art Verschwörung? Glaubte er, die beiden hätten Brüggemann dazu veranlasst, im Rat offen für Polen Partei zu ergreifen? Oder hatte er beobachtet, dass die Herren nicht in jedem Punkt einer Meinung waren, und hielt Brüggemann für jemanden, der nur noch seines Anstoßes bedurfte, um sich für die schwedische Seite zu erklären? Wie auch immer, nach der Artusrunde passte er ihn ab und hatte Glück, dass Brüggemann früher und unbegleitet herauskam. Lockte er ihn mit Geld oder schönen Worten? Ging Brüggemann zum Schein darauf ein, um den Schweden auszuhorchen? Die beiden liefen über den Langmarkt und durch das Grüne Tor zur Mottlau, und dort, so ist anzunehmen, setzte ihn Brüggemann von seiner Haltung, die mit der des gesamten Rates übereinstimmte, in Kenntnis, und zudem entlarvte er Hanssen als Spion. Das war etwas zu mutig nachts auf menschenleerer Straße, Hanssen nämlich war bewaffnet und erstach ihn, um nicht enttarnt zu werden.«

Der schwierigste Teil war bewältigt, dachte Valten, und wie es aussah, setzte niemand seine Worte in Zweifel. Von nun an konnte er sich an Tatsachen halten, soweit sie ihm bekannt waren, und das Unbekannte durch schlüssige Spekulationen ersetzen.

»Wenn er sich mit dem einen Mord begnügt hätte, dann hätten wir ihn wahrscheinlich nie gefunden«, fuhr er fort. »Doch seine Tat hatte ihm nichts eingebracht. Er war in Danzig bekannt und angesehen genug, um gelegentlich in den Artushof geladen zu werden, doch Glowinski hatte die besseren Verbindungen. An den folgenden Tagen sprach Glowinski mit fast allen Herren des Rates und einigen bedeutenden Kaufleuten und Reedern.«

Der Bürgermeister und Bremer nickten, mit ihnen hatte er also tatsächlich gesprochen. Gut so, Valten. Und weiter.

»Das wurmte Hanssen. Er sprach nur mit seinen direkten Geschäftspartnern, das waren nicht so viele, und sie zeigten sich seinen politischen Avancen gegenüber nicht sehr aufgeschlossen. Die Zeit drängte, Hanssen wusste natürlich, dass in den nächsten Tagen die schwedische Flotte erscheinen würde, um seiner Forderung nach freiwilliger Unterwerfung Nachdruck zu verleihen. Und er kam einfach nicht an die kompetenten Gesprächspartner heran. Im Unterschied zu seinem polnischen Widersacher. Dass Glowinski ein jesuitischer Spion war, wusste er sicher. Glowinski musste weg, damit seine eigene Mission nicht scheiterte. Weshalb Glowinski sich auf ein nächtliches, also geheimes Treffen mit Hanssen einließ, wissen wir nicht. Vielleicht wollte er ihn als Spion entlarven, und wahrscheinlich ließ er sich dabei zur Sicherheit von seinem Diener Juan begleiten, der sich im Hintergrund halten und nur im Notfall eingreifen sollte. Doch Hanssen wollte gar nicht mit Glowinski reden, er wollte ihn töten, und das tat er so schnell, dass Juan nicht mehr eingreifen konnte und sich ungesehen zurückzog. Damit begann das zweite Kapitel der Mordserie. Nun traf nämlich der Cavaliere Caccianis ein, jesuitischer Affiliierter, wie Sie wissen, und koordinierte den Feldzug gegen die feindlichen Spione. Als Erstes gab er Juan den Auftrag, den Schweden zu beseitigen. Ihn zwecks angemessener Vergeltung an den Ort der ersten Morde zu locken, war sicher nicht schwer. Inzwischen waren sämtliche Spione aufgeschreckt und streiften nachts durch die Stadt, um nichts zu verpassen. Auch Hanssen schlich durch die Stadt, um die Konkurrenz im Auge zu behalten. Vielleicht beschattete er Caccianis, auf jemanden wie Juan achtete er nicht, wir haben ja zunächst auch nicht auf den Diener geachtet. Juan erstach also Hanssen, und weil der ihn dabei überraschte, auch gleich noch unseren Nachtwächter, den alten Sielke. Damit wäre die Sache erledigt gewesen, hätten nicht auch noch andere Spione unsere Stadt belauert. Zum Beispiel die Herren Pelsaert und Habermann. Pelsaert war übrigens Seeräuber, ehe er bei der V.O.C. Karriere machte. Ein Mann, der Gefechte gewohnt war und zuschlagen konnte. Die Niederlande unterstützen die protestantischen deutschen Länder, Pelsaert war also ein Verbündeter von Hanssen, und er streifte durch die Gassen, um dessen Mörder zu stellen. Dabei begegnete er Habermann, dem Agenten der Katholischen Liga. Zu einem echten Kampf zwischen den beiden kam es nicht. Ich denke, den hätte Pelsaert gewonnen. Wobei man auch Habermann nicht unterschätzen darf, er war eher Soldat als Kaufmann. Doch zur Sicherheit stach er von hinten zu. Habermann beseitigte die Leiche auf die gewohnte Weise. Spione enden in der Mottlau. Bis dahin gab es vier Tote, mit Sielke fünf, alle waren an derselben Stelle auf dieselbe Art gestorben. Dass wir es inzwischen schon mit drei Mördern zu tun hatten, wussten wir nicht. Aber es war immer noch nicht zu Ende. Danzig ist eine Hansestadt, und den Vertreter der Hanse, Notke, hatte Glowinski für besonders gefährlich gehalten: ein protestantischer Fanatiker, hatte er geschrieben. Die Hanse präferierte, das wusste auch Caccianis, den Anschluss an Schweden. Auf einen Toten mehr oder weniger kam es nicht mehr an, Notke musste weg. Ob es Caccianis eigenhändig tat, ob er wieder Juan vorschickte, ob sie es gar beide taten, wissen wir noch nicht. Und da Notke, im Unterschied zu den anderen, kein Spion war, nur ein Interessenvertreter der Hanse, hütete er sich, nachts an der Mottlau spazieren zu gehen. Allerdings speiste er, wie wir erfuhren, jeden Abend in Wirtshäusern. Auf dem Heimweg lauerten sie ihm auf, töteten ihn und warfen ihn in die Radaune. Der Richter und ich wussten inzwischen natürlich, dass in Danzig ein Krieg der Spione wütete, das hatten wir bei unserem ersten Gespräch in diesem Raum ja bereits angedeutet, und nach dem jüngsten Mord war es endgültig klar. Nur beweisen konnten wir noch immer nichts. Allerdings waren nicht mehr allzu viele Verdächtige übrig, eigentlich nur noch Scholler und Habermann. Wir tippten, nicht zu Unrecht, er hatte ja wirklich einen der Morde begangen, auf Habermann. Wie Sie wissen, sind der Richter und ich einige Nächte lang selbst durch die Gassen der Rechtsstadt patrouilliert, in der Hoffnung, dem Mörder zu begegnen. In jener Nacht war ich zu müde, ich ging schlafen. Den Richter trieb sein Pflichtgefühl hinaus. Er wollte sehen, was Habermann trieb, ob der wirklich, wie er behauptete, beim Dunkelwerden einschlief und bei Sonnenaufgang aufstand. Natürlich war das gelogen. Jan Dreyer ertappte den Augsburger dabei, wie der um elf in der Nacht aus dem Fugger'schen Hause schlich. Er rief ihn an. Habermann zog sofort seinen Degen und schlug auf den Richter ein. Jan Dreyer gelang, woran der alte Haudegen Pelsaert gescheitert war. Er besiegte Habermann im Zweikampf. Dann kam er auf eine geniale Idee, ich kann es nicht anders nennen, auch wenn er jetzt errötet vor Bescheidenheit. Vor ihm lag ein toter Spion, den keiner der anderen Spione beseitigt hatte. Wenn er es aussehen ließ wie einen Mord, wurden vielleicht diejenigen aufgescheucht, die übrig geblieben waren. Und es waren und sind einige übrig, die wir nicht kennen, Diener wie Juan, Mitarbeiter der Handelskompanien. Also sagte er nur mir, was tatsächlich passiert war, und wir beschlossen, einstweilen geheim zu halten, dass der Richter einen der Mörder im Zweikampf getötet hatte. Wir wollten diejenigen der uns bekannten Spione im Auge behalten, die noch übrig waren, Scholler und Caccianis. Scholler allerdings war verschwunden, wir konnten ihn nicht auftreiben. Da hatte ich meinen bisher besten Einfall. Ich informierte meinen Freund Henri de Marcillac. Der war Caccianis nicht so gut bekannt wie ich, also würde er ihm nicht auffallen, wenn er ihm nachging. Der Richter und ich suchten weiter nach Scholler, de Marcillac verfolgte Caccianis. Er sah Caccianis in einem Haus der Altstadt verschwinden, in dem Haus, in dem Glowinski gewohnt hatte und in dem noch immer dessen Diener Juan lebte. In dem Haus, in dem, wie wir jetzt wissen, Scholler gefangen gehalten und gefoltert wurde. Sie bohrten ihm Nadeln ins Fleisch, sie schnitten die Haut ab und streuten Salz auf die Wunde, sie rissen ihm Fingernägel aus und brachen ihm mehrere Finger. Das taten sie in der Annahme, er sei ein Spion der Protestantischen Union. Ob er das wirklich war, erfahren wir erst, wenn wir Caccianis peinlich befragen, den Einzigen, der es uns noch mitteilen kann. In

Schollers Papieren gab es keinen Hinweis darauf. Scholler hat sicher geredet unter der Folter, er war ein verfetteter weicher Mann, kein Kämpfer. Dass er sprach, half ihm nichts, sie mussten den Zeugen natürlich beseitigen. Sie erstachen ihn und schleppten ihn dann im Schutz der Dunkelheit zur Mottlau, um ihn verschwinden zu lassen wie die anderen. Womit sie nicht rechneten, war, dass de Marcillac vor der Tür auf sie wartete, und das schon seit Stunden. Hätte er gewusst, was sie im Zimmer trieben, dann hätte er es natürlich gestürmt, um den armen Scholler zu retten. So konnte er nur noch seine Mörder stellen. Caccianis rannte davon und ließ Juan im Stich. De Marcillac, der nicht wusste, ob Caccianis in der Dunkelheit von hinten zurückkehrt, blieb nichts anderes übrig, als Juan zu töten. Dann ließ er durch die Nachtwächter den Richter und mich holen, und endlich fanden wir die Klarheit, nach der wir vierzehn Tage lang vergebens gesucht hatten.«

»Das ist ja eine irrsinnige Geschichte«, sagte der Bürgermeister beeindruckt. »Es erscheint mir wie ein Wunder, dass Sie einen so verzwickten Fall, den die Welt noch nicht gesehen hat, überhaupt aufklären konnten.«

Die beiden Ratsherren nickten, und Philipp Dreyer wandte sich an Jan: »Ich wusste schon immer, dass du etwas drauf hast, kleiner Bruder, aber dass du eigenhändig einen Mörder richtest, dass du einen alten Soldaten im Zweikampf besiegst und vor allem auch, dass du mit deiner Heldentat nicht herumprahlst, sondern sie in den Dienst der Justiz und deiner Untersuchung stellst, das beeindruckt mich über alle Maßen. Vater wird stolz auf dich sein, und ich bin es auch.«

Jan Dreyer errötete, so peinlich war ihm das Lob für die dümmste Tat seines Lebens, die nur in Valtens tendenziöser Beschreibung so wirkte wie ein kluges, tapferes Meisterstück. Die Ratsherren bemerkten des Richters sichtliche Bescheidenheit mit Wohlgefallen.

»Was erwarten Sie nun von uns, meine Herren?«, fragte der Bürgermeister.

»Ihren Rat«, sagte Valten. »Wir müssen, ehe wir handeln, über die politische Lage nachdenken. Hanssens Intrige ist gescheitert, er selbst ist tot, und die schwedische Belagerung konnte beendet werden. Bedeutet das nun, dass wir uns für Polen und die katholische Seite entschieden haben?«

»Natürlich nicht«, sagte der Bürgermeister. »Wir haben uns für Danzig entschieden.«

»Aber da wir gegen Schweden in die Schlacht zogen, haben wir Polen ohne jeden Zweifel unterstützt. Wir haben vier ihrer Schiffe erobert oder versenkt, an die tausend Söldner getötet, vierhundert kämpfen künftig für uns statt für Schweden, und die hundert, die wir davonjagten, werden ihnen nicht viel nutzen. Wir haben, auch wenn wir dies nicht beabsichtigten, den König Sigismund unterstützt und vielleicht sogar zu einer Wende im schwedisch-polnischen Krieg beigetragen. Die Frage ist nun: Was liegt uns an Sigismunds Wohlwollen? Der Cavaliere hat auch Ihnen Sigismunds Schreiben präsentiert. Er handelt im direkten Auftrag des Königs. Drei der Morde hat er in Auftrag gegeben, aber wahrscheinlich nicht eigenhändig begangen. Mit Hanssen hat er uns sogar einen Gefallen erwiesen, der Mann war wirklich gefährlich. Was man von Notke und Scholler freilich nicht behaupten kann, und dass er Scholler auch noch folterte oder foltern ließ, überschreitet in meinen Augen das Maß dessen, was wir tolerieren können. Dennoch möchten wir den letzten Schritt nicht ohne den Rat unternehmen. Ich sehe drei Möglichkeiten. Die eine ist, dass wir Caccianis zu verstehen geben, dass er durchschaut ist, ihn aber dennoch laufen lassen mit Rücksicht auf den König. Die zweite ist, dass wir ihn festnehmen, aber nicht selbst verurteilen, sondern dem König überstellen. Ob der ihn verurteilt oder ihm einen Orden an die Brust heftet, geht uns dann nichts mehr an. Und die dritte ist, dass wir ihn festnehmen und behandeln wie jeden gemeinen Verbrecher. Wozu raten Sie uns?«

»Meine Herren?«, fragte der Bürgermeister.

»Das Erste kommt überhaupt nicht in Frage«, sagte Bremer.

»Das Zweite – ich weiß nicht. Wir haben unsere eigene Rechtsprechung. Was geht sie den König an? Er wird nicht erfreut sein, wenn wir Caccianis verurteilen, aber er könnte sich nicht mal darüber beschweren, weil er sonst zugeben müsste, uns den Spion auf den Hals geschickt zu haben. Ich bin dafür, einen Verbrecher als Verbrecher zu behandeln.«

»Das sehe ich ebenso«, sagte Philipp Dreyer. »Ich verstehe indes die Bedenken wegen des königlichen Schutzbriefes. Wir sind weder furchtsam noch unbesonnen. Den König brauchen wir nicht zu fürchten, doch sollten wir so besonnen sein, in Ruhe darüber nachzudenken, ob wir das Haupt seines Beauftragten auf unseren Richtblock legen.«

»Dann bist du für die zweite Möglichkeit?«, vergewisserte sich der Bürgermeister.

»Eher für die dritte. Ich möchte nur noch einen Augenblick länger darüber nachdenken. Und du?«

»Selbstverständlich für die dritte. Und ich sage euch auch, warum ich da keinen Augenblick zögere. Caccianis hat drei Morde befohlen oder selbst ausgeführt. Er hat einen Feind unserer Stadt getötet, was ihm nicht zustand, und er hat zwei Freunde der Stadt getötet, unsere langjährigen Freunde und Partner. Was sollen wir den Lübeckern sagen, wenn wir ihn laufen lassen? Was den Brandenburgern? Und was sollen wir unseren Bürgern sagen, wenn es nach so vielen Morden nicht wenigstens eine Hinrichtung gibt? Sollen sie denken, wir sind zu schwach, das Recht durchzusetzen? Sollen wir die Anarchie befördern? Das zum einen. Zum anderen ist da noch der König. Ich denke, unsere Haltung zu Polen ist klar. Unsere Vorfahren haben sich freiwillig dem polnischen König unterstellt. Dazu stehen wir. Wenn es wirklich ernst wird, kämpfen wir auf der polnischen Seite, ungeachtet unseres Glaubens und gleichgültig, was die Spione aus aller Welt uns einreden wollen. Was nicht heißt, dass wir uns an den polnischen Abenteuern und Kriegen beteiligen. Wir bleiben neutral, solange das möglich ist. Wir greifen die Schweden nur an, wenn sie uns bedrängen. Wir werden auch an den

Kriegen in den deutschen Ländern nicht teilnehmen, nicht auf protestantischer und schon gar nicht auf katholischer Seite. Die Schlacht vor der Reede von Glettkau war ein Zeichen an alle Seiten. Wir sind stark, uns unserer Feinde zu erwehren, und wir sind unabhängig. Sigismund mag dies für eine Entscheidung zu seinen Gunsten halten. Mit der Hinrichtung von Caccianis schicken wir ihm ein zweites Zeichen. Im Ernstfall kannst du auf uns zählen, aber wir lassen uns von dir nicht ausspionieren, nicht manipulieren und nicht einschüchtern. Deine Kriege musst du auch künftig ohne uns führen. Also nehmen Sie den Mann fest, Dreyer«, wandte er sich an den Richter. »Legen Sie ihn auf die Streckbank, reißen Sie ihm die Fingernägel aus, behandeln Sie ihn, wie er es verdient, bis er alles gestanden hat. Und dann sorgen Sie für eine schöne Hinrichtung. Das Volksfest haben wir uns verdient!«

Oktober 1626

Mit jedem Mal, das Valten Madeleine sah, wurde sie schöner. Und er sah sie nicht selten. Er besuchte sie und Henri, meist gemeinsam mit Marie. Madeleine besuchte auch die Wents, was zu Brüggemanns Lebzeiten selten vorgekommen war. Zu viert unternahmen sie sogar, nur zum Vergnügen, gemeinsame Ausritte entlang der Küste und durch die Wälder, wobei sie darauf achteten, sich nicht zu weit von der Stadt zu entfernen. Überall konnten die Schweden auftauchen, ihr Zug gegen Polen war längst nicht beendet, selbst die Marienburg hatten sie inzwischen erobert, gerade einmal zehn deutsche Landmeilen südlich von Danzig. Um die Stadt selber machten sie einen großen Bogen. Der Krieg betraf die Stadt nicht mehr.

Madeleine blühte auf, es war, als würde sie erst jetzt wirklich zu leben beginnen. Allerdings veranstaltete sie keine großen Feiern in ihrem Haus. Das hätte die Stadt der Witwe übel genommen, und wirklich befreundet war sie ohnehin mit niemandem als den Wents. So saßen sie meist zu viert beisammen, tranken Wein, sprachen über die Vergangenheit und die Zukunft. Danach gingen Marie und Valten stets gemeinsam in ihre Wohnung. Allein hatten sich die Frauen nicht mehr getroffen, seit die Untersuchung beendet war.

Weshalb Madeleine nur ihn sprechen wollte, wusste Valten nicht. Natürlich ahnte er etwas, umso mehr, als Marie ihn beim Aufbruch merkwürdig angesehen und ihm dann einen besonders innigen Kuss gegeben hatte. Madeleine trug wieder das blaue Kleid mit dem tiefen Dekolletee, in dem sie ihn nach Brüggemanns Tod empfangen hatte. Eine berückend schöne Frau, und sie war allein, Henri war ausgegangen und traf sich mit Jan Dreyer im *Lachs*. Zehn Kerzen tauchten das kleine Zimmer, das offenbar zu Madeleines Wohnbereich gehörte, in behagliches

Licht. Auf dem Tisch standen Früchte und Wein, das Personal ließ sich nicht mehr blicken, seit alles aufgetragen war.

Zunächst plauderten sie über alle Mögliche, und Valten fragte sich, ob er die Situation nicht überbewertete. Vielleicht hatte sie ihm ja wirklich so etwas wie eine geschäftliche Mitteilung zu machen. Sie löste das Brüggemann'sche Erbe auf, es war nicht unwahrscheinlich, dass sie auch ihn daran teilhaben lassen wollte. Über den Fall brauchte er nichts mehr zu erzählen. Das hatte er nach dessen Abschluss längst getan, und wie es weitergegangen war, wusste sie so gut wie alle Danziger Patrizier und viele der Bürger. Caccianis hatte unter der Folter alle Morde gestanden, sogar die, die er gar nicht begangen oder in Auftrag gegeben haben konnte. Man musste seine Geständniswut bremsen, sonst wären seine Eröffnungen ohne jeden Wert gewesen, und mehr als einmal fragte sich Dreyer, ob Caccianis überhaupt einen der Morde begangen hatte oder der Schmerzen wegen alles erfand. Dem König wurde eine Kopie der wichtigsten Prozessakten und des um Unwahrscheinlichkeiten bereinigten Geständnisses übersandt. Eine offizielle Stellungnahme gab es nicht. Sigismund hüllte sich in Schweigen. Er kommentierte weder die Warnung vor seinen jesuitischen Beratern noch die Hinrichtung seines Vertrauensmannes. Stattdessen ließ er mitteilen, dass er in diesem Jahr auf den Besuch seiner Stadt Danzig verzichte und das für solche Ausfälle vereinbarte Stationsgeld in Anspruch nehmen wolle. Der Rat zahlte und grinste.

»Suchst du auch in Zukunft Mörder?«, fragte Madeleine.

»Jan sagt, dass er mich braucht, er meint, ich bin der bessere Ermittler. Aber ich will nicht mehr. Nie wieder.«

»Sag niemals nie«, Madeleine lächelte ihn an. »Beim nächsten Problem wird Dreyer angelaufen kommen, und du wirst ihm helfen.«

»Da hast du wahrscheinlich Recht«, gab Valten zu. »Es hat ja auch Spaß gemacht, meinen Verstand einmal wirklich auszunutzen. Das ist herausfordernder, als die Altersbeschwerden der Patrizier zu behandeln.«

»Das musst du künftig nur noch, wenn du willst«, sagte Madeleine. »Inzwischen wissen wir, was ich besitze. Es ist unermesslich viel. Die Kaufleute handeln mich kräftig herunter beim Verkauf, ich bin ja bloß eine Frau, aber es bleibt immer noch mehr als genug übrig. Ich könnte mir in Frankreich ein Schloss bauen lassen und ein Dorf kaufen und eine private Armee ausrüsten, und es wäre immer noch etwas da.«

»Warum willst du unbedingt nach Frankreich zurück?«

»Weil es meine Heimat ist. Hier habe ich keine Freunde gefunden, außer denen, die ich mitbrachte. Es wäre so schön, wenn ihr auch mitkommen würdet, du und Marie.«

»Du weißt, dass wir bleiben wollen.«

»Nichts kann dich umstimmen?«

»Für mich ist das hier die Heimat geworden. Und für Marie auch.«

»Ich weiß.« Madeleine lächelte. Besonders wehmütig wirkte es nicht, sie hatten oft genug darüber gesprochen, als dass Valtens Entschluss sie wirklich überraschen konnte. Dass sie auf keinen Fall bleiben konnte, war Valten klar. Wenn durch einen dummen Zufall doch einmal herauskommen sollte, wer Brüggemann getötet hatte, war sie besser weit weg. Das war nach Abschluss des Falles zwar unwahrscheinlich, aber nicht völlig unmöglich.

»Und darum«, sprach Madeleine weiter, »habe ich dir zwei meiner Schiffe überschrieben.«

»Überschrieben?«

»Brüggemanns Flotte ist inzwischen eingelaufen. Nur zwei Schiffe stehen noch aus. Sie gehören dir, mitsamt der Ladung.«

Obwohl er es vorausgesehen hatte, war Valten von der Größe des Geschenks überrascht. »Das kann ich nicht annehmen«, sagte er.

»Natürlich kannst du«, sagte Madeleine. »Du hast mich und meinen Bruder gerettet. Ohne dich hätte ich wahrscheinlich nichts zum Verschenken.«

»Was soll ich denn mit zwei Schiffen?«

»Das wird dir schon einfallen. Du kannst sie verkaufen und das Geld verprassen, oder du behältst sie und wirst selber Kaufmann oder Reeder. Bei meinen Verhandlungen mit den Junkern habe ich das eine oder andere über dich gehört. Du bist ein begabter Politiker, meinen sie. Ratsherr wird man in Danzig aber nicht, wenn man nicht wenigstens ein Schiff besitzt.«

»Ich bin Arzt, kein Politiker.«

»Alles kann sich ändern«, sagte Madeleine. »Verweigern kannst du die Schiffe ohnehin nicht. Wenn sie hier eintreffen, bin ich wahrscheinlich schon weg. Wem willst du sie zurückgeben? Da müsstest du mir schon nachreisen, was mich natürlich freuen würde.«

»Mache ich sicher mal«, versprach Valten. »Dann kann ich mich nur bedanken für …«

»Ach, Valten«, sagte Madeleine, »sei nicht so steif. Ich kenne den Grund. Marie hat mir gesagt, dass du eifersüchtig bist und es für Betrug hältst. Es ist wahr, wir haben uns hinter deinem Rücken geliebt. Es ist aber auch wahr, dass wir dir nichts weggenommen haben, und das weißt du. Vom Verstand her gibst du nichts auf Konventionen, doch das Gefühl sträubt sich gegen die Einsicht. Warum eigentlich? Marie liebt dich, und das so sehr, dass eigentlich ich eifersüchtig sein müsste. Das bin ich aber nicht. Denn ich liebe dich auch. Du bist der beste Freund, den ich je hatte. Und liebst du mich etwa nicht? Als wir uns kennen lernten, war ich jung und dumm und glaubte an meine Pflicht, die Familie und das Gut retten zu müssen. Fünfzehn Jahre Unglück waren die Folge. Ich hätte dich nehmen sollen statt Brüggemann, und ich glaube, du hättest mich damals auch genommen. Jetzt ist es zu spät. Weißt du eigentlich, dass ich noch nie richtig mit einem Mann zusammen war? Bei meiner Gefangennahme wurde ich von Piraten vergewaltigt, das zählt nicht. Was Brüggemann von mir wollte, war nicht viel besser als eine Vergewaltigung, nur dass er dazu wenigstens nicht imstande war. Ich möchte, dass du der erste Mann bist, mit dem ich wirklich schlafe. Das wünsche ich mir seit Jahren, und du wünschst es dir auch.«

Das ließ sich nicht bestreiten.

Erst am nächsten Vormittag kehrte er in seine Wohnung zurück.

Marie sah ihn merkwürdig an. »War es schön?«, fragte sie.

»Ja«, sagte Valten. »Für beide. Ich kann dich jetzt besser verstehen. Sie ist wirklich eine wunderbare Frau.«

»Ich kann dich jetzt auch besser verstehen«, sagte Marie. »Ich bin eifersüchtig.«

»Du hast doch gewusst, dass es dazu kommen würde. Du hast es vor mir gewusst.«

»Es tut trotzdem weh.«

»Ich weiß.«

»Was hat sie, das ich nicht habe?«, fragte Marie.

»Nichts«, sagte Valten Went und nahm seine Frau in die Arme.

Noch mehr

Hanse, Händler, Halsabschneider …

Jürgen Ebertowski

Das Vermächtnis

des Braumeisters

Ein Hansekrimi

201 Seiten

ISBN 3-434-52804-0

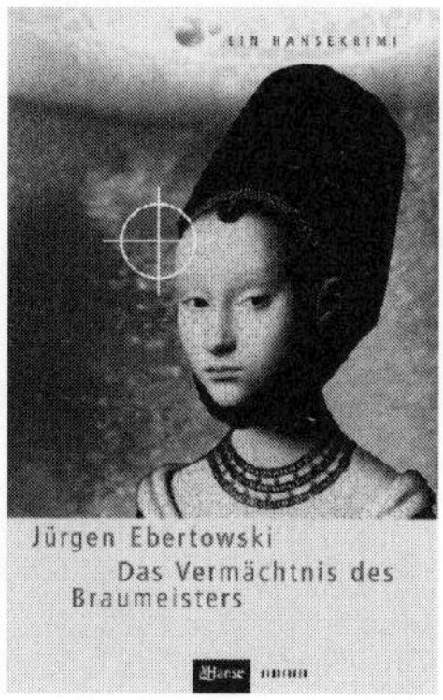

Einbeck im Sommer 1500: Die Hansestadt ist bekannt für ihr Bier. Doch die Rezeptur der begehrten Handelsware ist ein streng gehütetes Geheimnis der Brauerzunft. Die Saufgelage des Osloer Kaufmanns Sigmund Beiersen sind Legende; doch der ärgert sich: über den Erfolg der Einbecker und ihre, wie er findet, unverschämten Preise. Es müsste doch mit dem Teufel zugehen, wenn es keinen Weg gäbe, die geheime Bierrezeptur an sich zu bringen. Der Teufel heißt Heribert von Habelstein …

Die Hanse

Frank Goyke

Lüneburger

Totentanz

Eine Hansekrimi

217 Seiten

ISBN 3-434-52805-9

Lüneburg im März 1433: Margarete, die Tochter des Rostocker Kaufmannes und Ratsherrn Martin Grüneberg, heiratet Tidemann, den Sohn des Lüneburger Salinenpächters und Bürgermeisters Reyner Stolzfuß. Die feierliche Trauung endet tödlich: Der Salzhändler Lüdeke Peters wird auf den Treppen zur Kirche erstochen. Es soll nicht der einzige Mord bleiben …

Frank Goyke

Tödliche Überfahrt

Eine Hansekrimi

223 Seiten

ISBN 3-434-52809-1

Lübeck im Jahre 1445: Nach dem Tod seines Vaters Balthazar und den Morden an seinen Lüneburger Freunden ist endlich Ruhe in das Leben von Sebastian Vrocklage eingekehrt. Er hat den Bürgereid der Hansestadt Lübeck geleistet, ist glücklich verheiratet und erfolgreicher Kaufmann mit weitreichenden Handelsbeziehungen. Doch der Schein trügt: Sein Korrespondent in Bergen wird ermordet aufgefunden, Frachtbriefe sind gefälscht. Kurzentschlossen schifft er sich gemeinsam mit seiner Frau Geseke und dem Ritter Ritzerow nach Bergen ein. Die Geschäfte dort erweisen sich als mörderisch …

Die Hanse

… und noch mehr Hansekrimis:

Frank Goyke

Balthazar Vrocklage ist verschwunden

292 Seiten

ISBN 3-434-52800-8

Hartmut Mechtel

Kapitäne sterben um Mitternacht

207 Seiten

ISBN 3-434-52801-6

Jan Eik

Kurisches Gold

241 Seiten

ISBN 3-434-52803-2

Michael Siefener

Die Söhne Satans

265 Seiten

ISBN 3-434-52802-4

Die Hanse

Owen Chase

Der Untergang der Essex

Herausgegeben von Iola Haverstick und Betty Shepard

Aus dem Englischen von Michael Benthack

149 Seiten

Gebunden mit Schutzumschlag

ISBN 3-434-52565-3

Am Morgen des 20. November 1820, 0° 40' südlicher Breite, 119° 0' westlicher Länge, ereignet sich in der Geschichte der Seefahrt ein unerhörter Moment: Ein Wal greift das Schiff an, das Jagd auf ihn macht – die »Essex«. Drei Tage lang versuchen die Männer, das Schiff zu halten, dann müssen sie, und mit ihnen Owen Chase, der Erste Offizier, in die Boote. Die »Essex« sinkt. Die Küste liegt mehr als tausend Seemeilen entfernt …

Die Hanse

John Nicol, Seefahrer

Sein Leben, von ihm selbst erzählt

Aus dem Englischen übersetzt und herausgegeben von Xenia Osthelder

Mit zeitgenössischen Abbildungen

177 Seiten

Gebunden mit Schutzumschlag

ISBN 3-434-52585-8

Einhundertundachtzig Jahre war diese Kostbarkeit verloren – bis sie Ende des 20. Jahrhunderts wiederentdeckt wurde, in Amerika, Kanada, Australien, England, Frankreich, Spanien, Italien und nun endlich für die deutschen Leser, in der preiswürdigen Übertragung von Xenia Osthelder. Lesen Sie, warum selbst ein Großer wie Herman Melville zu den faszinierten Lesern dieses wunderbaren Erzählers gehörte.

Die Hanse

John Toohey

Käpt'n Blighs

Alptraum

Aus dem Englischen

von Michael Haupt

207 Seiten

Gebunden mit

Schutzumschlag

ISBN 3-434-52582-3

Wer war Käpt'n Bligh? Der Kapitän der Bounty wird gemeinhin als brutal und unberechenbar dargestellt. Hat er selbst durch sein Verhalten die Meuterei provoziert? Was geschah mit den achtzehn Männern, die mit ihm ausgesetzt wurden? Durfte er wieder ein Schiff befehligen? Eindringlich schildert John Toohey die Persönlichkeit Blighs, seinen Aufstieg in der Marine, seinen willensstarken, aber ganz und gar nicht gewalttätigen Charakter. Im Mittelpunkt steht die 6700 km lange Reise voller Strapazen und Entbehrungen.

Die Hanse

Die Welt der Wikinger

Herausgegeben von

Konrad Hansen

232 Seiten

Gebunden mit Schutzumschlag

ISBN 3-434-52593-9

»Lindisfarne The Holy Islands« stand auf dem Schild, das im äußersten Nordosten Englands von der A 1 meerwärts wies. Lindisfarne – war das nicht die Insel vor der Küste Northumbrias, die in den Geschichtsbüchern den Anfang der Wikingerzeit bezeichnet?